4. jeudi meurtrier

Retrouvez les résumés des tomes précédents
en fin d'ouvrage.

Tome 1. Lundi mystérieux
Tome 2. Sombre mardi
Tome 3. Mercredi sous les flots

Titre original : *Sir Thursday*
Édition originale publiée par Scholastic Inc.
© Garth Nix, 2006, pour le texte
© Éditions Gallimard Jeunesse, 2008, pour la traduction française
Couverture illustrée par John Blackford pour *Keys to the Kingdom* : *Sir Thursday*,
de Garth Nix © Scholastic Inc., 2006, pour l'illustration.
Reproduite avec l'autorisation de Scholastic Inc.

LES SEPT CLEFS DU POUVOIR

4. jeudi meurtrier

Garth Nix

Traduit de l'anglais par
Julie Lopez

GALLIMARD JEUNESSE

À Anna, Thomas, Edward, à toute ma famille et à tous mes amis.
Avec des remerciements particuliers à David Levithan,
mon éditeur si patient.

Prologue

La partie la plus à l'ouest du Grand Labyrinthe se terminait par une chaîne de montagnes. Haut de cinq mille mètres, son sommet rencontrait le plafond du Palais, et il n'y avait ni vallée, ni trou, ni crevasse menant de l'autre côté. Car derrière cette immense barrière de pierre et de glace se trouvait le Rien. Les montagnes formaient un mur du Palais, un rempart et des fortifications à la fois contre les effets corrosifs du Gouffre et les attaques des Moins-que-Rien, ces créatures issues du Rien.

Les Moins-que-Rien ne pouvaient pénétrer dans le Palais que par un seul endroit. Il y a très longtemps, lors de la formation des montagnes, un tunnel avait été construit, un tunnel voûté, de dix kilomètres de long, trois de large et cinq cents mètres de haut, fermé par quatre portes massives. La porte extérieure, du côté du Palais, se composait d'une couche d'or de plusieurs centimètres d'épaisseur, rendue hermétique par des forces Immatérielles qui ne pouvaient pas être percées facilement par le Rien Brut ou la sorcellerie. La porte suivante, cinq cents mètres plus loin dans le tunnel, était en argent ; la troisième, encore cinq cents mètres plus loin, en bronze. La quatrième et dernière porte, celle qui menait au Rien, s'appelait la Porte Claire. Elle était entièrement Immatérielle et translucide, à l'exception d'un scintillement douloureux même pour les yeux immortels.

Malgré la douleur, les Autochtones qui gardaient la Porte Claire regardaient l'étrange région, en perpétuel changement, qui se trouvait de l'autre côté, les régions transitoires où un reste des vertus du Palais donnait au Rien une apparence de solidité. C'était la périphérie du Rien, mais le Gouffre, lui-même, n'était jamais bien loin. Parfois, le Rien touchait presque la Porte Claire, et parfois il demeurait à distance, hors de vue.

Le rôle du tunnel était d'admettre dans le Grand Labyrinthe, à des moments précis, un nombre contrôlé de Moins-que-Rien. Ce qui permettait à la Glorieuse Armée de l'Architecte, qui y était basée, de s'entraîner.

La procédure de ces admissions ne variait jamais. Si un petit nombre de Moins-que-Rien – seulement un millier ou deux – était requis, la Porte Claire s'ouvrait juste le temps de les laisser entrer. Puis elle se refermait et les Moins-que-Rien passaient la Porte de Bronze, qui se refermait derrière eux. La procédure se répétait pour la Porte d'Argent et la Porte d'Or, par laquelle les Moins-que-Rien pénétraient dans le Palais. D'après le réglement, les quatre portes ne devaient jamais rester ouvertes en même temps. Trois portes avaient été ouvertes simultanément, mais seulement deux fois dans toute l'histoire du Palais, pour admettre plus de cent mille Moins-que-Rien.

Les portes s'ouvraient et se refermaient grâce à des engrenages géants enclenchés par les rivières souterraines qui coulaient dans les parois de la montagne. Chaque porte était contrôlée par un unique levier, et les quatre leviers se trouvaient dans la salle des commandes du Fort Frontalier, un ensemble de salles bâti dans la montagne au-dessus du tunnel. On entrait dans le fort par une série de rampes qui montaient et descendaient sur le flanc de la montagne, toutes lourdement fortifiées avec des bastions et des demi-lunes.

Le Fort Frontalier était défendu par un détachement de la Légion, de la Horde, du Régiment ou de la Compagnie Artillerie Modérément Honorable. La garde changeait chaque siècle, en temps du Palais.

À l'heure actuelle, un peu plus de dix mille ans après la disparition de l'Architecte, le Fort Frontalier était gardé par une cohorte de la Légion, sous le commandement du colonel Trabizond Nage, 13 338ᵉ rang dans le Palais.

Le colonel Nage était dans son bureau, occupé à revêtir sa cuirasse en argent et son casque à plumet de cérémonie, lorsqu'une ordonnance frappa à la porte.

– Qu'est-ce que c'est ? demanda Nage.

Il était un peu perdu dans ses pensées car, dans moins d'une heure, il allait ouvrir la Porte Claire pour laisser passer dix mille Moins-que-Rien, le nombre d'ennemis choisi pour la 108 217ᵉ campagne de l'Armée.

– Un visiteur en provenance du QG, monsieur, répondit l'ordonnance. Et le lieutenant Corbie veut vous faire un rapport urgent.

Nage fronça les sourcils. Comme tous les Autochtones supérieurs, il était très beau et très grand, et sa grimace modifia à peine ses traits. Il fronçait les sourcils parce qu'il n'avait pas reçu de message annonçant un visiteur des Quartiers Généraux de l'Armée, ni aucun avertissement de la part de ses amis et vieux camarades qui y travaillaient.

Le colonel attacha sa jugulaire et prit son exemplaire du 108 217ᵉ Éphéméride de Campagne. L'ouvrage était relié à ses mains par magie et exploserait si quelqu'un d'autre que lui le touchait, ce qui expliquait pourquoi sa couverture de cuir rouge portait son nom en lettres capitales de dix centimètres de haut. L'Éphéméride n'indiquait pas seulement le moment où les portes devaient être ouvertes et dans quel ordre. C'était aussi un guide des mouvements des plaques individuelles du Grand Labyrinthe.

À l'exception de quelques endroits précis, le Grand Labyrinthe était divisé en un million de plaques d'un kilomètre carré, sur une grille de mille cinq cents kilomètres de côté. Chaque plaque se déplaçait au coucher du soleil vers un autre lieu selon un plan conçu par le sieur Jeudi un an ou plus à l'avance. Pour se diriger dans le Labyrinthe, il fallait savoir où la plaque sur laquelle vous vous trouviez allait – ou pas – se diriger. L'Éphéméride donnait également les caractéristiques de chaque plaque, telles que le relief, les endroits où trouver de l'eau et des réserves de nourriture, des munitions ou toute autre information spécifique.

Après avoir rangé l'ouvrage dans une grande poche sur le devant de sa longue tunique en cuir, le colonel Nage saisit son épée et la glissa dans son fourreau de bronze. C'était une épée de service, l'une des armes standard de la Légion. Elle ressemblait à un glaive, copié sur ceux des légions romaines de la planète Terre dans les Royaumes Secondaires, mais elle avait été fabriquée dans les ateliers de Lord Mardi. Sa lame était en lueur d'étoile figée, sa poignée en ambre à la gravité renforcée. Un grain de Rien ensorcelé enfermé dans le pommeau lui conférait plusieurs pouvoirs très utiles, dont la rotation de la lame.

Nage ouvrit la porte et appela l'ordonnance.

– Faites entrer le visiteur. Je verrai Corbie dans une minute ou deux.

Le visiteur était un commandant, portant l'uniforme de la Citadelle, qui abritait les Quartiers Généraux (ou QG) du sieur Jeudi, l'une des régions du Grand Labyrinthe qui ne bougeaient jamais. Sa tunique rouge ornée de boutons dorés et son chapeau noir verni étaient inspirés de ceux du XIXe siècle sur Terre, cet endroit privilégié qui fournissait tant d'objets et d'idées à imiter. Il portait une courte badine souple sous son aisselle gauche, sans doute une arme ensorcelée.

– Salut, colonel, dit l'Autochtone.

Il se mit au garde-à-vous et effectua un salut très élégant, auquel Nage répondit en cognant son protège-poignet sur sa cuirasse, la plaque d'armure qui lui protégeait la poitrine.

– Je suis le commandant Pravuil, chargé des dépêches du QG. Modification de votre Éphéméride.

– Une modification ? Ce n'est jamais arrivé auparavant !

– Changement de plan pour la campagne, dit doucement Pravuil. Le sieur Jeudi veut réellement tester les garçons cette fois. Voilà. Signez en bas à droite, s'il vous plaît, monsieur, puis posez la feuille sur votre Éphéméride.

Nage signa rapidement le papier puis sortit son Éphéméride et posa la feuille sur la couverture. Elle resta immobile une seconde puis frémit comme si une brise s'était levée dans la pièce. Sous le regard des deux Autochtones, la feuille pénétra dans le livre, disparaissant dans la reliure comme de l'eau dans une éponge.

Nage attendit quelques secondes puis reprit l'Éphéméride qu'il ouvrit à la date du jour. Il relut deux fois ce qui était écrit, fronçant à nouveau les sourcils.

– Mais qu'est-ce que c'est ? Les quatre portes ouvertes en même temps ? Ça va à l'encontre des règles en vigueur !

— Qui sont annulées par les instructions directes du sieur Jeudi.

— Je n'ai pas une garnison entière ici, vous savez, dit Nage. Nous sommes en position de faiblesse. Je n'ai qu'une cohorte de la Légion et une troupe de Frontaliers. Et si le Fort se fait attaquer alors que les portes sont encore ouvertes ?

— Vous le défendrez, dit Pravuil. Ce ne sera que la cohue habituelle des Moins-que-Rien. Ils seront seulement plus nombreux que d'ordinaire.

— Justement, répliqua Nage. Les Frontaliers nous ont signalé que quelque chose d'étrange se passait dans la région transitoire. Il y a des paysages solides depuis plusieurs mois, et on ne voit même plus de Gouffre depuis la Porte Claire. D'après le dernier rapport, des colonnes de Moins-que-Rien arrivent dans cette région, des Moins-que-Rien organisés.

— Des Moins-que-Rien organisés ? se moqua Pravuil. Les Moins-que-Rien sont incapables de la moindre organisation. Ils viennent du Rien, ils combattent avec stupidité – les uns contre les autres s'ils ne parviennent pas à pénétrer dans le Palais – et ils retournent au Rien lorsque nous les tuons. Ça a toujours été ainsi et ça le restera toujours.

— Je vous demande pardon, commandant, mais ce n'est pas ce qui se passe en ce moment, intervint une voix à la porte.

Un Autochtone portant la tunique couleur sable des Frontaliers, un arc pendu dans le dos, se tenait au garde-à-vous. Il arborait les cicatrices de nombreuses blessures au Rien sur le visage et sur les mains, typiques des Autochtones patrouillant les régions frontalières du Rien, pas seulement dans le Grand Labyrinthe mais aussi dans d'autres secteurs.

— Puis-je faire mon rapport, colonel ?

— Allez-y, Corbie, dit Nage en sortant de sa cuirasse une

montre de gousset qu'il ouvrit d'une seule main. Nous avons encore quarante minutes.

Toujours au garde-à-vous, Corbie prit la parole, s'adressant à un point légèrement au-dessus de la tête de Nage, comme s'il s'y trouvait un auditoire.

– Au dix-septième instant, j'ai quitté le point de sortie de la Porte Claire avec quatre Sergents et six Frontaliers ordinaires. Les cribleuses indiquaient un taux très bas de Rien libre dans la région et le Gouffre, lui-même, se trouvait au moins à vingt kilomètres de distance, d'après les mesures du Détecteur de Néant. Nous ne pouvions pas le voir, ni rien d'autre d'ailleurs, car tout ce qui se trouvait immédiatement devant la Porte Claire était obscurci par une brume extrêmement inhabituelle.

« Nous avons marché droit dans cette brume pour découvrir qu'elle ne faisait pas seulement vingt à trente mètres de large, mais qu'elle était en fait générée par des moyens inconnus, vraisemblablement par la sorcellerie. Elle émanait de colonnes de bronze ressemblant à des cheminées disposées à intervalles réguliers sur une ligne de plus d'un kilomètre de long, en face de la Porte Claire.

« En avançant dans le brouillard, nous avons découvert qu'une immense plaine herbeuse avait émergé du Rien, avec une large rivière non loin de nous. De l'autre côté de la rivière, il y avait des milliers de tentes, toutes de la même couleur, disposées en rangées de cent, avec une bannière au bout de chaque rang. C'était complètement différent des camps rudimentaires que montent habituellement les Moins-que-Rien, et nous avons immédiatement remarqué qu'un très grand terrain de parade en terre battue se trouvait derrière les tentes, où une force de deux cents à trois cent mille Moins-que-Rien, d'après mes estimations, paradait en formations de combat.

11

« Elle paradait, monsieur ! Nous nous sommes approchés et, avec mes jumelles, j'ai vu que non seulement les Moins-que-Rien portaient des uniformes, mais qu'en plus ils avaient des attributs physiques remarquablement réguliers, avec seulement de petites variations de taille, comme des tentacules par-ci par-là, ou des mâchoires plus allongées.

« À ce moment-là, une sentinelle Moins-que-Rien cachée dans l'herbe a donné l'alarme. Je dois avouer que nous avons été surpris par la présence d'une sentinelle et par la rapidité de la riposte, car une force dissimulée là est immédiatement apparue sur les bords de la rivière. Nous avons été poursuivis jusqu'à la Porte Claire et nous avons tout juste réussi à rentrer sans subir de blessures.

« Fin du rapport, monsieur !

Nage le fixa pendant un moment, comme s'il n'arrivait pas à croire ce qu'il entendait. Finalement, il cligna plusieurs fois des yeux et retrouva la parole :

– Voilà qui est très perturbant ! Et, de toute évidence, cela change les choses. Nous ne pouvons pas ouvrir les quatre portes avec une telle horde de Moins-que-Rien prêts à nous attaquer !

– Avez-vous l'intention de désobéir à des ordres directs du sieur Jeudi ? demanda nonchalamment Pravuil.

Il tapota la paume de sa main gauche avec sa badine, faisant jaillir sur ses doigts de petites étincelles violettes.

– Vous devez savoir qu'il me faudra vous relever de vos fonctions si c'est le cas.

– Non, non, dit Nage en regardant sa montre. Nous avons encore du temps. Je vais appeler le général Lepter.

Le colonel se dirigea vers son bureau dont il ouvrit un tiroir. Il y avait une demi-douzaine de petites figurines de plomb à l'intérieur, des petits soldats, chacun peint dans les différents uniformes de l'Armée de l'Architecte. Nage choisit une figurine coiffée d'un casque à plumet et vêtue de la cuirasse dorée des légats de la Légion, un rang égal à celui de général dans les autres commandements de la Glorieuse Armée de l'Architecte.

Nage posa le soldat miniature sur une petite estrade qui ressemblait à un encrier à sec. Lorsque la figurine se connecta à l'estrade, ses bords devinrent flous pendant une seconde puis elle se transforma en un double minuscule du vrai légat, vivant et respirant. Le petit soldat, une femme, regarda Nage et se mit à parler d'une voix aussi aiguë et pénétrante que si elle se trouvait dans la pièce et avait une taille humaine, et non dix centimètres de haut.

– Qu'y a-t-il, Nage?

Nage frappa sa cuirasse avec son protège-poignet avant de parler :

– J'ai reçu une notification de changement de mon Éphéméride de la part du QG, délivrée par le commandant Pravuil. D'après elle, les quatre portes doivent rester ouvertes pendant douze heures. Mais nous avons repéré une force organisée de Moins-que-Rien disciplinés qui attend dans la région transitoire, au moins deux cent mille soldats.

– Et quelle est votre question?

– Je tiens à être absolument certain que le changement à mon Éphéméride est authentique et pas une ruse exceptionnelle de Moins-que-Rien.

– Je connais le commandant Pravuil, dit Lepter. Il est l'un des coursiers chargés de notifier les changements à tous les officiers des Éphémérides. Le sieur Jeudi veut tester l'Armée comme elle ne l'a jamais été depuis des millénaires.

– Dans ce cas, j'exige des renforts en urgence, dit Nage. Je ne pense pas pouvoir tenir le fort avec ma faible garnison actuelle si la force en présence tente une attaque.

– Ne soyez pas ridicule, Nage, dit Lepter. Ces Moins-que-Rien ont peut-être l'air organisés mais, dès qu'ils seront sortis du tunnel, ils redeviendront sauvages. Une douzaine de plaques pourvues d'une nature abondante a été déplacée la nuit dernière devant la Porte d'Or. Les Moins-que-Rien se mettront à chasser, comme d'habitude, et les plaques les éloigneront à la tombée de la nuit, dispersant leurs forces. De la stratégie tectonique, Nage! Je vous reparlerai plus tard.

Le petit légat se figea et redevint une figurine de plomb. Nage l'enleva de l'estrade et la jeta dans le tiroir.

– Les choses me semblent claires, colonel, dit Pravuil. Ne devriez-vous pas donner les ordres pour que les quatre portes soient ouvertes?

Nage l'ignora. Il se dirigea vers une mince vitrine de noyer plaqué installée contre le mur, en ouvrit la porte vitrée et tira un rayon sur lequel était posé un téléphone. Il prit l'écouteur et parla dans le récepteur.

– Passez-moi le Midi de Jeudi. Affaires militaires urgentes.

Le téléphone émit un murmure crépitant.

– Colonel Nage, du Fort Frontalier.

D'autres crépitements se firent entendre, puis une voix explosive remplit la pièce entière:

– Ici le maréchal Midi! Nage, c'est ça? Que voulez-vous?

Nage répéta rapidement ce qu'il avait dit au général Lepter. Avant qu'il ait pu terminer, la voix stridente de Midi l'interrompit:

– Vous avez reçu les ordres, Nage! Suivez-les et veillez à ne plus sortir de votre chaîne de commandement! Passez-moi Pravuil.

Nage recula, laissant pendre l'écouteur du téléphone. Pravuil passa devant lui et s'en saisit. Cette fois, la voix de Midi ne s'échappa pas dans la pièce. Il parla calmement à

Pravuil pendant une minute. Celui-ci répondit en chuchotant, puis un fort cliquètement se fit entendre et le commandant raccrocha.

– Je dois retourner immédiatement à la Citadelle, dit Pravuil. Êtes-vous prêt à suivre les ordres, colonel?

– Oui, confirma Nage en sortant sa montre. Les Moinsque-Rien ne vont pas mettre longtemps à sortir du tunnel, commandant. Vous n'allez peut-être pas pouvoir partir à temps.

– Deux montures m'attendent, dit Pravuil. (Il tapota l'Éphéméride dans la pochette en toile qu'il portait sur le côté.) Et il y a une plaque à dix kilomètres d'ici qui m'amènera à mi-distance de la Citadelle au crépuscule.

– Partez, alors, conseilla Nage, sans tenter de dissimuler le mépris que lui inspirait un officier fuyant une bataille imminente.

Il attendit que Pravuil ait quitté son bureau pour aboyer une série d'ordres au lieutenant Corbie et à l'ordonnance qui venait d'entrer dans la pièce.

– Corbie! Rassemblez vos hommes et quittez immédiatement le fort! Vous devez harceler l'ennemi et provoquer une escarmouche à la sortie de la Porte d'Or, et essayer de l'attirer sur ces plaques à la nature sauvage, loin du fort. Avez-vous des figurines pour communiquer avec quelqu'un en dehors du fort?

– Je n'ai que mon supérieur immédiat, le capitaine Ferouk. Il est au Donjon Blanc, pas au QG.

Nage fouilla dans le tiroir de son bureau et lui tendit deux soldats de plomb, l'un vêtu d'un uniforme écarlate, l'autre d'un bleu doux. La figurine écarlate portait un grand chapeau orné de plumes, l'autre un calot plat en cuir.

– Des amis à moi, le colonel Repton du Régiment et le commandant Scaratt de l'Artillerie. Tous deux se trouvent au QG et seraient susceptibles de vous aider si les choses tournent aussi mal que je le crains. Maintenant, partez!

Corbie le salua, tourna les talons et s'éloigna. L'ordonnance fit un pas en avant lorsque le Frontalier sortit. Il portait une longue trompette sur le côté, un instrument en bronze d'un mètre cinquante de long, au moins.

– Sonnez l'alerte générale, dit Nage, et l'assemblée des officiers!

L'ordonnance porta la trompette à ses lèvres, la pointant vers le mur. Ses joues se gonflèrent et il souffla, mais aucun son ne sortit du pavillon de l'instrument. Le son ne se fit entendre qu'une seconde plus tard, résonnant dans la pièce comme dans toutes les parties du fort, aussi lointaines soient-elles.

Le trompettiste joua deux fois deux appels différents. Lorsque les dernières notes s'évanouirent, il baissa son instrument et se mit au garde-à-vous.

– Combien de temps avons-nous servi ensemble, Hopell? demanda Nage.

– Huit mille quatre cent vingt-six ans, monsieur. Dans la Légion, sans compter l'école des recrues.

– Combien de nos camarades recrues vivent encore?

– Tous à part six, je crois. Ropresh s'est finalement remis de cette blessure au Rien, alors il ne compte pas. Il ne peut plus effectuer que de petites tâches sans importance, bien sûr, avec sa jambe qui a fondu…

– Pensez-vous que nous combattrons aussi bien que d'habitude sachant qu'il y a beaucoup plus de chances que nous soyons tués?

– Que voulez-vous dire, monsieur? demanda Hopell. Nous sommes des Légionnaires de la Glorieuse Armée du Palais. Nous sommes préparés à mourir s'il le faut.

– Vraiment? demanda Nage d'un ton hésitant. Nous sommes préparés à être blessés, c'est sûr, mais peu d'entre nous se font tuer, et nous gagnons toujours. Je crains que cela ne change bientôt. Lorsque les quatre portes seront ouvertes, il y aura une bataille pour la prise du fort, et nous combattrons des Moins-que-Rien organisés et disciplinés pour la première fois, des Moins-que-Rien qui doivent être dirigés par quelqu'un… ou quelque chose… doué d'intelligence.

— Nous sommes des Légionnaires, dit Hopell d'une voix impassible. Nous nous battrons jusqu'à la fin.

— Oui, dit Nage, c'est vrai. Mais ce ne sera peut-être pas la fin que nous aurions voulue.

Des pas lourds se firent entendre derrière la porte, le martèlement des pas d'une dizaine d'officiers avançant dans le couloir, appelés par la trompette.

— Ne parlez pas de mes doutes, dit rapidement Nage. C'était un moment d'hésitation, rien de plus. Nous nous battrons et nous vaincrons. Les Moins-que-Rien échoueront avant d'atteindre le fort, tout comme ils seront vaincus dans toutes les parties du Grand Labyrinthe par notre Glorieuse Armée.

— Oui, monsieur ! s'écria Hopell.

Il salua alors qu'une file d'officiers entrait.

— Groupez-vous autour de moi, dit rapidement Nage. Nous n'avons pas beaucoup de temps et nous devons organiser notre défense. J'ai reçu et confirmé l'ordre d'ouvrir les quatre Portes – oui, toutes les quatre. Peu après leur ouverture, je m'attends à ce que le fort soit attaqué par plusieurs centaines de milliers de Moins-que-Rien organisés. Nous devons résister pendant douze heures, après quoi nous devrons refermer les portes. Quoi qu'il arrive, quelles que soient les pertes que nous subirons, la salle des commandes doit être gardée et les portes fermées à l'heure.

— Ce n'est sûrement pas si grave, monsieur, suggéra l'un des centurions avec un petit rire.

C'était une recrue récente, qui avait passé les mille dernières années au QG. Sa cuirasse n'arborait aucune médaille de bravoure, mais plusieurs étoiles récompensant son efficacité à gérer la paperasse du Palais.

— Lorsqu'ils auront passé la Porte d'Or, ils devront gravir les rampes sous une pluie de flèches électriques et essuyer les tirs des machines sur les bastions, passer les portes du fort... Nous les retiendrons facilement. De toute façon, ils ne resteront pas organisés. Les Moins-que-Rien redeviennent toujours sauvages...

— Je suis ravi de votre confiance, centurion, l'interrompit Nage. Vous aurez l'honneur de commander la chair à canon que je veux placer à la base de la rampe.

Le choc du protège-poignet du centurion signifiant qu'il prenait note de cet ordre fut moins fort qu'il aurait dû l'être, si léger que le carillon de la montre du colonel le surpassa en puissance.

— Vingt minutes. J'en prendrai cinq pour définir mes plans puis vous retournerez à vos unités. Je commanderai depuis la salle des commandes. Notre cri de guerre sera... (le colonel hésita un instant) Mort et la Légion !

Ses mots furent immédiatement répétés par le groupe d'officiers, leurs cris faisant tressauter les tasses de thé sur le buffet du colonel.

— Mort et la Légion !

Chapitre 1

— Dépêche-toi ! s'écria Arthur Penhaligon. Nous devons atteindre la Porte Principale avant que dame Prima arrive et essaie de me dissuader de rentrer chez moi.

— OK, OK, grommela Lilas. Je m'étais juste arrêtée pour regarder la vue.

— Pas le temps, dit Arthur.

Il continua de gravir devant elle la colline de l'Octroi, aussi rapidement que le lui permettait sa jambe emprisonnée dans une carapace de crabe. Son os cassé n'était toujours pas complètement remis.

Lilas s'élança à sa poursuite, en jetant un coup d'œil par-dessus son épaule. Ils s'étaient rués hors de l'ascenseur qui les avait fait descendre... ou monter... ou traverser... depuis Port Mercredi, sur le rivage inondé de l'Océan Frontalier. Elle n'avait rien eu le temps de voir du Bas-Palais.

— Voilà la Porte Principale !

Arthur désignait l'immense porte sur pied qui se tenait sur la crête de la colline, soutenue par deux montants blancs en pierre, espacés d'environ dix mètres et hauts de douze.

– C'est une porte? demanda Lilas. Ça doit être difficile de l'ouvrir.

– En fait, elle ne s'ouvre pas vraiment. Il suffit de foncer dedans. Mais ne regarde pas trop longtemps ses motifs.

– Pourquoi?

– Tu deviendrais folle, dit Arthur. Ou tu ne pourrais plus t'arracher à leur contemplation.

– Tu sais que je vais regarder, maintenant, c'est sûr. Si tu ne m'avais rien dit, je n'y aurais sans doute pas pensé.

Arthur secoua la tête.

– On ne peut pas s'en empêcher. Mais ne la regarde pas trop longtemps.

– De quel côté va-t-on? demanda Lilas lorsqu'ils ne se trouvèrent plus qu'à quelques mètres de la porte. Et doit-on frapper?

– Peu importe de quel côté, dit Arthur.

Il essayait de détourner les yeux des fioritures et des motifs de fer forgé sur la porte, mais n'y parvenait pas vraiment. Après une seconde, les formes frémirent et commencèrent à changer, chaque image se fixant dans son esprit avant de se transformer.

Arthur ferma les yeux et tendit la main à l'aveugle en direction de Lilas: il voulait l'attirer par le coude ou le dos de la chemise. Comme elle se trouvait bien plus près qu'il ne l'avait cru, ses doigts lui cognèrent le visage.

– Oh! Euh… merci.

Arthur détourna la tête de la porte et ouvrit les yeux.

– Je crois que je me faisais ensorceler, dit Lilas en se frottant le nez.

Elle évita de fixer la porte, levant plutôt les yeux sur le dôme élevé du plafond, en métal argenté, qui culminait à plusieurs centaines de mètres au-dessus d'eux. Il faisait nuit dans le Bas-Palais, et l'unique lumière provenait des étranges nuages luisants violets ou orange qui glissaient sur la surface argentée.

À ce moment, un rayon lumineux descendit, indiquant le passage d'un ascenseur en provenance d'un autre point du Palais. Il fut rapidement suivi par deux autres rayons.

– Alors, est-ce qu'on frappe? répéta Lilas.

– Pas encore.

Arthur observait la traînée des ascenseurs qui disparaissaient, parfaitement conscient qu'ils venaient sans doute de laisser sortir dame Prima et son entourage venus lui faire passer un mauvais moment – même s'il s'était à moitié attendu à ce qu'elle l'ait devancé en utilisant une Plaque de Transfert.

– Nous devons d'abord attendre le Lieutenant Gardien de la Porte Principale?

Dame Prima voudrait qu'il reste ou du moins qu'il lui remette la Clef Troisième, dont elle avait soi-disant besoin pour garder le contrôle de l'Océan Frontalier. Mais Arthur ne voulait pas se séparer de la seule arme qu'il possédait. Il avait fini par accepter d'avoir à affronter les Jours-à-Venir, c'était inévitable. Toute la bande: le sieur Jeudi, dame Vendredi, Samedi Suprême et le seigneur Dimanche, ne le laisseraient jamais tranquille. Ils interféreraient dans son monde ou dans n'importe quel autre, avec des résultats catastrophiques; ils blesseraient et tueraient qui ils voudraient; ils feraient tout pour conserver leurs Clefs et leur autorité sur le Palais. Le seul moyen de les arrêter était de les vaincre.

Arthur savait qu'il devait se battre, mais il voulait le faire selon ses propres règles. Pour l'instant, il souhaitait s'assurer que sa famille et son monde allaient bien. Ensuite, il reviendrait au Palais et ferait le nécessaire pour relâcher la Quatrième Clause du Testament que détenait le sieur Jeudi et réclamer la Clef Quatrième.

Ils attendirent quelques minutes devant la Porte, observant les flèches, les tours et les toits de la ville en contrebas. Lorsqu'Arthur avait vu la ville pour la première fois, elle était enveloppée d'un voile de brouillard, mais il n'y en avait pas aujourd'hui, et il apercevait vaguement quelques Autochtones qui déambulaient dans les rues. Sous ses yeux, un groupe important sortit de l'un des bâtiments les plus proches, tourna en rond pendant quelques secondes puis se dirigea vers les flancs fraîchement tondus de la Colline de l'Octroi.

– Peut-être que nous devrions frapper, dit-il. Voilà dame Prima et toute la bande.

Il s'avança vers la Porte et, les yeux toujours détournés, tapa rapidement sur la surface étrange. Elle ne ressemblait ni à du bois ni à du fer, ni à quoi que ce soit de solide. Son poing s'y enfonça comme s'il avait frappé sur quelque chose de la consistance de la gelée et, au même moment, il sentit des picotements dans ses phalanges, qui remontèrent jusqu'à son poignet et même jusqu'au coude.

Un bruit s'éleva néanmoins, un son creux et prolongé qu'il entendit résonner à l'intérieur de la porte avec plusieurs secondes de retard, comme s'il avait longtemps voyagé avant de revenir.

– Un moment, un moment. Il y a des problèmes aux carrefours.

Arthur voyait dame Prima en tête d'un groupe d'Autochtones, déjà au pied de la colline. Il était difficile de la manquer, avec ses deux mètres trente de haut et sa robe à longue traîne vert pâle, avec des reflets bleus fluorescents.

Elle était accompagnée du Midi de Lundi (autrefois le Crépuscule) et d'un Autochtone vêtu de noir qu'il ne reconnut pas de prime abord, jusqu'à ce qu'il réalise que c'était le nouveau Crépuscule de Lundi (autrefois le Midi). Derrière eux se trouvait tout un groupe d'employés de bureau, de Sergents Commissionnaires, de Visiteurs de Minuit et d'autres Autochtones.

— Arthur! cria dame Prima en relevant ses jupes pour gravir la colline. Attendez! Il y a quelque chose que vous devez savoir!

— Dépêche-toi, dépêche-toi! marmonna Arthur à l'intention de la Porte.

Il n'avait pas vraiment envie de se disputer avec dame Prima.

— Je croyais que tu avais dit qu'ils étaient de ton côté, interrogea Lilas. Qui est cette grande femme avec les vêtements cool?

— Ils sont de mon côté, dit Arthur. C'est dame Prima. Elle est le Testament, du moins les deux premières parties, sans doute les trois premières, désormais, puisque la Carpe l'a peut-être retrouvée. C'est ce qui expliquerait la robe verte. Et elle est plus grande, et ses yeux ont un aspect globuleux…

— Arthur! Vous ne devriez pas être là!

Arthur se retourna. Le Lieutenant Gardien était sorti de la Porte Principale. Il ne semblait pas aussi calme et serein qu'à l'ordinaire. Ses longs cheveux blancs étaient en bataille; son manteau bleu était taché de boue et d'un liquide bleu foncé qui devait être du sang d'Autochtone. Au lieu de ses habituelles bottes brillantes qui lui arrivaient aux genoux, il portait des cuissardes trempées. Il tenait son épée dégainée à la main, la lame scintillant d'une lueur bleu pâle glaciale qui fit mal aux yeux d'Arthur, tandis que Lilas détournait le regard et se cachait le visage.

– Je ne devrais pas être là? protesta Arthur. Je ne veux pas être là! Lilas et moi devons rentrer chez nous immédiatement.

Le Lieutenant Gardien secoua la tête tout en rangeant son épée dans un fourreau qui venait d'apparaître de nulle part.

– Vous ne pouvez pas retourner dans votre monde, Arthur.

– Quoi?

– Vous y êtes déjà, ou plutôt une copie de vous s'y trouve déjà, un Mange-esprit. Je me suis interrogé lorsque je vous ai senti passer la Porte aussi rapidement, sans même me saluer. Mais la personne qui a envoyé le Cocigrue avait planifié sa traversée avec minutie, car j'étais distrait, tant par le soudain afflux de l'Océan Frontalier que par plusieurs ouvertures illégales.

– Je ne comprends pas. Une copie de moi est allée dans mon monde? Comment l'avez-vous appelée?

– Un Cocigrue ou Mange-esprit.

– Ça ne me dit rien qui vaille, dit Lilas. Qu'est-ce que c'est que ça?

– Je ne peux pas rester discuter, rétorqua le Lieutenant Gardien. Il y a encore des voyageurs illégaux à l'intérieur de la Porte. Bonne chance, Arthur!

Avant qu'Arthur ait pu protester, l'Autochtone s'était retourné et avait passé la Porte, en dégainant à nouveau son épée. Le contour de celle-ci se forma dans les décorations en fer forgé avant de se dissoudre en un réseau complexe de roses grimpantes.

Arthur tira le bras de Lilas qui était à nouveau hypnotisée par les motifs de la porte.

– Oups! Désolée, Arthur. Je crois que tu vas devoir parler à la grande dame verte maintenant.

– J'en ai bien peur, dit-il d'un air sombre. Il vaudrait mieux que ce ne soit pas une ruse inventée pour m'obliger à rester ici.

En se retournant pour faire face à dame Prima, il se cogna à quelqu'un qui venait de se matérialiser devant lui, et descendait d'une jolie plaque de porcelaine jaune et blanc. Ils tombèrent tous les deux. Arthur l'attaqua instinctivement avant de réaliser que la personne qui venait d'apparaître était son amie Suzy.

– Aïe ! Fais attention !

– Désolé, dit Arthur.

– Je suis venue aussi vite que possible, dit-elle en se relevant dans un bruit de cliquetis, révélant des poches remplies de Plaques de Transfert blanc et jaune. J'ai volé toutes les Plaques à destination de la colline de l'Octroi, mais la vieille Prima est en route, alors tu ferais mieux de te dépêcher de…

Arthur désigna silencieusement le bas de la colline. Suzy se tut et regarda par-dessus son épaule : dame Prima et son entourage ne se trouvaient qu'à une douzaine de mètres, et la personnification du Testament lui adressait une moue désapprobatrice.

– Dame Prima, s'écria Arthur, avant que le Testament puisse commencer à gronder Suzy ou à lui faire la leçon. Je veux juste rentrer chez moi pour une visite rapide et revenir aussitôt. Mais, apparemment, il y a un problème.

Dame Prima s'arrêta devant Arthur et lui fit une révérence. Au début, sa voix ressembla à celle d'une femme normale. Puis elle se fit basse et râpeuse, avec une note rappelant le ton suffisant et tonitruant de la Carpe.

– Il y a effectivement un problème, de nombreux problèmes, même. Je dois vous demander, Lord Arthur, de m'accompagner dans l'antichambre de Lundi. Nous devons tenir un conseil de guerre.

– Ce n'est pas une ruse, n'est-ce pas ? interrogea Arthur d'une voix suspicieuse. Vous n'avez pas, vous-même, envoyé une copie de moi sur Terre, hein ?

Dame Prima prit une grande inspiration, visiblement choquée.

– Jamais ! Créer un tel Mange-esprit est formellement interdit. Et, de toute façon, je n'ai ni les connaissances ni les capacités pour faire une telle chose. C'est, de toute évidence, le dernier coup des Jours-à-Venir contre vous, Arthur, et contre nous. C'est l'un des nombreux sujets dont nous devons impérativement parler.

Arthur serra et desserra les poings.

– Puis-je repartir par les Sept Cadrans ?

Arthur était déjà rentré chez lui grâce à la sorcellerie contenue dans l'étrange pièce à horloge de grand-père connue sous le nom des Sept Cadrans. Il savait que c'était l'autre Porte Principale pour les Autochtones voulant quitter le Bas-Palais pour se rendre dans les Royaumes Secondaires.

– Non, dit dame Prima. D'après ce que j'ai compris, le Mange-esprit a pris, grâce à la sorcellerie, la place que vous occupez dans votre Monde Secondaire. Si vous y retourniez aussi, l'interaction entre vous et le Moins-que-Rien causerait une éruption de Rien qui, selon toute probabilité, vous détruirait vous et, pensez-y, votre monde.

– Alors ce Mange-esprit est une sorte d'Arthur en anti-matière ? demanda Lilas.

Dame Prima baissa la tête et toisa Lilas avec un reniflement de dédain.

– Je ne crois pas que nous ayons été présentées, jeune fille.

– C'est mon amie Lilas, dit Arthur. Lilas, je te présente dame Prima.

Lilas hocha la tête à contrecœur. Dame Prima baissa le menton de quelques millimètres.

– Qu'est-ce que va faire ce Mange-esprit? demanda Arthur. À part m'empêcher de rentrer chez moi?

– Ce n'est pas l'endroit approprié pour discuter de ça, dit dame Prima. Nous devrions retourner dans l'antichambre de Lundi.

– D'accord, dit Arthur, en jetant un dernier regard à la Porte Principale. Alors allons-y.

– Attendez! s'écria Lilas. Et moi? Je veux rentrer chez moi. Ne le prends pas mal, Arthur, mais j'ai aussi besoin de passer un peu de temps chez moi... je ne sais pas... d'être simplement normale.

– Lilas peut partir, non? demanda Arthur avec lassitude.

– Elle peut et doit partir, répondit dame Prima. Mais elle ferait mieux d'utiliser les Sept Cadrans. Le Lieutenant Gardien a fermé la Porte en attendant de s'être occupé des intrus. Allez, retournons tous dans l'antichambre de Lundi, vous également, Suzanna. J'ose espérer que vous n'avez cassé aucune de ces plaques.

Suzy marmonna quelque chose au sujet de quelques éclats et fissures qui ne faisaient de mal à personne, mais pas assez fort pour que dame Prima puisse l'entendre.

Alors qu'ils descendaient la pente de la colline de l'Octroi, Arthur remarqua qu'il y avait un cordon extérieur de Commissionnaires de Métal et de Sergents Commissionnaires autour d'eux, qui regardaient tous le sol et le ciel. Des Visiteurs de Minuit – les serviteurs vêtus de noir du Crépuscule de Lundi – volaient au-dessus d'eux, leurs longs fouets traînant sur le côté. Eux aussi surveillaient les alentours, tournant constamment la tête pour couvrir tous les angles.

– Qu'est-ce qu'ils cherchent? interrogea Arthur.

– Des assassins, aboya dame Prima. Ce sont les dernières nouvelles. L'ancien maître Lundi et l'ancien Lord Mardi ont été tués... par sorcellerie.

Chapitre 2

— Tués par sorcellerie? demanda Arthur alors qu'ils se précipitaient dans l'ascenseur.

Il voulait s'assurer qu'il avait bien entendu car il était très difficile de tuer des Autochtones.

— Vous voulez dire tués? Vraiment morts?

Dame Prima fit un signe au Midi de Lundi qui vint se placer à côté d'Arthur et fit une révérence assez raide et retenue. Ils se trouvaient dans un très grand ascenseur, un cube d'environ vingt mètres de côté, mais plein de gardes, d'employés de bureau et de parasites. Dans un coin, il y avait un quatuor à cordes assis qui jouait une douce mélodie qu'Arthur reconnaissait vaguement.

— Vraiment morts, répondit le Midi de Lundi, dont la langue argentée étincela.

À part la langue, il n'avait pas beaucoup changé depuis qu'il était passé de Crépuscule à Midi, promu par Arthur. Bien qu'il ne portât plus de noir, il semblait toujours personnifier aux yeux du garçon la lumière tranquille et déclinante du soir dans sa façon de parler et de se mouvoir avec retenue.

– L'ancien maître Lundi a été poignardé au cœur et à la tête avec une lame ensorcelée, et on ne l'a pas trouvé assez vite pour réparer les dégâts. L'ancien Lord Mardi a été poussé ou jeté dans le Gouffre depuis le sommet.

– Êtes-vous sûrs qu'il est mort? Je veux dire *vraiment* sûrs? demanda Arthur, qui avait décidément du mal à accepter ces nouvelles. Avez-vous trouvé son corps?

– Nous en avons trouvé des fragments, dit Midi. Il a atterri dans un bassin de Rien. Un grand nombre d'artisans qui travaillaient à remplir le Gouffre ont vu l'impact. On suppose qu'il a également été attaqué par sorcellerie avant de tomber, si bien qu'il n'a pas pu crier ou essayer de se sauver.

– Savez-vous qui les a tués?

– Nous ne savons pas, dit dame Prima. Nous ne pouvons que présumer qu'ils savaient tous les deux quelque chose sur les Jours-à-Venir et leurs projets, que ceux-ci désiraient garder secrets. C'est étonnant qu'ils aient agi à ce moment-là, alors que j'ai déjà longuement interrogé les deux anciens Curateurs sans rien obtenir d'important. Peut-être est-ce une tentative pour camoufler certaines informations inquiétantes révélées dans d'autres régions. Nous en parlerons lors de notre conseil.

– Je veux en savoir plus sur le Mange-esprit, dit Arthur, anxieux. Je veux dire, il m'empêche de rentrer chez moi, mais que va-t-il faire d'autre? Va-t-il s'en prendre à ma famille?

– Je ne sais pas, répondit dame Prima. Nous… enfin, je ne suis pas une sorcière du Palais en tant que telle. J'ai convoqué le nouveau Crépuscule de Mercredi fraîchement nommé, le Dr Scamandros, pour qu'il nous parle des Mange-esprit. Il se trouve qu'il est désormais l'unique sorcier formé dans le Haut-Palais que l'on peut trouver dans le Bas-Palais, les Confins Extrêmes et l'Océan Frontalier.

Une cloche tinta et les cordes du quatuor s'immobilisèrent. Mais la porte de l'ascenseur ne s'ouvrit pas.

– Sécurisez l'antichambre, ordonna dame Prima à Midi.

Il fit une révérence et toucha la porte qui s'ouvrit juste assez pour le laisser passer ainsi qu'une douzaine de Sergents Commissionnaires et de Commissionnaires ordinaires. Une autre douzaine resta autour d'Arthur, de Lilas, de Suzy et de dame Prima.

– Nous devons être prudents, expliqua cette dernière. Nous ne pouvons pas les laisser vous assassiner.

– Moi? demanda Arthur en tapotant le petit trident coincé dans sa ceinture. La Clef Troisième n'est-elle pas censée me protéger?

– Si, concéda dame Prima. Mais ce qui a tué les deux anciens Curateurs était de la sorcellerie du Palais d'un très haut niveau. Lord Mardi, en particulier, même s'il avait perdu le plus gros de ses pouvoirs, n'était pas facile à surpasser. L'assassin ou les assassins doivent être capables de contourner ou d'annuler la protection de la Clef. Et vous autres mortels êtes si fragiles.

« Fragiles » : ce mot évoquait pour Arthur des coquilles d'œuf, et l'image horrible de sa propre tête écrasée, réduite en morceaux par un sorcier assassin qui se serait faufilé derrière lui…

Avec toute sa volonté, il se força à chasser cette vision de son esprit, mais il ne put s'empêcher de regarder derrière lui. Bien qu'il ne vît que ses propres gardes, il sentit la peur l'envahir.

Il essaya de dédramatiser la situation à voix haute :

– Parfait. Les choses ne font que s'améliorer, n'est-ce pas ?

– Il y a encore plus à craindre, dit dame Prima. Nous en parlerons bientôt.

– La voie est libre, déclara Midi de l'autre côté, et la porte de l'ascenseur s'ouvrit en silence, révélant le hall d'entrée de l'antichambre de Lundi.

D'un point de vue architectural, le hall n'avait guère changé depuis la dernière fois qu'Arthur l'avait vu, quand les trous de boue fumante et les plates-formes en fer avaient été transformés en pièces à l'air ancien qui lui rappelaient un musée. Mais il y avait une différence de taille : des milliers de liasses de papier attachées par des rubans rouges s'empilaient du sol au plafond le long des murs. Tous les trois mètres environ, ces piles laissaient un trou de la taille d'un Autochtone, dans lequel un Sergent Commissionnaire était au garde-à-vous.

– C'est quoi, tous ces papiers ? demanda Lilas alors qu'ils marchaient dans le hall.

Personne ne répondit jusqu'à ce qu'Arthur répète la question.

– Le Moyen et le Haut-Palais nous bombardent de paperasse, expliqua dame Prima. C'est un moyen efficace d'immobiliser nos ressources et d'empêcher notre réorganisation. Prenez la prochaine porte à gauche, Arthur. Renifleur doit tout avoir préparé pour notre conseil.

La porte était, elle aussi, entourée de liasses de papier empilées. Elle paraissait ordinaire, une simple porte en bois avec une robuste poignée en bronze. Arthur tourna la poignée et poussa la porte.

Une vaste pièce se trouvait de l'autre côté, de quatre ou cinq fois la taille du gymnase de son collège, avec un plafond dix fois plus haut. Le sol, les murs et le plafond étaient recouverts de marbre blanc veiné d'or, si bien qu'il eut l'impression de pénétrer dans la salle de bains clinquante d'un géant.

Au milieu de cette pièce immense se trouvait une table ronde d'au moins trente mètres de diamètre, en fer forgé, peinte en rouge profond. Il y avait un trou au centre et une centaine ou plus de chaises à haut dossier tout autour, en fer forgé également, mais peintes en blanc. L'une d'entre elles avait un dossier plus haut que celui des autres, il était en or ou en fer forgé doré. La chaise changeait lentement de couleur, passant du rouge au blanc au doré, et ainsi de suite.

Renifleur le majordome se tenait à l'intérieur de la table, un tissu blanc jeté sur son manteau, lui aussi, d'un blanc immaculé. Ses cheveux autrefois en bataille étaient peignés en arrière, attachés avec un ruban doré et poudrés de blanc. Il tenait un plateau en argent avec trois verres de cristal qui contenaient un liquide orange (sans doute du jus de fruit) et un grand verre à vin rempli d'un liquide couleur sang qu'Arthur espéra être effectivement du vin.

Personne n'était assis, mais de nombreux Autochtones se tenaient debout derrière la table, très calmes. Arthur reconnut le Dr Scamandros à qui il fit un signe, ainsi que Face Brûlée, légèrement derrière lui, qui semblait en excellente forme quoiqu'un peu mal à l'aise dans l'uniforme d'amiral qui lui revenait en tant que nouveau Midi de Mercredi. Arthur se retrouva bientôt à saluer toutes les personnes dans la pièce, reconnaissant Japet le thesaurus et Mathias, l'employé de l'Intendance, l'un à côté de l'autre, ainsi que l'Aube de Lundi et l'Aube de Mercredi, et d'autres personnes qu'il avait rencontrées lors de ses précédentes aventures – comme disait Lilas – dans le Palais.

– Prenez place, beugla dame Prima d'une voix basse et râpeuse qui fit sursauter Lilas. Que débute ce conseil !

Suzanna, veuillez rapporter les Plaques de Transfert dans la vitrine des porcelaines avant de nous rejoindre, je vous prie.

Suzy fit la grimace, cliqueta en faisant la révérence et sortit en courant, s'arrêtant pour tirer la langue au Testament qui s'était retourné et qui désignait la chaise en or.

– Voici votre trône, Lord Arthur. Tous les autres sont assis en ordre de préséance.

– Où dois-je m'asseoir alors ? demanda Lilas.

– Vous pouvez vous tenir derrière Arthur, répondit froidement dame Prima.

– En fait, je préférerais que Lilas ait une chaise à côté de moi, dit fermement Arthur, en tant qu'invitée d'honneur.

– Très bien, monsieur, dit Renifleur qui fit sursauter Arthur. (Le majordome, juste derrière lui, lui proposait un jus d'orange.) Je vais installer une chaise pour Mlle Lilas.

– J'ai établi un ordre du jour pour ce conseil, annonça dame Prima en s'asseyant.

Sa chaise passa du rouge au blanc, puis au doré et Arthur remarqua qu'elle avait grandi de quelques centimètres, faisant presque la même taille que la sienne.

Dame Prima tapota un gros livre relié d'au moins trois ou quatre cents pages, posé devant elle sur la table. Arthur en avait une copie devant lui. Il s'assit, tira le livre vers lui, l'ouvrit et lut : *Programme du Conseil pour Discuter de Problèmes Inquiétants Variés se Rattachant au Palais, à la Libération du Testament de l'Architecte, de la Nomination de l'Héritier Légitime et d'autres Problèmes Divers.*

La page suivante contenait une liste de points allant de un à trente. Celle d'après de trente et un à soixante. Arthur tourna les pages jusqu'à la fin et vit qu'il y avait plus de six mille points dans le programme.

– Je suggère que nous commencions par le Point Un, dit dame Prima, et que nous continuions selon le programme prévu.

Arthur regarda le Point Un.

Arbitrage entre les Domaines, Article Un : la Dispute concernant le Classement des Registres et le Transport des Registres entre le Bas-Palais et le Palais du Milieu.

– Le programme est organisé par ordre alphabétique, dit dame Prima avec obligeance. Tous les problèmes d'arbitrage sont au début.

– Je n'ai pas le temps pour ça, dit Arthur en refermant bruyamment le programme. Ce que je veux savoir, c'est ce qu'est un Mange-esprit, ce qu'il va faire à ma famille et comment m'en débarrasser. Dr Scamandros, vous le savez ?

– Ce n'est pas acceptable, se plaignit dame Prima. Je dois protester, Lord Arthur. Comment pouvons-nous en venir à des conclusions et agir efficacement si nous ne suivons pas notre Programme ?

– Pourquoi ne pas organiser le Programme par ordre d'importance et, pendant que vous vous en occuperez, nous parlerons des Mangeurs d'Esprit, dit Arthur, qui n'osait pas regarder dame Prima en prononçant ces mots.

Il y avait quelque chose chez elle qui lui donnait envie de s'asseoir tranquillement et de faire ce qu'on lui disait. Elle lui rappelait le professeur le plus effrayant qu'il avait jamais eu, qui pouvait obtenir le silence dans une classe rien qu'en apparaissant dans l'embrasure de la porte. Comme avec ce professeur, Arthur se rendit compte qu'il était plus facile de l'affronter en évitant son regard.

– Dr Scamandros ?

– Oui, euh, je n'ai pas eu beaucoup de temps pour étudier la question, répondit celui-ci en jetant un regard nerveux à dame Prima.

Les palmiers tatoués sur ses joues se mirent soudain à trembler, une douzaine de singes fébriles en tombèrent et glissèrent sur son menton, avant que les palmiers disparaissent, remplacés par des horloges dont les aiguilles tournaient à toute allure.

— Je veux dire, j'ai à peine eu le temps de prendre un verre de tonique revitalisant à Port Mercredi avant d'être conduit ici. Mais, quoi qu'il en soit, j'ai en effet quelques informations, que j'ai obtenues avec l'aide du Midi de Mercredi qui, même s'il n'a pas été formé dans le Haut-Palais, est néanmoins un sorcier compétent.

Il se tut pour s'incliner devant le Midi de Lundi, qui lui rendit son salut. Arthur agrippa son verre de jus d'orange et essaya de ne pas avoir l'air trop impatient. Du coin de l'œil, il vit Suzy entrer furtivement et s'asseoir par terre, cachée derrière le Midi de Lundi.

— D'après ce que nous avons pu établir, continua Scamandros, les Manges-esprit n'ont été créés qu'à de rares occasions dans toute l'histoire du Palais. C'est un type de Moins-que-Rien puissant et malfaisant créé pour prendre l'identité de quelqu'un, Autochtone ou mortel. Son principal pouvoir est son exacte ressemblance avec sa cible, mais aussi sa capacité à extruder sa mentalité sur ceux qui l'entourent, qu'ils soient mortels ou Autochtones…

— Quoi? interrompit Arthur. Qu'est-ce que signifie « extruder sa mentalité »?

— Je n'en suis pas sûr… mais apparemment, une fois qu'un Mange-esprit y est parvenu, il est capable de contrôler l'esprit de ses victimes, de lire leurs pensées et leurs souvenirs récents. Il fait ça pour intensifier sa tromperie. Au départ, il n'aura qu'une connaissance superficielle de sa proie, alors il cherche à en apprendre plus grâce à ses confidents et à ses amis.

35

– Vous voulez dire qu'il va prendre mentalement le contrôle de ma famille?

Arthur recracha son jus d'orange en se levant brusquement.

– Combien de temps lui faut-il pour faire ça?

– Oui, enfin… je suppose que c'est ce qu'il va faire, dit Scamandros, bien que je ne sache pas comment.

– De combien de temps aura-t-il besoin? demanda Arthur.

C'était ce qu'il y avait de pire, que sa famille soit en danger. Il se rappelait les deux Grotesques de Sombre Mardi soufflant leur haleine d'oubli sur son père, ce qu'il avait ressenti lors de cette seconde affreuse pendant laquelle le brouillard avait enveloppé Bob. Désormais, sa famille était à nouveau menacée et il était coincé au Palais. Ils seraient sans défense.

« Je dois les aider, pensait désespérément Arthur. Il doit y avoir quelque chose… quelqu'un… »

– Quelques jours, je pense. Mais je ne puis l'affirmer, répondit Scamandros.

Arthur regarda Lilas. Elle croisa son regard.

– Je suppose que tu penses à la même chose que moi, dit-elle. Tu ne peux pas rentrer sinon le monde entier est foutu. Mais je pourrais y aller et essayer de nous débarrasser de ce Mange-esprit.

– Je ne sais pas. Ça me semble très dangereux. Peut-être le Midi de Lundi pourrait-il…

– Pas d'interférence! explosa dame Prima. Rappelez-vous la Règle Originelle! La mortelle peut retourner d'où elle vient, mais personne d'autre ne souillera l'œuvre de l'Architecte.

– Je crois qu'elle est déjà plus que souillée, intervint Arthur, agacé. Comment se fait-il que les méchants peuvent faire tout ce qu'ils veulent alors que, dès que je veux faire quelque chose, on me répond « oublie ça »? À quoi ça sert d'être l'Héritier Légitime? Tout ce que je gagne, c'est des ennuis!

Personne ne répondit à la question d'Arthur et il remarqua que personne ne le regardait, et que personne ne lui disait de bien se tenir. Il sentit soudain l'étrangeté de la situation et aurait souhaité que quelqu'un lui dise : « Tais-toi, Arthur, nous avons du travail. »

— Est-ce possible, demanda Lilas, je veux dire, de se débarrasser du Mange-esprit?

Arthur et Lilas regardèrent tous les deux Scamandros. Ses tatouages trahissaient une certaine anxiété : des tours chancelantes construites pierre après pierre s'effondraient à peine la dernière pierre posée.

— Je pense que oui. Mais il faudrait trouver l'objet qui a servi à créer le Mange-esprit. Ce doit être un objet personnel de la cible, couvert de charmes; dans ce cas, quelque chose qui vous appartient, Arthur, qui a été près de vous pendant quelque temps. Votre livre préféré, ou une cuillère, ou peut-être un vêtement, quelque chose de ce genre.

Arthur fronça les sourcils, stupéfait. Que pouvait-il bien avoir perdu qui aurait pu servir à ça?

— Quand cela a-t-il pu arriver?

— Cela a dû prendre plus d'une année en temps du Palais pour que le Mange-esprit sorte du Rien.

— Une année… Combien de temps s'est-il écoulé depuis que maître Lundi m'a remis l'aiguille des minutes? demanda Arthur. (Pour lui, ça ne faisait qu'une semaine, mais c'était bien plus au Palais.) En temps du Palais, je veux dire.

— Un an et demi, répondit sèchement dame Prima.

Elle avait ouvert le programme qu'elle tapotait avec un crayon en or. À chaque coup, l'un des points de la liste remontait ou descendait, ou passait sur une page invisible du volume.

– Ce doit être les Rapporteurs de Lundi, dit Arthur, ou peut-être l'un des Grotesques de Lord Mardi. Je ne me souviens pas d'avoir perdu quelque chose de vraiment personnel.

– Vous pourriez interroger l'Anthologie, suggéra dame Prima. Vous détenez toujours la Clef Troisième, alors elle vous répondra.

Arthur sortit l'Anthologie de sa poche, la posa sur la table et brandit le petit trident, la Clef Troisième, dans la main droite. Mais il ne se concentra pas sur la question qu'il allait poser. Après un moment, il reposa la Clef, les dents du trident pointées vers le centre de la table.

– Je dois faire attention à ne pas trop utiliser les Clefs, dit-il lentement. Je me suis déjà beaucoup servi de celle-ci sur l'Océan Frontalier, et je ne veux pas me transformer en Autochtone. Je ne pourrais jamais rentrer chez moi.

– À quel stade en es-tu? demanda Lilas avec curiosité. Enfin, est-ce que tu utilises cent fois la Clef et boum! tu fais soudain deux mètres de haut et tu es bien plus beau?

– Je ne sais pas: c'est en partie le problème.

Scamandros se mit à tousser légèrement de façon peu naturelle et leva la main. Dame Prima arrêta de tapoter le Programme un instant pour l'observer, avant de reprendre sa réorganisation.

– Vous aimeriez peut-être savoir, Arthur, dit le Dr Scamandros, que j'ai réalisé autrefois un petit travail d'étudiant qui pourrait vous être utile: un objet qui mesure la contamination de sorcellerie des objets mais aussi, bien sûr, des personnes.

Il se mit à fouiller dans son pardessus jaune et en sortit un éventail en plumes de paon, plusieurs boîtes de tabac à priser en émail, un coupe-papier en ivoire gravé et un piccolo en cuivre, qu'il posa d'un air distrait sur la table.

– C'est quelque part par là, dit-il, avant de sortir d'un

air triomphal une boîte en velours de cinq centimètres carrés, très abîmée sur les bords.

Il l'ouvrit, la passa à Face Brûlée qui la passa à Lilas, qui regarda avec curiosité l'objet à l'intérieur avant de la donner à Arthur. C'était un fin crocodile en argent enroulé sur lui-même, la queue entre les dents, qui formait une bague. Il avait des diamants roses brillants à la place des yeux et son corps était divisé en dix sections par des lignes marquées chacune d'un minuscule chiffre romain.

— Est-ce vraiment judicieux ? demanda dame Prima avec impatience. Je suis prête à commencer avec le Programme réorganisé.

Arthur l'ignora et sortit la bague de la boîte.

— À quoi sert-elle ? demanda-t-il. Dois-je la mettre ?

— Oui, allez-y, répondit le docteur. Pour l'essentiel, elle vous indiquera à quel degré vous avez été… euh… contaminé par la sorcellerie. Ce n'est pas très précis, bien sûr, et dans le cas d'un mortel, le calibrage est incertain. Je dirais que, si la bague a plus de six parties dorées, vous aurez été irrémédiablement transformé en…

— Peut-on poursuivre ? aboya dame Prima, juste au moment où Scamandros disait « autochtone ».

Arthur mit la bague et la regarda, horrifié et fasciné, alors que chaque segment passait d'argenté à doré.

Un… Deux… Trois…

S'il se transformait en Autochtone, il ne pourrait jamais rentrer chez lui. Mais il devait se servir des Clefs et de l'Anthologie contre les Jours-à-Venir, et cela signifiait une contamination accrue.

À moins qu'il ne soit déjà trop tard.

Arthur ne quittait pas la bague des yeux tandis que le doré continuait à progresser, passant au quatrième segment sans montrer de signe de ralentissement.

Chapitre 3

Arthur continuait de fixer des yeux la bague, avec une terrible fascination. Après le quatrième segment, le doré arrêta soudain de progresser et recula un peu, lentement.

– Il est presque à la quatrième ligne, annonça Arthur.

– Ce n'est pas précis, dit le Dr Scamandros, mais cela coïnciderait avec mes observations précédentes. Votre chair, votre sang et vos os sont contaminés par la sorcellerie à quatre dixièmes.

– Et après six dixièmes, je serai un Autochtone ?

– Irrévocablement.

– Puis-je me débarrasser de cette contamination ? demanda Arthur en essayant de garder son calme. Est-ce qu'elle peut disparaître ?

– Elle diminuera avec le temps, à condition que vous n'en ajoutiez pas. Je pense que le degré de contamination se réduit après environ un siècle.

– Un siècle ! Autant dire que c'est permanent. Mais est-ce que se servir de l'Anthologie augmenterait beaucoup la contamination ?

– Sans observations ni expériences précises, je ne saurais le dire. Considérablement moins que des interventions pour guérir vos blessures ou pour réparer un usage mal dirigé du pouvoir des Clefs. Tout ce qui n'est pas centré sur votre corps est moins dangereux.

– Ce n'est pas dangereux de devenir un Autochtone, dit dame Prima. C'est accéder à un ordre plus élevé. Je ne peux comprendre votre répugnance à perdre votre mortalité, Arthur. Après tout, vous êtes l'Héritier Légitime de l'Architecte de l'Univers. Maintenant, pouvons-nous retourner à notre programme, je vous prie ?

– On m'a choisi seulement parce que j'allais mourir et que je me trouvais là, rétorqua Arthur. Je parie que vous avez toute une liste d'Héritiers Légitimes potentiels quelque part, au cas où il m'arriverait quelque chose.

Le silence s'abattit sur la pièce pendant quelques secondes, jusqu'à ce que dame Prima s'éclaircisse la gorge. Avant qu'elle puisse parler, Arthur éleva la voix :

– Nous allons revenir au programme ! Une fois que nous aurons trouvé ce que nous allons faire au sujet du Mange-esprit. J'aimerais juste me rappeler ce qu'on a pu me prendre.

– Essaie de repenser à tout ce que tu as fait, suggéra Lilas. As-tu laissé tomber ton inhalateur sur le terrain ? Peut-être qu'ils l'ont pris ? Ou bien à l'école lorsqu'ils ont incendié la bibliothèque ?

Arthur secoua la tête.

– Je ne crois pas. Hé ! attends une seconde !

Il se tourna vers le Crépuscule de Lundi. Il était un peu plus petit que lorsqu'il était le Midi et paraissait moins sévère, mais toujours aussi beau. Il portait le costume noir de nuit, qui rappelait celui d'un entrepreneur de pompes funèbres, mais il avait enlevé le chapeau avec la longue écharpe noire enroulée autour du chapeau.

— Vous avez envoyé les Rapporteurs, lorsque vous étiez Midi. Est-ce que l'un d'entre eux vous a rapporté quelque chose ou bien ont-ils été renvoyés directement au Rien ?

— Ils ne sont pas revenus à moi, dit le Crépuscule.

Sa langue autrefois argentée était devenue ébène brillant et sa voix bien plus douce.

— Mais ce n'est pas moi qui les ai élevés à la base, maître Lundi me les a assignés. Je présume qu'il les avait achetés à Lord Mardi, car il n'aurait pas eu assez d'énergie pour les créer lui-même. Vous vous rappelez peut-être que j'ai été obligé de retourner au Palais lorsque les Rapporteurs et moi vous avions encerclé à l'école.

— À l'école, dit lentement Arthur, se remémorant la scène. Ils ont pris l'Anthologie ! J'avais oublié parce qu'elle est revenue et que je l'ai reprise. Un Rapporteur a arraché la poche de ma chemise et a pris l'Anthologie en même temps…

— Une poche ! l'interrompit Scamandros, éparpillant les objets qu'il avait posés sur la table d'un geste nerveux des bras ; et les tatouages sur ses joues se firent plus vigoureux, produisant des remparts fantaisistes. Ce doit être ça ! Ce serait la source du Mange-esprit : un morceau de tissu qui s'est trouvé près de votre cœur, couvert de charmes et planté dans le Rien pour faire pousser un Cocigrue ! Retrouvez-le et vous pourrez peut-être faire quelque chose contre ce Mange-esprit.

— Bien, dit Lilas. Ça me semble très facile.

— Tu n'es pas obligée d'essayer, dit Arthur. Je… Je comprendrais que tu veuilles rester en dehors de tout ça.

— Je ne crois pas avoir le choix. Je ne peux pas laisser un

clone maléfique de toi se balader en prenant le contrôle de l'esprit des gens, si?

— Tu pourrais, dit Arthur. (Même si Lilas essayait de dédramatiser les choses, il voyait bien qu'elle avait peur.) Je connais des gens qui ne feraient rien s'ils n'étaient pas directement concernés.

— Ouais, eh bien, je ne veux pas être une de ceux-là. Et si Ed est sorti de quarantaine, il pourra m'aider… quoique, si c'est encore mercredi quand je reviendrai, il sera toujours coincé à l'hôpital…

Elle fit la grimace en pensant à son frère à l'hôpital. Ses parents, son frère et sa tante avaient tous souffert de la Peste narcotique et avaient été mis en quarantaine.

— Quoi qu'il en soit, doc, y a-t-il quelque chose de particulier que je puisse faire à ce Mange-esprit, vous savez, comme le sel qui fait fuir les Rapporteurs et l'argent, les Vampoulpes?

Scamandros retroussa les lèvres et des échafaudages en bois apparurent autour des tours tatouées sur ses joues pour les soutenir.

— Je ne sais pas. Une flèche ou une épée en argent ne lui plairaient sans doute pas beaucoup et, comme tous les Moins-que-Rien, il ne mangerait pas volontairement de sel, mais seuls les Moins-que-Rien inférieurs souffrent à cause de l'argent ou sont détruits par le sel.

— Est-ce qu'il dort? demanda Lilas. Et aura-t-il la poche d'Arthur sur lui ou la gardera-t-il ailleurs?

— Bonnes questions, excellentes questions, marmonna Scamandros. Je crains que mes sources ne m'aient rien indiqué sur son sommeil, mais c'est en effet possible qu'il dorme. Je pense qu'il doit cacher la poche près de son repaire mais, encore une fois, mes informations sont malheureusement assez vagues.

– Et avez-vous la moindre idée de l'endroit où peut se trouver son repaire ? continua Lilas. La maison d'Arthur ?

Deux petits nuages sur les joues de Scamandros se transformèrent en tornades miniatures qui menaçaient une maison construite sur l'arête de son nez.

– Mes sources sont incomplètes : l'une d'entre elles évoque le « Repaire du Mange-esprit » mais ne donne pas de détails.

– J'imagine que, s'il imite Arthur, il faudra bien qu'il sorte de la maison à un moment ou un autre. Je pourrais me faufiler par la porte de derrière ou quelque chose comme ça. Y a-t-il une porte de derrière ?

– Le mieux serait de passer par le garage, intervint Arthur. Il y a une télécommande pour ouvrir la porte, sous un caillou bleu dans l'allée. Je suppose que son repaire doit être dans ma chambre, à l'étage, s'il est moi. Mais je crois que nous ferions mieux d'attendre d'avoir plus d'informations avant de décider quoi que ce soit.

Il prit à nouveau la Clef Troisième et posa l'autre main sur l'Anthologie. La couverture de cuir vert frémit sous sa main.

– Attends une seconde ! dit Lilas. Tu n'es pas obligé de…

– Je ne peux pas te laisser affronter un Mange-esprit sans préparation, l'interrompit Arthur. D'ailleurs, ce sera un bon test pour savoir à quel point je vais être contaminé.

– Arthur…, commença Lilas, mais il se concentrait déjà sur les questions qu'il allait poser à l'Anthologie.

« Qu'est-ce qu'un Mange-esprit ? Comment en vaincre un qui me copie ? Où est son repaire ? »

Les questions s'étaient à peine formées dans son esprit que l'Anthologie s'ouvrit brusquement, se transformant en un livre bien plus grand, les pages battant comme un éventail dans le vent. Quand elle eut atteint sa taille maximale, les pages s'immobilisèrent et une main invisible se mit à écrire. Les premières lettres étaient d'un étrange alphabet fait de lignes droites et de points ; elles se mirent à scintiller sous les yeux d'Arthur, se transformant en lettres latines élégamment calligraphiées.

Tout le monde regardait Arthur penché sur l'Anthologie. Suzy choisit ce moment pour traverser la pièce depuis l'une des portes de service d'où elle avait écouté jusqu'à la chaise du Midi de Lundi, derrière laquelle elle s'assit, pour que dame Prima ne puisse pas la voir.

Pour le bénéfice de l'assemblée, Arthur lut l'article à voix haute, avec quelques difficultés parce qu'il n'avait pas l'habitude de cette écriture ancienne. En outre, la plupart des mots ne lui étaient guère familiers.

« Mange-esprit » est un terme souvent employé pour décrire un type de Moins-que-Rien proche de la classe des Autochtones, connus comme des Créations Approximatives : en effet, le Mange-esprit se sert de certaines techniques de sorcellerie employées par l'Architecte elle-même pour créer de la vie à partir du Rien, bien qu'étant dénué de Son talent.

Un Mange-esprit est toujours inspiré d'une des Créations de l'Architecte, soit directement, comme dans le cas de la copie d'un Autochtone, soit indirectement, dans le cas de la copie d'un mortel, résultat final des anciennes expériences de l'Architecte sur l'évolution de la vie.

Le but d'un Mange-esprit, dans les deux cas, est de remplacer un original, le plus souvent dans une optique d'espionnage, de tromperie ou d'autres actes vils. Pour y parvenir, le Mange-esprit semblera posséder, aux yeux de la plupart des gens, l'apparence physique de sa cible. Son véritable visage peut être observé en le regardant à travers un voile de gouttes de pluie lors d'une journée ensoleillée ou par l'usage de nombreux sorts.

Initialement, le Mange-esprit aura une connaissance limi-tée de son sujet, pas plus étendue que ce que lui aura dit son créateur. Cependant, une partie du charme utilisé pour créer un Mange-esprit dans le Rien développe d'autres pouvoirs chez le Moins-que-Rien. Il est capable d'extruder sa mentalité dans tout esprit sensible avec qui il établit un contact physique, grâce à un moule mentalement conducteur symbiotique au Mange-esprit. Le moule, dérivé d'une forme de vie semi-intelligente d'un monde des Royaumes Secondaires (Nom dans le langage du Palais : Avraxyn ; Nom local : xV&*)

— Je ne peux pas lire le nom local…

Lilas secouait la tête, mais ce n'était pas à cause de l'in-capacité d'Arthur à lire le nom étranger.

— Un *quoi* mentalement conducteur ? Qu'est-ce que tu as dit ? Il fait pousser des *moules* sur les gens ?

— C'est… c'est ce qui est écrit là, dit Arthur, qui venait juste de se rendre compte de ce qu'il avait lu, tant il s'était concentré pour déchiffrer les mots.

— Ça ne me dit rien qui vaille, dit Lilas en réprimant un frisson. Comment l'empêcher de faire ça ?

— Je… je vais voir ce que dit l'Anthologie.

Arthur continua sa lecture.

Le moule entre par la peau ou une squame de sa victime une fois que le Mange-esprit a établi un passage en lui serrant la main, en l'attrapant par l'épaule, ou autre. Ses spores sont de couleur grise, mais ils ne s'attardent que quelques minutes sur la peau, si bien que la cible n'a généralement pas cons-cience d'avoir été colonisée. Le moule voyage dans le sang, se logeant finalement dans le cerveau de la cible ou dans un autre point sensoriel d'importance. Il se propage rapidement depuis cette base, dupliquant les tissus nerveux jusqu'à ce qu'il parvienne à se glisser dans les pensées et les souvenirs de la cible, qu'il partage par voie de télépathie avec la plus grosse partie du moule qui se trouve dans le cerveau secondaire du Mange-esprit, habituellement situé dans la section médiane. Le Mange-esprit utilise ces souvenirs et ces pensées pour mieux imiter la cible qu'il remplace. Il est capable de contrôler l'esprit des sujets dans lesquels le moule est bien établi, mais sans grande précision.

L'influence du moule se ressent également dans le comportement du Mange-esprit. Dans son état naturel sur Avraxyn, le moule établit toujours un repaire où il installe son hôte premier en sécurité. Dans le Mange-esprit, le moule est subalterne et doit le suivre, mais il le pousse toujours à établir un repaire. Celui-ci sera sombre et aussi profond que possible tout en permettant au Mange-esprit d'y accéder facilement. Il sera bordé de matériaux doux et quelque part à l'intérieur se trouvera l'objet-noyau à partir duquel le Mange-esprit a été créé. C'est habituellement un os, un fragment de chair, un vêtement, un objet personnel précieux, un animal de compagnie ou un ami de longue date de la victime.

— C'est vraiment horrible, dit Lilas.

— J'ai connu pire, marmonna une voix provenant de sous la table.

Le Dr Scamandros regarda autour de lui, mais soit personne d'autre n'avait entendu Suzy, soit ils avaient pris l'habitude de l'ignorer.

— Elle continue d'écrire, dit Arthur.

La page s'effaça et la main invisible se remit en mouvement.

Le Mange-esprit qui a dupliqué Lord Arthur a choisi de s'appeler l'Écorché, peut-être parce que, dans son apparence naturelle, il n'a pas beaucoup de peau, révélant à la place l'os exposé. On peut le vaincre en s'emparant de l'objet-noyau, la poche de chemise de l'uniforme scolaire de Lord Arthur. Lord Arthur devra ensuite plonger cette poche dans le Rien.

À l'heure actuelle, dix heures vingt du matin heure locale terrienne, en temps jeudi, l'Écorché a établi un repaire temporaire dans la lingerie principale de l'hôpital du secteur est au troisième sous-sol. Si le Mange-esprit s'installe dans la maison d'Arthur, il est fort probable qu'il établisse son repaire dans la fosse sous la maison, à laquelle on peut accéder en soulevant une plaque de béton dans le jardin près du grillage de derrière.

— C'est quoi cette histoire de jeudi? Qu'est-ce que le temps d'Arthur?

Arthur relut la phrase.

— Nous ne devrions pas être jeudi sur Terre! Nous devons revenir le mercredi après-midi! Comment peut-on être jeudi?

— Le temps est malléable entre le Palais et les Royaumes Secondaires, expliqua le Dr Scamandros. Mais les personnages puissants tels que vous, Lord Arthur, affectent et gouvernent les flux relatifs. Je ne peux que présumer que le Mange-esprit, possédant certaines de vos qualités, a pris votre place pour des raisons chronologiques. Dans… euh… dans d'autres termes, vous êtes revenu.

— Mais Lilas? Peut-elle revenir mercredi.

— Je pense que non, dit Scamandros. Mais je ne suis pas expert dans ces problèmes de relativité. Peut-être que Renifleur en sait plus, grâce aux Sept Cadrans.

— Sans essayer, monsieur, je ne saurais le dire, dit Renifleur. Néanmoins, en règle générale, la relation temporelle entre un Royaume Secondaire et le Palais est définie par la Porte Principale et défie l'explication. Elle a sans doute cru que vous étiez rentré sur Terre et ne s'est pas soucié de Mlle

Lilas, si vous me permettez. Ainsi, mademoiselle ne pourra rentrer au plus tôt qu'à dix heures vingt jeudi, s'il est encore cette heure-là. Un peu plus de jus d'orange?

— Mais ça signifie que j'ai disparu toute la nuit! s'exclama Lilas, incrédule. Mes parents vont me tuer!

Chapitre 4

– Vraiment? demanda le Dr Scamandros. Ça me semble plutôt sévère.

– Oh, ils ne vont pas vraiment me tuer, soupira Lilas, même s'ils le voulaient : ils sont en quarantaine, alors ils ne pourront que me crier dessus dans l'interphone et taper sur la vitre du parloir. Ça va seulement me compliquer les choses.

Arthur regarda l'Anthologie. Quelque chose avait changé sur la page, attirant son attention. Il lui fallut un instant pour comprendre.

– Hé! Il est dix heures vingt et une chez nous!

– Il faut que je parte, dit Lilas. J'essaierai de faire quelque chose au sujet de cet Écorché, je te promets, mais je dois au moins aller faire coucou à mes parents. Alors, comment dois-je faire pour rentrer? Et comment je reviendrai ici si… *quand* j'aurai mis la main sur cette poche?

– Renifleur peut utiliser les Sept Cadrans pour te ramener à l'hôpital, je crois, dit Arthur.

– En effet, monsieur, confirma Renifleur en s'inclinant bien bas.

– Pour revenir, je ne sais pas.

– L'Écorché est passé par la Porte Principale, alors le Palais se sera manifesté dans votre monde, dit dame Prima avec un geste désinvolte de la main. Tout ce que vous devez faire, c'est la trouver, frapper à la Porte et on s'occupera du reste. Maintenant, je dois insister pour que nous revenions au Programme !

– D'accord, d'accord, dit Arthur.

Il se tourna vers Lilas, mais se trouva subitement à court de mots. Il ne la connaissait pas depuis longtemps, pourtant il avait déjà l'impression que c'était une vieille amie, et il lui demandait de lui rendre un service vraiment immense. Il ne savait pas comment lui dire à quel point il lui était reconnaissant de son aide et de son amitié.

– Je… Je suis désolé de t'avoir entraînée là-dedans, Lilas. Je veux dire, j'apprécie vraiment… tu… euh… même mes anciens amis, là où je vivais auparavant, ne seraient pas aussi… bref… j'aimerais pouvoir… oh !

Il passa la main derrière son cou et retira le cordon avec le médaillon du Marin. C'était la seule chose qu'il pouvait lui offrir.

– Je ne sais pas si cela te sera utile : si les choses tournent mal, essaie d'appeler le Marin. Peut-être… non pas qu'il ait été très rapide la dernière fois, mais… bonne chance.

Lilas passa le cordon autour de son cou, hocha fermement la tête et tourna les talons.

– M'a jamais rien donné, marmonna une voix dont l'origine était invisible.

Arthur regarda sous la chaise que Lilas venait de quitter et vit Suzy, courbée sous la table. Elle regardait le pied de dame Prima, une grosse aiguille à repriser à la main. Elle sourit à Arthur et la planta dans le pied, mais sans effet. De minuscules lettres se décalèrent pour laisser entrer l'aiguille puis une vive étincelle rouge traversa le métal. Suzy lâcha prise et se suça les doigts pendant que l'aiguille se transformait en une petite flaque d'acier en fusion.

Arthur soupira et lui fit signe de venir s'asseoir à côté de lui. Elle secoua la tête et resta où elle était.

Même si Lilas n'avait pas vu bouger Renifleur, il était déjà à la porte lorsqu'elle l'atteignit. Elle allait la passer lorsque le Dr Scamandros se précipita vers elle et lui remit quelque chose dans la main.

– Vous en aurez besoin, murmura-t-il. Vous ne pourrez pas voir le Palais sans ça, ni trouver la Porte Principale. Dame Prima est un peu impatiente, pas intentionnellement, j'en suis sûr.

Lilas regarda ce qu'il lui avait donné : un étui en cuir ouvert qui contenait des lunettes aux montures dorées, avec des verres fins sérieusement fissurés et craquelés. Elle referma l'étui qu'elle glissa dans la ceinture serrée de son pantalon.

– Par ici je vous prie, mademoiselle Lilas, dit Renifleur, alors que Scamandros courait reprendre sa place à la table. Vous faudra-t-il des vêtements convenant mieux à votre Royaume Secondaire et à votre époque ?

– Si vous avez quelque chose, ce serait super.

Elle portait une chemise en coton aux manches larges et un pantalon en toile bleu, l'uniforme de base des mousses de *La Mante des Mers*. Elle n'avait même pas pensé à ce qu'elle dirait pour expliquer sa tenue. Expliquer pourquoi elle n'était pas allée voir ses parents, sa tante et son frère en quarantaine pendant au moins seize heures allait être bien assez difficile comme ça.

Alors qu'elle s'éloignait, Lilas entendit dame Prima dire

quelque chose au Dr Scamandros puis se lancer dans un discours. On aurait dit un politicien dans un débat télévisé, conscient des tactiques dilatoires de son adversaire.

– Je pense, Lord Arthur, que nous pouvons maintenant poursuivre comme vous nous l'avez demandé, avec le Programme réorganisé par ordre d'importance.

– Bien sûr, répondit-il avec lassitude.

Mais il ne pouvait s'empêcher de penser au Mange-esprit, cet « Écorché » qui prétendait être lui. Qu'allait faire cette créature ? Ses parents ne pourraient pas s'en douter. Ils seraient sans défense, tout comme ses frères et sœurs. Cette chose s'emparerait de leur esprit et après… même si le Mange-esprit était détruit et qu'Arthur pouvait rentrer, il n'aurait peut-être plus de famille.

Quelque chose s'insinua dans les pensées d'Arthur. Dame Prima venait de dire quelque chose. Quelque chose d'important.

– Qu'est-ce que c'était ? demanda-t-il. Qu'est-ce que vous venez de dire ?

– J'ai dit, Lord Arthur, que nous suspections que la mauvaise gestion des Jours-à-Venir n'est pas un accident. Ils ont été influencés, ou persuadés, de se conduire ainsi, dans l'optique d'une destruction complète et totale du Palais et, avec lui, de l'intégralité de la création.

– Quoi ?

Arthur bondit de sa chaise. Tout le monde le regardait, et il se rassit lentement en prenant une profonde inspiration pour essayer de calmer son cœur qui s'affolait.

– Vraiment, Lord Arthur, dois-je encore me répéter ? Si nous laissons les Jours-à-Venir continuer ainsi, il y a un grand risque que le Palais entier soit détruit.

– Vous êtes sûre ? demanda-t-il nerveusement. Je veux dire, maître Lundi était vraiment paresseux, Lord Mardi voulait fabriquer et posséder des tas de choses, et Mercredi… elle ne pouvait s'empêcher de se comporter en véritable goret. Ça ne veut pas dire qu'ils voulaient détruire le Palais.

— Dans tous les cas, les Curateurs ont mis le Palais en danger, dit dame Prima avec raideur. À cause de la paresse de Lundi, le Bas-Palais ne transportait ni ne stockait correctement les Registres, si bien qu'il est désormais impossible de savoir ce qui est arrivé à de nombreux Autochtones, à certains endroits du Palais, à des objets importants, à des millions ou même des billions de mortels doués de sens et même de mondes entiers dans les Royaumes Secondaires. Il y a eu aussi des interférences considérables avec les Royaumes Secondaires, via le Bas-Palais pour la plupart.

« Le cas de l'Abominable Mardi est encore pire car, dans son avarice, il a miné tellement de Rien que celui-ci mettait en danger d'inondation les Confins Extrêmes du Palais. Si ces derniers étaient tombés dans le Rien, il est fort possible que le reste du Palais y aurait été entraîné également.

« Mercredi sous les Flots n'a pas réussi à empêcher l'Océan Frontalier de rompre ses frontières et il s'étend désormais dans de nombreux endroits où il n'a rien à faire, ouvrant le passage à ceux qui peuvent passer la Ligne des Éclairs, et empiète sur des régions de Rien, affaiblissant encore la structure du Palais.

Elle s'arrêta pour siroter son vin rouge sang.

— Tout cela suggère que les Curateurs, volontairement ou non, font partie d'un plan pour démolir le Palais et le réduire au Rien, ainsi que tout ce que l'Architecte a créé !

— L'Univers entier ? demanda Arthur.

— L'Univers entier. Mais, pour l'instant, nous ignorons qui se cache derrière ce complot et ce qu'ils peuvent bien espérer y gagner. Le seigneur Dimanche et Samedi Suprême sont les suspects évidents… mais eux aussi seraient rapidement détruits. À moins qu'ils aient trouvé un moyen de ne détruire qu'une partie du Palais… c'est une curieuse énigme. N'étant composée que de trois clauses du Testament, je manque de connaissances importantes. En tout cas, peu importe, car notre stratégie ne change pas, que nous affrontions les Curateurs ou une force derrière eux.

— Quelle est « notre » stratégie ? demanda Arthur.

— La même que d'habitude. Vous arracherez la Clef Quatrième au sieur Jeudi, la Cinquième à dame Vendredi, la Sixième à Samedi Suprême et la Septième au seigneur Dimanche.

— C'est tout ? s'inquiéta Arthur. Vous appelez ça une stratégie ?

— Qu'attendais-tu d'un poisson-ours-grenouille ? demanda Suzy sous la table, juste assez fort pour que seul Arthur puisse l'entendre.

— C'est la grande stratégie, répondit sèchement dame Prima. Naturellement, il y a des détails à peaufiner. L'une des premières choses à faire est de restaurer les limites de l'Océan Frontalier avant qu'il ne cause plus de dégâts. Puisque vous avez décidé de garder la Clef Troisième, Arthur, ce sera votre prochaine tâche.

— Que dois-je faire ?

— L'Aube de Mercredi a identifié trente-sept mille six cent quarante-deux endroits où l'Océan Frontalier a empiété sur les Royaumes Secondaires ou sur le Rien. À chaque fois, vous devrez utiliser les pouvoirs de la Clef pour forcer l'Océan à revenir à sa place. Heureusement, vous n'avez pas besoin de vous rendre sur place à chaque fois, puisque les pouvoirs de la Clef Troisième peuvent être dirigés à partir de Port Mercredi.

— Mais il faudra que j'utilise la Clef trente-sept mille fois, dit Arthur.

Il regarda la bague en forme de crocodile à son doigt. Elle ne semblait pas avoir changé depuis qu'il avait utilisé l'Anthologie. Mais, en l'approchant de ses yeux, il vit que le doré s'était étendu d'une largeur de cheveu et atteignait désormais la quatrième ligne.

— Je deviendrais un Autochtone en un rien de temps. Et je ne pourrais jamais rentrer chez moi.

— Cet attachement sentimental à votre monde d'origine et à votre mortalité est une sérieuse faiblesse, Arthur, dit dame Prima.

Elle se pencha en avant et il sentit que ses yeux étaient aimantés par son regard. Les yeux de dame Prima se firent plus brillants, teintés d'une lueur dorée et, même si elle ne portait pas ses ailes, Arthur les sentait pousser derrière elle, intensifiant sa majesté. Il ressentit un besoin presque irrépressible de s'incliner devant elle tant elle était belle et puissante.

— L'Océan Frontalier doit être ramené dans ses limites et seule la Clef Troisième peut s'en charger.

Arthur essaya de se forcer à lever le menton, résistant à l'envie de s'incliner devant le Testament. Ce serait tellement facile d'abandonner, de faire tout ce qu'elle lui demandait. Mais ce serait alors la fin d'un garçon appelé Arthur Penhaligon. Il serait quelque chose d'autre, et ne serait plus humain.

Ce serait tellement facile… Arthur ouvrit la bouche et la referma aussitôt alors que quelque chose de pointu lui piqua le genou. Cette douleur furtive lui permit de rompre le contact visuel avec dame Prima et il baissa rapidement les yeux.

— Laissez-moi y réfléchir, dit-il.

Il réussit à prononcer ces quelques mots au prix d'un grand effort, mais cela fonctionna. Dame Prima se laissa aller en arrière et l'aura presque visible de ses ailes diminua, son visage semblait avoir perdu sa beauté presque insupportable.

Arthur prit une gorgée de jus d'orange et jeta un coup d'œil sous la table. Suzy remettait une grosse aiguille dans la doublure de son pardessus où elle alla en rejoindre une autre demi-douzaine.

Il prit une profonde inspiration et continua :

– Qu'avez-vous prévu que je fasse lorsque le problème de l'Océan Frontalier sera réglé ?

– Le sieur Jeudi détient la Clef Quatrième, dit dame Prima. Comme il commande la Glorieuse Armée de l'Architecte et que c'est un Autochtone très puissant, versatile et extrêmement violent, ce ne serait pas très sage de l'affronter directement. Nous pensons qu'il serait préférable d'employer des agents pour découvrir où la Quatrième Clause du Testament a été emprisonnée par le sieur Jeudi. Lorsque nous l'aurons trouvée et relâchée, nous pourrons envisager notre prochaine action. Pendant ce temps, à cause des risques d'assassinat, il vaudrait mieux que vous vous rendiez à Port Mercredi sous escorte pour travailler à contenir l'Océan Frontalier avec la Clef Troisième.

– Bien, acquiesça Arthur.

Il fronça les sourcils et sirota son jus d'orange en essayant de trouver une solution. La seule chose dont il était sûr c'était que, s'il voulait garder la moindre chance de revenir un jour à sa vie ordinaire, il devait éviter de se servir des Clefs. De toute évidence, la Troisième Clef devait être utilisée immédiatement pour remettre l'Océan sous contrôle. Mais dame Prima pouvait s'en charger.

« Et moi, je resterai caché là », pensa-t-il amèrement. Il se sentait piégé et impuissant mais, en même temps, il ne savait pas quoi faire d'autre.

– Si j'utilise autant la Clef Troisième, je me transforme-rai en Autochtone, point final, conclut-il finalement. Mais j'ai bien conscience que l'Océan Frontalier doit être contenu. Alors je vais vous donner la Clef Troisième.

– Bien, approuva dame Prima.

Elle sourit et tapota son Programme d'un air satisfait, puis s'arrêta soudain, comme si elle venait brusquement de se rappeler un souvenir.

– Néanmoins, vous êtes l'Héritier Légitime. Vous ne devriez pas rester un faible mortel. Ce serait probablement mieux pour vous de garder et de vous servir des trois clefs à la fois et de devenir un Autochtone aussi rapidement que possible.

Arthur commençait à être irrité.

– Je vous l'ai dit des milliers de fois : je sais que je ne peux pas rentrer chez moi pour l'instant, mais il reste une chance au moins… une petite chance qu'un jour, si je ne deviens pas un Autochtone… oh, oubliez ça!

Arthur se rassit et frappa la table avec colère, gâchant son effet en s'étouffant légèrement avec sa propre salive. Pour s'éclaircir la gorge, il prit son jus d'orange et le but – jusqu'à ce que quelque chose de dur tombe en roulant de son verre et manque l'étouffer pour de bon.

Il recracha l'objet qui tinta comme une cloche en frap-pant la table en métal, roula en cercles de plus en plus petits et frémit avant de s'immobiliser. C'était une pièce d'argent, environ de la taille d'une pièce de dix pence.

– Qu'est-ce que… ? dit Arthur. Il y avait une pièce dans mon verre!

– Non! s'écria dame Prima.

Elle laissa tomber son crayon en or et un éventail en écaille de tortue apparut dans sa main. Tout en se remet-tant à parler, elle agitait l'éventail, très énervée.

– Vous ne pouvez sans doute pas être éligible?

– De quoi parlez-vous? demanda Arthur en prenant la pièce qu'il observa.

Une face représentait la tête d'un chevalier, la visière de son casque relevée et des plumes d'autruche tombant sur le côté. Les lettres qui la bordaient formaient un charabia à première vue, mais elles changèrent sous ses yeux, pour écrire: « Sieur Jeudi, Défenseur du Palais ». L'autre côté montrait le tiers d'une grande épée ancienne, un serpent enroulé autour de la poignée. Ou peut-être le serpent formait-il la poignée: Arthur l'ignorait. Les lettres sur cette face se mirent également à scintiller pour former les mots « un shilling ».

– Ce n'est qu'une pièce, dit Arthur.

Il regarda tout le monde. Personne ne le quittait du regard et tous semblaient inquiets.

– N'est-ce pas?

– C'est le shilling du sieur Jeudi, expliqua dame Prima On vous a tendu un piège pour que vous le trouviez. C'est l'une des ruses les plus anciennes de faire accepter à quelqu'un un objet dont il ne veut pas ou dont il ne sait rien.

– Qu'est-ce que ça veut dire?

– Ça veut dire que vous avez été appelé sous les drapeaux, dit dame Prima. Dans la Glorieuse Armée de l'Architecte. Je pense que les papiers vont arriver d'un moment à l'autre.

– Appelé? Dans l'Armée? Mais comment…?

– Je suppose que, techniquement, vous avez un statut dans le Palais, dit dame Prima. Ce qui permet au sieur Jeudi de vous incorporer. Chaque Autochtone, à un moment ou à un autre, doit effectuer son siècle de service militaire…

– Un siècle! Je ne peux pas passer cent ans dans l'Armée!

– La question, c'est de savoir si c'est un plan élaboré par le sieur Jeudi pour vous placer sous sa coupe ou s'il ne s'agit que d'un accident administratif. Dans ce dernier cas, vous serez à l'abri jusqu'à ce que nous ayons découvert où se trouve la Quatrième Clause du Testament et ensuite, avec son aide, nous pourrons…

— À l'abri? Je serai dans l'Armée! Et si on m'envoie me battre ou je ne sais quoi? Et si le sieur Jeudi se contente de me tuer?

Dame Prima secoua la tête.

— Il ne peut pas simplement vous tuer. Une fois que vous aurez été recruté, il devra suivre ses propres règles. Je suppose qu'il pourrait vous rendre les choses très désagréables. Mais ils font toujours ça aux recrues de toute façon.

— Fantastique! Et les assassins qui ont tué maître Lundi et Lord Mardi? Et s'ils me tuent?

— Hum! En fait, cela pourrait tourner à votre avantage, Arthur. Aucun assassin du Moyen ou du Haut-Palais n'oserait vous attaquer parmi vos camarades dans le Grand Labyrinthe, et un Autochtone des Jardins Incomparables serait très facile à remarquer, ce qui vous laisserait le temps de vous enfuir ou de trouver une solution. Vous seriez à l'écart, et en relative sécurité, pendant que nous nous occuperions du reste.

— Je vous demande pardon, dame Prima, mais il y a une chose que le sieur Jeudi pourrait faire, et fera probablement, s'il sait qu'Arthur fait partie de ses recrues, intervint le Midi de Lundi. Mon service remonte à bien longtemps, et je ne l'ai pas oublié. Arthur serait sans doute en sécurité lors de sa première année d'entraînement. Mais, ensuite, il pourrait être affecté aux Frontaliers ou au Fort de la Montagne, où il y a toujours des combats avec les Moins-que-Rien. En tant que mortel, il serait en bien plus grand danger que n'importe quel Autochtone.

— Et si je n'y vais pas, tout simplement? demanda Arthur. (Cela lui semblait encore la meilleure solution.) Je veux dire, quand même. Il doit bien y avoir des avantages à être le maître du Bas-Palais et le Duc de l'Océan Frontalier et tout ça. Je veux dire, le sieur Jeudi n'aurait pas pu incorporer maître Lundi ou l'Abominable Mardi ou Mercredi sous les Flots, si?

– Si, il aurait pu, dit le Midi de Lundi. S'ils n'avaient pas déjà effectué leur service.

– Mais je refuse de…, commença Arthur.

Il fut interrompu par un coup bruyant sur la porte. Un Sergent Commissionnaire passa la tête dans l'entrebâillement et s'éclaircit la gorge.

– Excusez-moi, madame, dit-il à dame Prima. Lord Arthur, il y a un sergent de recrutement ici. Il dit qu'il est en mission officielle et qu'il a les papiers qui le prouvent. Il ne porte pas d'armes. Que doit-on faire?

– Nous n'avons pas le choix, dit dame Prima. Le sieur Jeudi a le pouvoir de faire ça. Retardez-le quelques minutes, puis laissez-le entrer. Arthur, vous feriez mieux de me donner la Clef Troisième maintenant.

– Vous allez simplement me livrer à eux? demanda Arthur.

– Nous n'avons pas le choix, répéta-t-elle.

Quelques pages du Programme se tournèrent et dame Prima cocha quelque chose avec son crayon, ce qui rendit Arthur encore plus furieux. Il ne pouvait pas voir, mais il savait que ce devait être quelque chose du genre: « Mettre Arthur à l'abri et hors de nos pattes. »

– Je garde la Clef Troisième, déclara-t-il avec force. J'en aurai probablement besoin.

– Si vous la gardez, vous la donnerez au sieur Jeudi, dit le Midi de Lundi. Les recrues n'ont pas le droit d'apporter d'affaires personnelles. Tout ce dont vous avez besoin est fourni.

Arthur regarda Midi. Il ne pouvait croire ce qu'il entendait. Tout le monde acceptait sans problème qu'il s'en aille pour cent ans de service dans l'Armée du Palais.

— Je n'y vais pas, dit-il en brandissant la Clef Troisième comme une arme.

Sentant son humeur, elle devint plus longue et plus acérée, jusqu'à se transformer en trident de la taille d'Arthur, avec des dents aussi longues que son avant-bras.

— Et quiconque essaiera de me forcer souffrira.

— Et plutôt deux fois qu'une, ajouta la voix sous la table.

Chapitre 5

— Je crains que ça ne fonctionne pas, Lord Arthur, dit dame Prima.

Elle annotait toujours le Programme de façon très irritante sans même daigner le regarder.

— Les Clefs ne sont souveraines que dans leur propre domaine, bien qu'elles soient toutes de puissance équivalente dans les Royaumes Secondaires.

— Qu'est-ce que ça veut dire ? demanda Arthur.

— La Clef Troisième n'exerce ses pleins pouvoirs que dans l'Océan Frontalier, la Deuxième dans les Confins Extrêmes et la Première dans le Bas-Palais, expliqua le Dr Scamandros. Elles fonctionnent toutes dans les Royaumes Secondaires, où elles sont de puissance équivalente. À l'exception, je crois, de la Clef Septième, qui dépasse...

— Le temps presse, Lord Arthur, le coupa dame Prima.

Elle referma le Programme d'un geste très professionnel.

— Si vous voulez renoncer à la Clef en ma faveur, ce doit être fait maintenant.

– Mais je ne veux pas aller dans l'Armée, dit Arthur.

Sa colère le quittait désormais et il se sentait simplement triste et seul, sa seule alliée toujours cachée sous la table.

– Surtout pour cent ans! Il doit bien y avoir un moyen de sortir de cette situation.

– Si vous trouvez la Quatrième Clause du Testament et obtenez la Clef Quatrième, alors vous pourrez prendre la place du sieur Jeudi en tant que commandant et vous relâcher vous-même, dit le Midi de Lundi.

– Nous continuerons, bien entendu, de rechercher la Quatrième Clause du Testament de notre côté, assura dame Prima. Dès que nous l'aurons trouvée, nous pourrons vous aider.

– Je viens avec toi, Arthur, dit Suzy.

Elle sortit de sous la table en rampant, s'assit dans le fauteuil de Lilas et but ce qui restait du jus d'orange de la jeune fille, avant d'ajouter:

– Ça ne peut pas être aussi terrible que ça.

– Vous ne ferez rien de tel, rétorqua dame Prima. Vous avez un travail à effectuer ici en tant que Tierce de Lundi.

– Personne ne s'engage jamais volontairement dans l'Armée, dit le Midi de Lundi. Tout le monde est appelé. À part les Autochtones créés pour être soldats dès le départ, bien entendu. Je ne suis même pas sûr qu'il soit possible de se porter volontaire.

– Je pense que, si Arthur souhaite que j'aille avec lui, alors c'est mon devoir, dit Suzy. Je crois me rappeler que j'ai déjà été dans l'Armée. J'ai sans doute été incorporée il y a des siècles et fait mon service, seulement j'ai été lavée entre les oreilles depuis. Peut-être que ça me reviendra. En tout cas, je pourrais aider Arthur à trouver la Quatrième Clause du Testament.

– Merci, Suzy! s'exclama Arthur, qui se sentait beaucoup mieux. (Avoir Suzy à ses côtés ferait toute la différence.) Je veux que tu viennes. Tu me remontes toujours le moral, sans parler de m'aider. Je suppose… que si je dois y aller, autant en finir avec ça.

Il se leva, prit la Clef Troisième, et se dirigea vers dame Prima. Elle glissa de son fauteuil et s'inclina devant lui. Lorsqu'elle se redressa, Arthur fut frappé de voir à quel point elle était grande, maintenant qu'elle contenait trois clauses du Testament. Elle faisait bien plus de deux mètres, peut-être deux mètres cinquante et, de près, il apercevait de tout petits mots qui grouillaient partout sur sa peau et ses vêtements. Il y avait des centaines et des milliers de minuscules caractères de style ancien en mouvement perpétuel, qui changeaient de couleur en se transformant en peau ou en vêtements. De temps à autre, Arthur distinguait un mot ou un segment de phrase, comme : « Le Testament est la Parole et la Parole est… » La regarder était un peu comme examiner un billet de banque, où l'on ne distinguait les minuscules détails gravés qu'en s'en approchant.

– Vous rappelez-vous les mots, Arthur, pour me désigner Intendante de la Clef Troisième ?

– Non, commencez et je les répéterai après vous.

– Très bien. « Moi, Arthur, Duc de l'Océan Frontalier, Lord des Confins Extrêmes, maître du Bas-Palais, détenteur des Première, Deuxième et Troisième Clefs du Royaume, confie à ma fidèle servante, les Première, Deuxième et Troisième Clauses combinées du Grand Testament de l'Architecte, tous mes pouvoirs… »

Arthur répéta ces mots mécaniquement, l'esprit ailleurs. Il avait peur de ce qu'allait faire l'Écorché et se demandait si Lilas n'allait pas se mettre en danger sans aucune chance de succès. Il craignait aussi ce qui allait lui arriver à lui. Après tout, il n'était qu'un jeune garçon. Il ne devrait pas être une recrue de n'importe quelle armée, encore moins d'une armée remplie d'Autochtones immortels qui étaient bien plus forts et robustes que lui.

Dame Prima saisit le trident et, pour la première fois, Arthur réalisa que les gants qu'elle portait étaient en fait les gantelets de la Clef Seconde, transformés pour être plus raffinés. Et l'épée faite des deux aiguilles d'horloge qui constituaient la Clef Première était glissée dans sa ceinture, dissimulée en grande partie par la traîne de sa longue robe, déployée autour d'elle comme une cape.

— Merci, Arthur, dit dame Prima. Je ferais mieux de prendre l'Anthologie également.

— Je suppose qu'elle ne me sert pas à grand-chose sans les Clefs, dit Arthur.

Il sortit le petit livre vert de sa poche et le lui tendit lentement. Il avait l'impression de perdre tout ce qui pourrait l'aider.

— Parfait! Je vais immédiatement commencer à travailler sur l'Océan Frontalier, annonça dame Prima. Nous n'épargnerons pas non plus nos efforts pour trouver la Quatrième Clause et nous vous tiendrons informé de nos progrès.

— Le courrier n'arrive que deux fois par an à l'école des recrues, dit le Midi de Lundi. Et elles ne sont pas autorisées à télégraphier ni à téléphoner.

— Nous trouverons un moyen, affirma dame Prima. Maintenant, nous ferions mieux de laisser entrer l'officier recruteur. Bonne chance, Arthur.

— Ça ne me plaît toujours pas, dit-il. Je veux que vous cherchiez le moyen de me sortir de l'Armée.

— À vos ordres, Lord Arthur.

Dame Prima baissa la tête mais ne s'inclina pas, et il eut de nouveau le sentiment que cela convenait très bien au

Testament de le savoir piégé dans le Palais pendant des années, l'Écorché ayant pris sa place chez lui... il n'aurait peut-être nulle part où aller en sortant de l'Armée, et n'aurait d'autre choix que de devenir un Autochtone.

– Je reviendrai, dit Arthur avec virulence. Tel que je suis, pas en Autochtone. Si je dois trouver la Quatrième Clause du Testament moi-même et prendre la Clef Quatrième au sieur Jeudi, je le ferai. Et j'attends de vous tous que vous fassiez votre possible pour aider Lilas, particulièrement si... quand... elle reviendra avec la poche.

– Ah, Lord Arthur, dit nerveusement le Dr Scamandros, en jetant un regard en biais à dame Prima. Attendre de nous est... comment dire... un terme inexact...

– Voici l'officier recruteur! l'interrompit dame Prima. Bienvenue dans l'antichambre de Lundi, lieutenant.

L'officier en question se tenait au garde-à-vous à la porte et il fit un rapide salut. Aux yeux d'Arthur, il semblait tout droit sorti d'un livre d'histoire. Il portait une tunique écarlate avec des revers blancs ornés de nombreux boutons dorés. Ses jambes étaient couvertes d'un pantalon noir avec une large bande dorée sur chacune, ses pieds étaient chaussés de bottes noires avec des éperons et il faisait au moins trente centimètres de plus que sa taille normale grâce à un imposant chapeau de fourrure noire, orné de plumes bleues et blanches. Il avait aussi un croissant en bronze de la taille d'une main autour du cou, gravé de nombres et de fioritures.

Il passa la pièce en revue et vit dame Prima, visiblement la plus grande et la plus importante des Autochtones dans la pièce.

– Je vous demande pardon, madame, dit le lieutenant. Crosshaw est mon nom, officier recruteur. J'ai une réquisition au nom d'un certain Arthur Penhaligon, mais je pense qu'il doit y avoir une erreur, car elle donne à cet Arthur le rang dans le Palais de... eh bien... numéro six. Je me disais qu'il manquait peut-être plusieurs zéros... S'il y a quelqu'un parmi les employés de Lundi du nom d'Arthur Penhaligon, peut-être pourrais-je vérifier le document ?

– Il n'y a pas d'erreur, affirma dame Prima en indiquant Arthur d'un geste hautain. La personne en question est Lord Arthur Penhaligon, maître du Bas-Palais, Lord des Confins Extrêmes, Duc de l'Océan Frontalier, sixième en préséance dans le Palais. Je suis dame Prima, Première, Deuxième et Troisième Clauses du Testament de l'Architecte.

Crosshaw déglutit bruyamment, ouvrit la bouche, la referma, puis regarda les papiers qu'il tenait à la main. Il sembla y puiser de la force, car il regardait Arthur en face et se dirigea vers lui, s'arrêtant en claquant les talons juste devant lui.

– Je vous demande bien pardon, euh... Lord Arthur. Ayant été à un avant-poste éloigné du Grand Labyrinthe jusqu'à hier lorsque j'ai pris mes nouvelles fonctions, je ne savais pas qu'il y avait eu des changements, euh, parmi les Curateurs. Le problème... je ne sais pas trop comment formuler ça... D'après ce que je sais, si votre nom est sur le formulaire d'incorporation, alors vous avez été incorporé. Je dois vous le donner.

Le lieutenant tendit un large carré de parchemin, qui portait de nombreux petits caractères formant clairement le nom d'Arthur au milieu.

– Que se passera-t-il si je ne le prends pas ? demanda Arthur.

– Je n'en suis pas tout à fait sûr, dit Crosshaw. Si vous le prenez, je vous escorterai *via* l'ascenseur jusqu'au Grand Labyrinthe, au Camp des Recrues. Sinon, je crois que les pouvoirs du formulaire de recrutement vous amèneront tout de même au camp, par des moyens... plus déplaisants.

– Si je peux jeter un coup d'œil au document? demanda le Dr Scamandros, qui s'était déplacé derrière Arthur.

Il mit ses lunettes aux verres de cristal sur son front, pas sur ses yeux, et observa attentivement le papier.

– Ah, oui, nous y voilà. Très intéressant. Si vous ne partez pas de votre plein gré, Arthur, vous serez transformé, probablement en un petit paquet de papier brun attaché avec une ficelle, capable de passer par le système postal du Palais... ce qui, étant donné les problèmes toujours d'actualité dans le Bas-Palais, ne serait pas un... euh... un moyen de transport efficace.

– D'accord, je vais le prendre, dit Arthur.

Il tendit la main, attrapa le papier puis poussa un cri d'horreur lorsqu'il s'enroula autour de sa main et se mit à grimper le long de son bras comme une horrible limace dévorant sa chair; cependant, il ne souffrait pas.

– Ne vous inquiétez pas! s'écria Crosshaw. Il se transforme simplement en uniforme de recrue!

Arthur détourna les yeux et essaya de se détendre. Le papier continuait de se déplacer sur lui, bruissant et ondulant. Lorsqu'il baissa les yeux, ses vêtements s'étaient transformés: une simple tunique bleue avec des boutons noirs, un pantalon bleu et de petites bottes noires, une ceinture de toile blanche avec une boucle en cuivre, une poche à munitions et une boucle de baïonnette vide (aussi connue sous le nom de soutache) sur la hanche.

Mais le formulaire d'incorporation n'avait pas tout à fait terminé. Arthur tressaillit en le sentant sortir de sous sa tunique et remonter le long de sa nuque. Il grimpa sur sa tête et se transforma en toque bleue, avec une jugulaire inconfortable qui s'attacha non pas sous le menton d'Arthur mais sur sa lèvre.

– Très bien, recrue, dit Crosshaw.

Il n'était plus nerveux et Arthur se sentit immédiatement plus petit et insignifiant.

– Suivez-moi.

Le lieutenant salua dame Prima puis tourna les talons et fit un pas vers la porte.

– Attendez! dit Suzy. Je viens aussi!

Crosshaw se retourna, surpris.

– Je vous demande pardon?

– Je me porte volontaire, dit Suzy. Je veux aller avec Arthur.

– Nous n'acceptons pas les volontaires, dit Crosshaw. On ne sait jamais avec qui on pourrait se retrouver.

– Mais je crois que j'ai peut-être déjà servi, je suis probablement dans une sorte de Réserve.

– Nous n'appelons pas non plus les réservistes, dit Crosshaw en reniflant. Surtout les enfants du Joueur de Flûte qui ont oublié tout ce qu'ils savaient lorsqu'on les a lavés entre les oreilles.

– J'ai un bout de papier quelque part, dit Suzy en fouillant dans ses poches.

– Je ne peux pas vous aider, mademoiselle, dit Crosshaw d'un ton sans réplique. Venez, recrue Penhaligon. Tenez-vous un peu plus droit. Qu'avez-vous sur la jambe?

– Une carapace de crabe.

Contrairement au reste de ses vêtements, la carapace n'avait pas disparu, son nouveau pantalon s'étant formé sous elle.

– Pour ma jambe cassée.

– Que je lui ai prescrite, intervint le Dr Scamandros. Dr Scamandros, à votre service. Commandant Scamandros, Sorcier de l'Armée en retraite. J'ai fait mon service obligatoire il y a près de trois mille ans, avant de poursuivre des études supérieures dans le Haut-Palais.

– Très bien, monsieur, dit Crosshaw avec un autre rapide salut. Si c'est une nécessité médicale prescrite, gardez-la.

– Lord Arthur est un mortel, ajouta le Dr Scamandros. Il sortit un petit calepin dans lequel il griffonna rapidement quelques mots avec une plume de paon qu'il avait trempée dans de l'encre argentée. Il a besoin de la carapace et de la bague à son doigt pour des raisons médicales. Il doit être traité avec une considération particulière.

Crosshaw prit la feuille qu'il lui tendait, la plia et la fourra dans sa manche.

– Je viens quand même, dit Suzy.

– Pas de place pour vous dans l'ascenseur, aboya Crosshaw. Je suppose que rien ne pourra vous empêcher de supplier le sieur Jeudi de vous recruter à nouveau, si vous êtes vraiment une réserviste. Ce n'est pas quelque chose que je ferais. Mais rien ne vous en empêche. Venez, recrue Penhaligon. À gauche, marche rapide.

Crosshaw partit du pied gauche, ses talons claquant sur le sol de marbre alors qu'il se dirigeait vers la porte. Arthur le suivit, s'efforçant d'imiter le style de marche du lieutenant et de garder le rythme.

Il se sentit soudain incroyablement seul, abandonné de tous et totalement incertain de ce que l'avenir lui réservait.

Allait-il vraiment disparaître dans l'Armée pendant cent ans ?

Chapitre 6

— Les vêtements vous conviennent-ils, mademoiselle Lilas ? lui demanda Renifleur alors qu'elle sortait de derrière l'étagère centrale où elle s'était changée au milieu de la bibliothèque.

— Je pense que oui, répondit-elle.

Elle baissa les yeux sur le T-shirt d'un groupe dont elle n'avait jamais entendu parler. À en juger par le tourbillon de créatures mythologiques partiellement teintes, il devait dater des années 1970. Elle portait un jean qui n'était pas vraiment en toile mais qui y ressemblait, et la pièce sur la poche arrière était un impressionnant hologramme très net représentant un animal dont elle n'était pas sûre qu'il existe sur Terre.

— Si vous le désirez, nous pouvons essayer de jeter un coup d'œil à votre destination avant que vous traversiez, dit Renifleur.

Il se dirigea vers l'extrémité d'une rangée d'étagères et tira sur la corde qui pendait. Une cloche sonna au-dessus de Lilas et le mur entièrement recouvert de rayonnages roula en arrière et glissa pour révéler une pièce à sept côtés lambrissée de noyer foncé. Au centre de la pièce, sept grandes horloges de parquet étaient disposées en cercle, se faisant face.

— Qu'est-ce que c'est que ce bruit ? demanda Lilas.

Elle entendait, mais aussi ressentait, un étrange et sourd vrombissement, aucun tic-tac ne venait des horloges.

— Les balanciers des horloges, dit Renifleur. Le battement de cœur du temps. Voici les Sept Cadrans, mademoiselle.

— J'aimerais d'abord jeter un coup d'œil, dit Lilas. Pouvez-vous me montrer où se trouve l'Écorché ?

— Nous pouvons toujours essayer, répondit Renifleur.

Il tapota un long doigt sur son nez et sourit. Lorsqu'il était au service de Lundi, ce geste aurait été horrible : il avait une main aux ongles longs et sales, un nez couvert de furoncles. Désormais, la main de Renifleur était propre et manucurée et son nez, bien que long et crochu, était sain. Même les longs cheveux blancs qui poussaient à l'arrière de son crâne étaient nets et attachés avec un ruban de velours bleu marine assorti à sa longue queue-de-pie.

— Veuillez rester en dehors du cercle des horloges jusqu'à nouvel ordre, mademoiselle Lilas.

Le majordome inspira profondément puis pénétra rapidement dans le cercle et se mit à déplacer les aiguilles de l'horloge la plus proche. Ensuite, il courut jusqu'à la suivante, puis à celle d'après, ajustant l'heure sur chaque cadran. Après avoir modifié la dernière horloge, il quitta précipitamment le cercle.

— Nous devrions voir quelque chose dans un instant, expliqua Renifleur. Ensuite, je modifierai légèrement le décor et je vous renverrai chez vous. J'ai bien peur que, de toute évidence, je ne puisse pas vous ramener plus tôt qu'à dix heures vingt et une le jeudi suivant le mercredi où vous êtes partie. Ah! ça commence.

Une tornade de brouillard blanc se mit à tourbillonner lentement, ralentissant encore et s'élargissant en s'élevant du sol. En quelques secondes, elle avait complètement rempli le cercle entre les horloges de parquet. Sous les yeux de Lilas, un éclat argenté s'étendit dans le nuage, et devint si brillant qu'elle dut baisser les yeux.

Puis l'argent pâlit et le nuage devint transparent. Lilas se retrouva à regarder une chambre d'hôpital, comme si elle était une mouche au plafond. C'était une chambre ordinaire avec un lit une place. Arthur se trouvait dans ce lit, ou plutôt, se rappela hâtivement Lilas, l'Écorché se trouvait dans ce lit. Il ressemblait parfaitement à Arthur et elle frissonna à la pensée que, si on ne l'avait pas prévenue, elle n'aurait jamais su qu'il ne s'agissait pas de son ami.

Elle vit ensuite l'horloge murale. Elle indiquait dix heures vingt-cinq, ce qui était réconfortant. Si c'était encore jeudi…

La porte s'ouvrit et un docteur entra. Lilas sursauta parce qu'elle ne s'attendait pas à entendre quoi que ce soit. Mais le bruit de la porte qui s'ouvrait et les pas du docteur étaient aussi distincts que si elle regardait réellement depuis le plafond.

– Bonjour, Arthur, tu te rappelles de moi? Docteur Naihan. Je dois juste jeter un œil sur ton plâtre.

– Allez-y, dit l'Écorché.

Lilas frissonna à nouveau, car la voix du Moins-que-Rien était vraiment identique à celle d'Arthur.

Le docteur sourit et replia les couvertures pour regarder le plâtre haute technologie sur la jambe de l'Écorché. Après l'avoir à peine examiné quelques secondes, il se redressa et se gratta la tête, l'air décontenancé.

– C'est… je ne comprends pas… on dirait que le plâtre s'est fondu dans ta jambe… mais c'est impossible. Je ferais mieux d'appeler le professeur Arden.

– Quel est le problème avec le plâtre ? demanda l'Écorché.

Il se redressa et sortit du lit alors que le Dr Naihan prenait le téléphone sur la table de chevet.

– Non, tu ne dois pas te lever, Arthur, s'exclama Naihan. J'appelle juste…

Avant que le docteur puisse ajouter quelque chose, l'Écorché le frappa à la gorge, si fort que l'homme fut projeté contre les machines à oxygène sur le mur. Il glissa le long du mur et s'affaissa sur le sol, immobile.

L'Écorché se mit à rire, un étrange mélange du rire d'Arthur recouvert de quelque chose d'autre, quelque chose d'inhumain. Il se pencha et posa un doigt sur le cou de Naihan, s'assurant de toute évidence qu'il était mort. Puis il prit le cadavre d'une seule main, ce qu'Arthur n'aurait jamais pu faire, et le jeta négligemment dans un placard.

Ensuite, il se dirigea vers la porte, l'ouvrit et regarda à l'extérieur avant de sortir. La porte se referma lentement derrière le Moins-que-Rien, avec un bruit sec et définitif qui fit frémir Lilas.

Elle n'avait pas réalisé à quel point ce serait horrible de voir un monstre qui ressemblait tant à Arthur et s'exprimait comme lui, un monstre qui tuait les gens avec facilité et indifférence.

– Maintenant, mademoiselle Lilas, il est temps de partir, dit Renifleur, ce qui la fit sursauter.

Alors qu'il parlait, la chambre d'hôpital s'évanouit et Lilas ne vit plus à nouveau que les boiseries des murs et du parquet, ainsi que les horloges vrombissantes.

Le majordome pénétra dans le cercle et changea rapidement les aiguilles de seulement trois horloges.

– Entrez dans le cercle, vite, avant que les horloges sonnent!

Il sortit d'un bond et Lilas entra. Une seconde plus tard, les horloges se mirent toutes à sonner au même moment, alors que la pièce scintillait autour de Lilas. Elle se sentit prise de vertiges alors que tout devenait flou, puis une vague de nausée la frappa alors qu'une lueur blanche s'étendait sur les murs, le sol et le plafond. Bientôt, elle ne put plus rien voir autour d'elle.

Elle était sur le point de hurler ou de vomir – ou les deux – lorsque la lumière diminua d'un côté, ce qui lui permit d'apercevoir une sorte de couloir, bordé de lumière blanche mais plus sombre au milieu.

Lilas emprunta ce couloir en titubant et en se tenant le ventre. Elle se sentait complètement désorientée, avec la lumière blanche qui pesait derrière elle et sur les côtés. Elle n'entendait pas le bruit de ses propres pas ni sa respiration ni rien d'autre.

Puis, sans un avertissement, le son revint : une sorte de rugissement comme le vent dans ses oreilles, qui s'estompa rapidement et disparut. Lilas, les yeux toujours plissés, fit quelques pas bruyants sur le sol dur et tomba, roulant sur le dos. Son esprit perturbé mit un long moment à comprendre que les lumières qu'elle fixait désormais, bien que blanches, n'étaient que des panneaux fluorescents sur un plafond bleu pâle.

Elle s'assit et regarda autour d'elle. Elle était dans un couloir d'hôpital. L'hôpital du secteur Est. Elle reconnaissait le bleu pâle et le sinistre marron. Il n'y avait personne dans le couloir, mais il y avait de nombreuses portes tout le long.

Et il y avait une horloge au-dessus des portes battantes au bout du couloir. D'après elle, il était midi dix, ce qui l'inquiéta parce que, lorsqu'elle avait espionné l'Écorché telle

76

une mouche au plafond, il n'était que dix heures vingt-cinq. Si c'était encore jeudi, elle n'avait perdu qu'un peu plus d'une heure, mais tout de même…

Elle se leva, s'essuya la bouche du dos de la main et essaya les portes les plus proches. C'étaient des réserves de toutes sortes, ce qui indiquait qu'elle se trouvait au sous-sol, dans les parties de l'hôpital interdites au public, ce qui signifiait que sa priorité était de sortir de là, avant qu'un agent de sécurité la trouve et qu'elle doive expliquer ce qu'elle faisait là et comment elle était entrée.

Quelques minutes plus tard, laissant hurler derrière elle l'alarme de la porte de sortie, Lilas quitta un ascenseur dans la réception du service de quarantaine. Mais ce n'était pas comme la dernière fois qu'elle était venue. La salle d'attente était alors remplie de personnes venues voir leurs proches, gardés en observation au cas où la peste narcotique n'aurait pas vraiment disparu. Désormais, la salle d'attente était vide, de grandes bâches de plastique recouvraient les chaises et il régnait une odeur révélatrice de désinfectant récemment vaporisé. Pire encore, où elle se trouvait, Lilas ne voyait pas les deux agents de sécurité habituels dans la zone de réception mais quatre agents, une demi-douzaine de policiers en équipement complet de risque sanitaire et quelques soldats en combinaison de camouflage.

Avant qu'elle ne puisse retourner dans l'ascenseur, ils l'avaient tous remarquée.

– N'avance pas! s'exclama l'un des gardes de l'hôpital. Tout le niveau est une zone de quarantaine. Comment es-tu arrivée là?

– J'ai seulement pris l'ascenseur, répondit Lilas en se faisant passer pour plus jeune et bien plus bête qu'elle ne l'était.

– Il est censé être verrouillé depuis le rez-de-chaussée, grommela le garde. Reprends-le et redescends au niveau un.

— Je ne vais rien attraper, si? demanda-t-elle.

— Redescends! ordonna le garde.

Lilas fit un pas en arrière et appuya sur le bouton. De toute évidence, quelque chose avait changé depuis qu'elle était partie. Le fait que tout le secteur de la quarantaine était verrouillé n'annonçait rien qui vaille. Pourtant, la Peste narcotique avait disparu…

Les portes de l'ascenseur s'ouvrirent au rez-de-chaussée. Lilas sortit en plein chahut. Il y avait des gens partout, dans l'entrée, dans les couloirs, dans les salles d'attente. La plupart des personnes assises ressemblaient à des employés de l'hôpital, pas à des visiteurs, et même éloignée, Lilas put constater, d'un coup d'œil, qu'il n'y avait pas de patients.

Elle commença à se faufiler dans la foule, réfléchissant à ce qu'elle devait faire. La première chose était de déterminer exactement la date, et ce qui se passait. Ensuite, elle devrait trouver un moyen de se rendre dans la lingerie où l'Écorché avait, selon toute probabilité, caché la poche d'Arthur, puis la sortir de l'hôpital et trouver la manifestation du Palais qui, d'après ce que lui avait dit Arthur il y a bien longtemps, était apparue près de chez lui, occupant plusieurs rues…

Ce serait difficile, réalisa-t-elle en regardant par les portes principales. Elles étaient fermées, et recouvertes de bande adhésive noir et jaune indiquant une contamination bactériologique. Les fenêtres étaient couvertes d'affiches sur lesquelles, Lilas pouvait le distinguer même à cette distance, étaient inscrits les mots LOI CREIGH-TON, le texte qui permettait au gouvernement d'établir une aire de quarantaine et d'utiliser des moyens militaires pour s'assurer que personne n'en sortirait.

Derrière les fenêtres, sur le parking de l'hôpital, se trouvaient quatre ou cinq véhicules blindés et une multitude de soldats en combinaison de protection. Parmi eux se tenaient des silhouettes en combinaison orange avec trois lettres brillantes jaune fluo : AFB, Autorité Fédérale de Biocontrôle.

Lilas regarda autour d'elle pour voir si elle reconnaissait quelqu'un. Mais il n'y avait aucun visage familier, jusqu'à ce qu'elle remarque l'un des infirmiers à qui elle avait parlé lorsqu'Ed et toute sa famille avaient été amenés ici. Il était assis contre le mur, sirotant une tasse de café d'un air las, tandis que deux autres infirmières somnolaient à côté de lui, la tête sur la poitrine, des tasses de café abandonnées et des sandwichs entamés devant elles.

Lilas se fraya un chemin jusqu'à lui.

— Salut, dit-elle.

Elle ne se rappelait pas son nom et le badge sur sa chemise penchait vers le bas.

L'infirmier leva les yeux. Il ne réussit pas à faire le point au premier regard. Il secoua la tête, se passa la main sur le visage et sourit.

— Oh! salut. Tu t'es retrouvée coincée ici quand la quarantaine a été déclarée ?

— Ouais, dit Lilas. Sauf que je m'étais endormie dans la salle d'attente... euh... par là-bas, et je viens de me réveiller et je ne sais pas ce qui s'est passé. C'est encore la peste narcotique ?

— Non, c'est quelque chose d'autre.

Il se redressa un peu et Lilas vit son badge : infirmier chef Adam Jamale.

— Ce n'est peut-être rien, mais personne ne veut prendre de risque.

— Alors que s'est-il passé ?

— Ça me dépasse, dit-il en secouant la tête. Ça a commencé il y a une heure. J'ai entendu une rumeur selon laquelle ils avaient trouvé des signes d'attaque bactériologique sur l'un des employés.

— Ouais, c'est vrai, dit l'une des infirmières en bâillant. Le Dr Penhaligon elle-même, ce qui est plutôt logique : je veux dire, si vous voulez prendre quelqu'un, vous prenez le meilleur, non ?

— Mais qui pourrait bien faire ça ? demanda Lilas, inquiète pour la mère d'Arthur. Et quel genre d'arme bactériologique ?

— Peut-être des terroristes, répondit l'infirmière. On ne nous a pas donné de détails. Seulement que le Dr Penhaligon a remarqué un symptôme et l'a signalé immédiatement. Elle doit être en exclusion totale au niveau vingt à l'heure qu'il est.

— J'espère vraiment qu'elle saura la détruire, quoi que ce soit. Tu sais qu'elle a inventé la moitié de ce que nous utilisons pour identifier les virus ? Depuis le Rapide-Lyse, il y a bien longtemps, jusqu'au scanner rapide d'ADN PAG que nous avons reçu le mois dernier.

— Ah ouais ? Je ne savais pas qu'elle était derrière le Rapide-Lyse. Elle ne l'a jamais mentionné lors du cours qu'elle a donné sur les antiviraux…

Lilas décrocha. L'attaque bactériologique que la mère d'Arthur avait remarquée devait être les spores grises du moule de l'Écorché. Puisqu'il avait été créé à l'aide de la sorcellerie à partir d'une substance extraterrestre, il n'y avait presque aucune chance que la science médicale humaine puisse faire quelque chose. Mais peut-être les médecins pourraient-ils le ralentir ?

— Oh ! oui, j'ai oublié, dit Lilas en interrompant les deux infirmiers. Quel jour sommes-nous ?

— Jeudi, répondit Jamale. Tu devrais dormir encore un peu.

– Pas après avoir vu ma famille avec la peste narcotique. Dormir ne me semble plus aussi attirant. Mais je dois y aller. Merci !

– Pas de problème, dit Jamale. Fais attention à toi.

– J'essaierai.

Elle leur fit un signe de la main et s'éloigna dans la foule, en réfléchissant comme une forcenée. Qu'allait faire l'Écorché ? Avait-il d'autres objectifs que de simplement remplacer Arthur ? Avec la quarantaine, il aurait plus de mal à infecter des gens avec le moule liseur d'esprit, mais c'était toujours un Moins-que-Rien. Il n'y avait rien ni personne sur terre pour l'empêcher d'exécuter ce qu'il avait en tête.

Personne à part elle. Elle devait se dépêcher de trouver la poche d'Arthur, un moyen de sortir de la zone de quarantaine, et le Palais.

Elle changea de direction et se dirigea vers la cafétéria. D'après l'Anthologie, l'Écorché avait établi son repaire dans une lingerie. Il y avait sans doute un moyen d'aller chercher des serviettes, des nappes et autres dans la lingerie depuis la cafétéria et de revenir. Peut-être une chute de linge ou autre chose ? Tout ce qu'elle avait à faire, c'était de le retrouver et de refaire le trajet en sens inverse.

Lilas se frayait un passage dans la foule et approchait de la porte de la cafétéria lorsqu'elle aperçut un visage familier.

Le visage d'Arthur.

L'Écorché se trouvait juste devant elle, boitillant à l'aide d'une seule béquille. En traversant la foule, il acceptait les mains qui voulaient l'aider et manquait parfois de glisser, se rattrapant alors au premier coude ou à la première épaule venue.

Il souriait alors et murmurait un merci à chaque contact et à chaque main secourable.

Chapitre 7

Le lieutenant Crosshaw ne parla pas à Arthur dans l'ascenseur, du moins pas après lui avoir donné des instructions sur la façon dont il devait se mettre au garde-à-vous. Ils se trouvaient dans un ascenseur militaire très étroit, guère plus large qu'une cabine téléphonique. Une ligne rouge était peinte sur le sol à environ soixante centimètres des portes. Arthur devait se tenir au garde-à-vous, le bout de ses nouvelles bottes sur la ligne.

Il n'avait été que légèrement surpris de voir que l'ascenseur se trouvait derrière une porte du couloir menant dans la grande salle de réunion. Il savait qu'il y avait des ascenseurs partout, appartenant à différents domaines du Palais ou réservés à des usages ou à des passagers particuliers. Il imaginait que c'était comme un réseau de tunnels pour l'eau, l'électricité et les transports sous une ville moderne, tous entrecroisés, regroupés à certains endroits et éloignés à d'autres. Il devait y avoir quelque part une carte ou un guide du réseau d'ascenseurs du Palais. L'Anthologie en possédait à coup sûr…

Les réflexions d'Arthur furent interrompues lorsqu'ils arrivèrent à destination. Contrairement aux autres ascenseurs qu'il avait empruntés, celui-ci ne possédait ni opérateur ni sonnerie. Il avait une corne qui émit une seule note aiguë lorsque les portes s'ouvrirent.

Derrière elles se trouvait une plaine balayée par le vent et couverte d'herbe très courte et très brune. Le vent était chaud et Arthur vit un soleil, ou du moins le genre de soleil artificiel que l'on trouvait dans certaines parties du Palais, haut dans le ciel. À environ huit cents mètres, sur la plaine, il aperçut une ville très organisée avec vingt ou trente maisons et des bâtiments plus grands. Au-delà, en regardant vers ce qui devait théoriquement être l'ouest, il fut assez surpris de trouver une jungle tropicale. Au nord, il y avait des collines de granit pointues, austères et jaunes, et à l'est une haute corniche couverte d'une forêt de pins et de sapins de climat froid, saupoudrés de neige.

– Dix pas en avant, marche rapide! cria le lieutenant Crosshaw.

Surpris par cet ordre, Arthur s'élança en avant et fut tout de suite incapable de savoir combien de pas il avait fait. Était-ce un ou deux? Son anxiété augmenta alors qu'il comptait les pas suivants. Que se passerait-il s'il se trompait?

– Voilà dix pas! Vous ne savez pas compter, recrue? beugla une nouvelle voix désagréable derrière lui.

Même s'il n'en avait compté que neuf, Arthur s'arrêta et fit mine de se retourner.

– Visage vers l'avant! hurla la voix, dont Arthur eut l'impression qu'elle provenait de cinq centimètres derrière lui. Ne bougez pas!

– Ah, sergent Helve, si je peux vous dire deux mots, l'interrompit Crosshaw d'un air hésitant.

Arthur sentit qu'on retenait sa respiration derrière lui, ce qui indiquait une nouvelle et imminente explosion.

– Oui, monsieur! beugla la voix qui, d'après Arthur, était celle du sergent Helve.

Il n'osa pas regarder autour de lui ni bouger, même s'il avait terriblement envie de se gratter le nez, parce que la chaleur avait déjà fait rouler une perle de transpiration sur sa narine gauche.

Le lieutenant Crosshaw et le sergent Helve parlèrent calmement derrière Arthur pendant environ trente secondes. Il n'entendait pas ce que disait Crosshaw, mais même les chuchotements de Helve étaient plus forts qu'une voix normale, si bien qu'il put distinguer la moitié de la conversation.

– Qui?

– Je m'en moque comme de la queue d'un Rat Apprivoisé, de qui il est.

– Mauvais pour le moral, monsieur. Impossible. Est-ce tout, monsieur?

– J'accepte la livraison de la recrue Penhaligon, monsieur. Avec les conseils médicaux.

Arthur entendit des bruits de pas puis les portes de l'ascenseur qui se refermaient. Mais il n'osait toujours pas bouger, même si le picotement sur l'arête de son nez était désormais presque insupportable.

– Rompez, recrue! aboya Helve.

Arthur se détendit, mais ne se gratta toujours pas le nez. Il avait un vague souvenir de son grand frère Eratzmus – qui était commandant dans l'armée – lui parlant des erreurs qu'on voyait toujours dans les films sur le service militaire. L'une d'entre elles reposait sur la différence entre « Rompez » et « Repos ». Malheureusement, il ne se rappelait plus exactement ce que c'était. Rester immobile semblait être la meilleure solution.

– Les pieds écartés comme ça, les mains derrière le dos, les pouces croisés, la tête droite, les yeux droit devant, cria Helve, qui se planta soudain devant Arthur et rompit à son tour. Dites : « Oui, sergent ! »

– Oui, sergent ! cria Arthur, mettant toute sa force dans sa voix.

Eratzmus lui avait aussi dit qu'il fallait toujours hurler ridiculement fort.

– Bien ! cria Helve.

Il se mit au garde-à-vous et se pencha sur Arthur. Ce n'était pas le plus grand Autochtone qu'avait vu Arthur – il ne faisait pas plus de deux mètres – mais il avait les épaules les plus larges qu'il ait jamais vues, à l'exception des Grotesques de Lord Mardi. Son visage n'était pas beau, comme l'étaient habituellement ceux des Autochtones, mais il l'avait peut-être été auparavant. Il était gâché par une brûlure de Rien qui s'étendait de l'oreille gauche au menton. S'il avait jamais eu des cheveux, ils avaient été rasés.

Comme le lieutenant, Helve portait une tunique écarlate, mais avec trois larges bandes dorées sur les manches. Il avait aussi trois médailles accrochées sur la partie gauche de la poitrine, toutes en bronze à canon terni, ornées de rubans multicolores. L'une des médailles avait cinq petites broches attachées au ruban, et une autre plusieurs petites étoiles argentées disposées selon un schéma qui laissait de la place pour d'autres.

– Le lieutenant Crosshaw dit que vous êtes un cas spécial ! beugla Helve. Je n'aime pas les cas spéciaux ! Les cas spéciaux ne font pas de bons soldats ! Les cas spéciaux n'aident pas les autres recrues à devenir de bons soldats ! Donc, vous ne serez pas un cas spécial ! Vous me comprenez !

– Je crois..

— Taisez-vous ! Ce n'était pas une question !

Le sergent Helve se pencha soudain en arrière et se gratta l'arrière de la tête en regardant autour de lui. Arthur n'osa pas suivre son regard, mais ce qu'il vit, ou ne vit pas, parut le rassurer.

— Repos, recrue. Pendant les deux prochaines minutes, je vais vous parler d'Autochtone à enfant du Joueur de Flûte, pas de sergent à recrue. Mais vous ne mentionnerez plus jamais cette discussion devant moi et vous n'en parlerez à personne d'autre. Vous comprenez ?

— Oui, sergent, répondit Arthur avec prudence.

Le sergent Helve fouilla dans la poche de sa ceinture et en sortit une boîte plate dans laquelle il puisa un cigarillo qu'il n'alluma pas. Au lieu de cela, il en mordit l'extrémité qu'il se mit à mâchonner. Il tendit le bout mouillé à Arthur qui secoua la tête et saisit cette opportunité pour se gratter rapidement le nez.

— C'est comme ça, Penhaligon. Vous ne devriez pas être là. Il se passe quelque chose de politique, n'est-ce pas ?

Arthur hocha la tête.

— Je déteste la politique ! dit Helve.

Il cracha une boule répugnante de tabac mâché pour illustrer son propos.

— Alors voilà ce que je veux faire. Ce n'est pas strictement légal, alors il me faut votre accord. Je veux changer votre nom, juste le temps que vous serez ici. Comme ça, vous pourrez suivre la formation, les autres recrues ne seront pas distraites et nous n'aurons aucun problème. Ce ne sera inscrit que dans le registre local, rien de permanent. Vous obtiendrez votre diplôme sous votre vrai nom, si vous y arrivez.

— OK, dit Arthur. (S'il devait rester là, ce serait judicieux de se cacher derrière un nom d'emprunt.) Je veux dire, oui, sergent.

– Comment allons-nous vous appeler?

Il mordit à nouveau dans le cigarillo et la mâcha d'un air pensif. Arthur essaya de retenir son souffle. L'odeur de tabac mâché était répugnante, plus encore que ce qu'il aurait imaginé. Si c'était bien du tabac et pas un équivalent venu d'un monde des Royaumes Secondaires.

– Pourquoi pas Ruhtra? suggéra Helve. C'est Arthur à l'envers.

– Roottra… ah… peut-être quelque chose qui sonne un peu mieux… ou qui soit moins évident, proposa Arthur.

Il regarda l'horizon, plissant les yeux pour se protéger des rayons brutaux du soleil, qui contrastait tant avec la jungle verte luxuriante à l'ouest.

– Que pensez-vous de Ray? Ray… euh… Vert? Je pourrais être un Remplisseur d'Encre du Bas-Palais.

Helve hocha la tête et cracha à nouveau. Il remit avec précaution le cigarillo à moitié mâchonné dans sa boîte qu'il glissa dans la poche de sa ceinture. Puis il en sortit un bloc-notes cinq fois plus gros que la poche, prit derrière son oreille un stylo qui n'y était pas quelques secondes plus tôt, et fit quelques corrections sur les feuilles de papier.

– Cachez cette bague, dit-il sans cesser d'écrire. La carapace de crabe peut s'expliquer pour guérir la blessure d'un enfant du Joueur de Flûte, mais aucune recrue ne possède d'affaires personnelles comme cette bague.

Arthur retira la bague en forme de crocodile et la glissa dans sa poche de ceinture. Autant que ses doigts qui tâtonnaient pouvaient en juger, elle était de la même taille à l'intérieur qu'à l'extérieur, bien que celle du sergent soit de toute évidence transdimensionnelle.

– Recrue Ray Vert, nous n'avons jamais eu cette conversation, dit Helve, doucement pour une fois, en rangeant le bloc-notes qui se tordit bizarrement en rentrant dans la poche.

— Non, sergent, dit Arthur.

— Garde-à-vous! hurla Helve.

L'intensité et le volume soudains de sa voix firent bondir Arthur. Il retomba au garde-à-vous, tremblant.

— Vous voyez ces bâtiments, recrue! Il s'agit du Fort Transformation où nous amenons les Autochtones pour en faire des soldats. Nous allons marcher jusque là-bas et vous allez me rendre fier de vous! Redressez le dos! Serrez les poings, pouces vers le bas, à gauche, marche rapide!

Arthur se mit à marcher vers les bâtiments. Helve le suivait quelques pas derrière, sur sa gauche, beuglant des corrections à apporter à sa posture, à son pas, à sa façon de balancer les bras et à sa synchronisation. Entre ces commentaires techniques, il se demandait à voix haute ce qu'il avait fait pour mériter un spécimen d'allure si maladive, même pour un enfant du Joueur de Flûte.

Lorsqu'il arriva au bâtiment, Arthur commençait à se demander s'il apprendrait un jour à marcher correctement, ou du moins selon les exigences de Helve. Il se demandait également où étaient tous les autres. D'après la position du soleil, plutôt rachitique bien qu'extrêmement chaud, qui tombait à l'horizon, c'était la fin d'après-midi: recrues et formateurs ne devraient-ils pas être dehors en train de faire... des trucs militaires?

— Halte! hurla le sergent Helve, lorsqu'Arthur eut dépassé la première rangée de bâtiments et s'apprêtait à marcher sur une large zone de terre battue encerclée de rochers peints en blanc, de toute évidence le terrain de parade. Lorsque j'aurai donné l'ordre « Recrue, rompez les rangs! », vous pivoterez élégamment sur le pied gauche, vous lèverez le pied droit et vous le poserez avec force à côté du gauche, vous vous mettrez au garde-à-vous pendant précisément une seconde et ensuite vous marcherez rapidement jusqu'au Quartier A que vous verrez devant vous, à moins que vous ne soyez un moins que rien aveugle en plus de stupide ! Vous irez vous présenter au caporal Hachenavant. Recrue ! Attendeeez ! Rompez !

Arthur pivota sur son pied gauche, ramena le droit au sol et s'éloigna maladroitement plutôt que rapidement. Il n'y avait qu'un seul bâtiment juste en face de lui, alors il se dirigea directement vers lui. C'était un long bâtiment en bois blanchi à la chaux, de plain-pied, bâti sur des pilotis d'environ un mètre vingt de haut. Des marches menaient à une porte, sur laquelle une plaque rouge indiquait en caractères noirs marqués au pochoir : QUARTIER A, DEUXIÈME SECTION DE RECRUE, CAPORAL HACHENAVANT.

Arthur gravit les marches, poussa la porte et entra.

La pièce était plus grande à l'intérieur qu'elle aurait dû l'être, mais Arthur ne remarquait presque plus ce genre de choses. C'était ordinaire dans le Palais. Elle faisait la taille d'un terrain de football, avec un plafond de six mètres de haut. La lumière provenait d'une vingtaine de grosses lampes tempête qui se balançaient, pendues aux chevrons. Il y avait des fenêtres de chaque côté, mais toutes avaient les volets clos.

Dans les flaques de lumière, Arthur vit qu'un côté de la pièce était entièrement bordé de lits pliants et de grosses armoires en bois, un peu comme celle du capitaine Capiton à bord de *La Phalène*. Il devait y avoir une centaine de lits, chacun flanqué d'une armoire.

L'autre côté de la pièce était plus ouvert, avec une trentaine de casiers en rang de trois. Ils faisaient trois mètres de haut et étaient remplis d'armes et d'armures de toutes sortes, qui lui parurent toutes très anciennes et, pour certaines, très étranges. Le casier le plus proche de lui contenait plusieurs épées droites et recourbées, de petits boucliers ronds, de grands boucliers en forme de cerf-volant, des vestes d'uniforme bleues, de gros pistolets qui semblaient difficiles à manier, et des grappins et des cordes. Celui d'à côté était entièrement réservé à une cinquantaine ou une soixantaine de mousquets, avec d'étranges chapeaux en tuyau de poêle de tissu blanc élastique, disposés au-dessus.

D'abord, Arthur crut qu'il n'y avait personne mais, alors qu'il s'avançait dans la pièce, il vit un groupe d'Autochtones en uniforme de recrue bleu, qui se tenaient tout au fond. En s'approchant, il vit un instructeur en uniforme écarlate devant eux, leur faisant la démonstration d'une arme. D'après les deux bandes dorées sur sa manche écarlate, c'était le caporal Hachenavant.

Les Autochtones formaient un groupe plutôt ordinaire. Un mélange égal d'hommes et de femmes, tous très beaux, mais aucun ne dépassait un mètre quatre-vingts, si bien qu'ils ne devaient pas être importants dans le civil. Personne ne se retourna à l'approche d'Arthur.

Le caporal Hachenavant leva les yeux, néanmoins. Il devait mesurer environ un mètre quatre-vingts, il avait une forte carrure et, comme le sergent Helve, il était défiguré par des cicatrices de blessures au Rien. Son oreille et son nez tout entiers avaient été dissous et il portait une oreille sculptée en bois et un nez en argent, qui semblaient tous les deux collés car Arthur ne voyait aucune fixation.

– Vous êtes en retard, recrue! aboya Hachenavant. Vous devrez rattraper.

– Oui, caporal! cria Arthur.

Il fit quelques pas sur la gauche et rejoignit le demi-cercle. En avançant, il vit un tout petit Autochtone en face de lui, en partie dissimulé par un casier d'armes. Pas un Autochtone, mais un enfant du Joueur de Flûte, un garçon qui semblait avoir à peu près le même âge que lui, même s'il avait probablement vécu des centaines ou même des milliers d'années dans le Palais. Il avait des cheveux courts et noirs, une peau très foncée et paraissait vraiment amical, les coins de la bouche relevés par une ébauche de sourire. Il fit discrètement un clin d'œil à Arthur, sans pour autant se désintéresser de la démonstration de l'arme que faisait le caporal.

À supposer que ce soit une arme! Arthur trouva sa place et regarda. Le caporal tenait un gros bloc rectangulaire de fer gris par sa poignée en bois. Il y avait des trous réguliers dans le bloc et, quand le caporal l'abaissait sur la table, de la vapeur en jaillissait.

– Ce fer est un fer de la section, dit-il en le passant sur un col blanc. Il est toujours chaud et brûlera vos vête-ments si vous le laissez la face vers le bas. Je vais vous mon-trer la procédure correcte pour repasser vos cols d'unifor-mes régimentaires numéro deux. Regardez attentivement!

Tous les Autochtones se penchèrent en avant alors que le caporal déplaçait avec précaution le fer sur le col, six fois de droite à gauche. Puis il posa le fer face vers le haut, retourna le col, et répéta l'opération.

– Tout le monde a compris?

Tout le monde hocha la tête à part un Autochtone qui leva la main. Il était le plus beau de tous, avec des traits finement ciselés et des yeux bleus brillants. Malheureuse-ment, ces yeux étaient plutôt vides.

– Pourriez-vous le refaire, caporal?

Arthur se balança légèrement sur les talons en réprimant un soupir. Cela s'annonçait comme une longue leçon de repassage.

Chapitre 8

— Hé, ce n'est pas le fils d'Émilie? Il est censé être en quarantaine au niveau vingt!

C'était un docteur qui avait crié en montrant du doigt l'Écorché, qui l'ignora et disparut derrière les portes de la cafétéria. Lilas hésita puis se précipita à la suite du Moins-que-Rien. Derrière elle, le docteur cria à nouveau et les agents de sécurité de l'hôpital se mirent en mouvement. Mais ils se trouvaient de l'autre côté de l'atrium et il leur faudrait plusieurs minutes pour traverser la foule.

Les fenêtres de service de la cafétéria étaient fermées, mais la salle était pleine de personnes assises ou affalées sur les tables, presque toutes des employés de l'hôpital. La quarantaine devait avoir été déclarée juste à l'heure de la relève, comprit Lilas, ainsi tous ceux qui avaient fini le travail s'étaient retrouvés coincés ici et essayaient de se reposer dans les endroits publics. Peu de gens ne faisaient pas partie du personnel de l'hôpital car les visites avaient lieu l'après-midi.

L'Écorché était déjà à l'autre bout de la cafétéria et ne se servait plus de sa béquille, marchant plus vite que n'importe quel humain avec une jambe cassée et plâtrée. Il continuait de toucher des épaules ou des dos en avançant.

Chaque contact allait étendre le moule, pensa Lilas. Dans seulement quelques heures, ou quel que soit le temps nécessaire, l'Écorché contrôlerait l'esprit de centaines d'employés hospitaliers. Il aurait une armée ayant subi un lavage de cerveau à son service.

Il tourna à gauche derrière le comptoir et poussa une porte. Il ne prit pas la peine de regarder derrière lui, mais Lilas se glissa sur le côté pour mettre quelques personnes entre elle et le Moins-que-Rien, au cas où. Quand la porte se referma derrière lui, elle parcourut le reste de la pièce en courant, tendit l'oreille un instant puis ouvrit la porte.

Même si elle avait entendu des bruits de pas qui s'amenuisaient, elle craignait toujours que l'Écorché ne l'attende, la main tendue, prêt à frapper comme il avait frappé le docteur, ou simplement à l'infecter avec son moule d'esprit. Mais ce ne fut pas le cas. Seule une porte entrebâillée à l'autre bout du couloir lui indiquait par où il était passé.

La porte était plus qu'entrebâillée. Lilas le découvrit en l'atteignant. Elle était toujours verrouillée électroniquement d'un côté, mais l'Écorché avait détaché l'autre côté, arrachant les gonds du mur. Aucune alarme ne s'était déclenchée et la porte semblerait toujours verrouillée au service de sécurité de l'hôpital. C'était un moyen ingénieux de lui échapper.

Cela signifiait probablement qu'il avait déjà accès aux pensées de certains employés de l'hôpital, conclut Lilas. Sinon, il n'aurait pas été aussi prudent. Puisqu'il était sur Terre depuis au moins dix-neuf heures cinq la veille, il pouvait avoir déjà déposé le moule sur de nombreuses personnes.

Il y avait une autre porte tordue un peu plus loin, et encore deux dans les escaliers de secours. Lilas suivait l'Écorché avec beaucoup de prudence, à l'écoute de ses pas. À la porte arrachée qui menait au troisième sous-sol, elle s'arrêta et jeta un coup d'œil autour d'elle avant de s'y engouffrer.

L'Écorché se tenait dans le couloir, devant une porte qui, se dit-elle, devait être proche de la lingerie, son probable repaire selon l'Anthologie.

Le Moins-que-Rien s'immobilisa et se retourna subitement vers les escaliers. Lilas se figea, espérant qu'il n'avait rien vu.

Pendant un instant, elle crut qu'elle ne craignait rien. Puis l'Écorché se mit à siffler comme un serpent, un son qu'Arthur n'aurait jamais pu émettre, se retourna et se mit à courir dans sa direction.

Sans réfléchir, Lilas commença à descendre les escaliers, manœuvre plus rapide que de les remonter. Elle n'avait sauté que quatre ou cinq marches lorsqu'elle comprit son erreur. Toutes les portes vers le bas seraient fermées. Elle n'aurait nulle part où aller.

Elle était piégée et, dans quelques secondes, l'Écorché serait derrière elle dans les escaliers. Prise de panique, elle essaya d'aller encore plus vite et, sautant trop de marches à la fois, elle tomba.

Elle chuta la tête la première, se cogna violemment contre une marche et glissa jusqu'au palier suivant.

L'Écorché s'arrêta cinq marches au-dessus d'elle et l'observa. Lilas était immobile, du sang coulait de son cuir chevelu. Mais sa poitrine continuait de monter et de descendre, elle respirait donc toujours. Le Moins-que-Rien hésita puis descendit lentement les dernières marches. Il tendit la main et passa sa paume sur le dos de la main dépliée de Lilas. Satisfait, il fit demi-tour, pressé de communier à nouveau avec le morceau de tissu ensorcelé qui était la source de son identité.

Lilas reprit conscience, percluse de douleur. Elle avait vraiment mal à la tête et tout le côté gauche de son corps la faisait souffrir, des côtes à la cheville. Elle était désorientée, pensant l'espace de quelques secondes qu'elle était revenue à bord de *La Mante des Mers*.

« Est-ce que je suis tombée du gréement ? » se demandat-elle. Mais ce n'était pas un pont sous elle, c'était un sol en béton. Et ce n'était pas le capitaine Capiton qui criait, c'était… un haut-parleur.

Lilas roula sur le côté et s'assit avec précaution. Une voix résonnait dans la cage d'escalier, provenant des hautparleurs d'urgence dont étaient pourvus les plafonds de chaque étage.

– … recherchez des marques de l'arme bactériologique du nom de Tache Grise. Ce sont des marques grises sur les mains, le cou, le visage ou tout autre zone de peau exposée. Si vous avez des taches grises, n'approchez personne. Montez immédiatement au niveau trois pour recevoir un traitement. Si vous n'avez pas de taches et n'en avez pas eu auparavant, restez où vous êtes. Évitez tout contact avec la peau d'autrui. N'essayez pas de quitter l'hôpital. Cet hôpital est désormais décrété Zone de Danger Bactériologique sous la loi Creighton et toute personne essayant de s'enfuir sera abattue et brûlée.

La voix fut suivie par une longue tonalité puis le même message recommença.

Lilas toucha la partie la plus douloureuse de sa tête. Pour autant qu'elle puisse en juger, son crâne était intact mais, quand elle regarda ses doigts, elle vit du sang partiellement séché.

Elle retourna sa main, vit le sang, se sentit nauséeuse. Puis elle se figea, fixant non plus le sang mais une petite zone de peau derrière les jointures de ses doigts. La peau était brune, comme toutes les parties de son corps ayant été exposées à différents soleils à bord de *La Mante des Mers*. Mais, en plein milieu, il y avait maintenant trois petits points gris.

Soudain, tout lui revint en mémoire : l'Écorché faisant demi-tour pour la pourchasser, sa chute dans l'escalier. Ensuite… alors qu'elle était inconsciente, le Moins-que-Rien devait l'avoir infectée avec les spores. Ce n'était plus qu'une question de temps avant qu'il soit capable de lire dans ses pensées et de lui faire accomplir ce qu'il voulait.

Il apprendrait tout. Il la contrôlerait complètement.

Lilas se releva en tremblant et se mit à gravir l'escalier : elle ne parvenait à garder l'équilibre qu'en agrippant la main courante. Le message d'avertissement ne cessait de se répéter ; il résonnait dans la cage d'escalier, rendant ses réflexions encore plus pénibles.

Elle devait prendre la poche et trouver le Palais. Le Dr Scamandros la guérirait… pourrait peut-être la guérir.

Par la seule force de sa volonté, Lilas parvint à hisser son corps meurtri au troisième sous-sol, arrivant au moment où le message enregistré cessait de jaillir des haut-parleurs. Elle se reposa quelques minutes sur le palier, rassemblant ses forces et ses pensées. Mais elle n'avait pas d'autre idée que d'aller dans la lingerie et d'essayer de trouver la poche. Ce serait fichu si l'Écorché y était encore. Sinon, elle pourrait la prendre, et ensuite…

Lilas secoua la tête, grimaçant alors que la douleur lui irradiait le cou. Elle ne savait pas ce qu'elle ferait si elle trouvait la poche, mais ce serait un premier pas. « Un pas à la fois, se dit-elle. Un pas à la fois. »

Elle fit ce pas, avança lentement dans le couloir jusqu'à la lingerie, glissant la main le long du mur pour se tenir. Elle passa devant la porte où l'Écorché avait été sur le point d'entrer, mais elle ne portait pas de plaque, alors elle continua son chemin. La porte suivante menait à une zone de stockage, elle avança donc jusqu'à celle d'après : une réserve de composants électroniques. Lilas s'apprêtait à continuer lorsqu'elle se demanda soudain pourquoi il n'y avait pas de plaque sur la première porte ; chacune à l'hôpital en avait une. Pourquoi pas celle-ci ?

Elle se retourna et revint sur ses pas. Il y avait en effet de fines traces de colle là où la plaque avait été arrachée. Mais pourquoi l'Écorché prendrait-il cette peine ?

Lilas appuya la tête contre la porte, réprimant un cri alors que, ayant mal calculé son mouvement, une nouvelle vague de douleur lui traversait le cou. Elle fut momentanément prise de panique : et si elle s'était cassé une vertèbre ou autre chose ? Pourtant, elle pouvait bouger la tête, et la douleur semblait être localisée dans les muscles qui remontaient le long de son cou jusqu'au menton. Elle ignora sa douleur et écouta à nouveau.

Elle entendait quelque chose, mais ça ne ressemblait pas à la voix de l'Écorché. On aurait dit une femme en train de parler calmement. Lilas écouta encore, mais n'entendit personne lui répondre. On aurait dit qu'elle parlait toute seule.

Lilas tourna la poignée et poussa à peine la porte. Elle vit d'innombrables étagères contenant des draps pliés, des taies d'oreiller et du linge. Il y avait également un chariot et, appuyée contre lui, une infirmière qui tenait un long morceau de plastique souple que Lilas reconnut immédiatement : la plaque de la porte.

— Vous ne pouvez pas entrer, dit l'infirmière.

— Pourquoi donc ? demanda Lilas.

Elle ne fit pas un geste pour ouvrir plus grand la porte ni pour la refermer. La femme n'avait pas l'air complètement normale. Il y avait quelque chose d'étrange dans sa façon de s'affaler sur le chariot. Comme si certains des muscles de ses bras et de ses jambes n'étaient plus synchronisés.

– Il m'a dit de ne laisser entrer personne, dit l'infirmière. Et de trouver une épée. Mais je n'ai pas trouvé d'épée. Seulement ça.

Elle brandit la plaque.

– Je veux seulement…, commença Lilas.

Mais l'infirmière leva la main.

– Attendez, il me dit quelque chose…

La tête de l'infirmière se pencha en arrière et Lilas remarqua une chose tout à fait anormale : ses yeux n'avaient plus la moindre parcelle de blanc et les iris, plus de couleur. Le blanc s'était transformé en gris pâle et les pupilles étaient entièrement noires.

Lilas n'attendit pas. Elle ouvrit brusquement la porte, chargea l'infirmière et la poussa sur le chariot qui s'écrasa contre une étagère qui s'effondra en partie, enfouissant l'infirmière sous une avalanche de serviettes à rayures bleues.

Alors que la femme s'efforçait de se sortir du tas de linge, Lilas prit d'autres choses sur les étagères et les jeta sur elle : des oreillers, des couvertures, des serviettes… tout ce qui lui tombait sous la main. Dans le même temps, elle regardait désespérément autour d'elle. Comment trouver un si petit morceau de tissu dans une pièce remplie de linge ?

Lilas ne disposait que d'une minute ou de quelques secondes. L'infirmière était plus grande et plus forte qu'elle, d'autant qu'elle était blessée. Puisque l'Écorché savait ce que savait l'infirmière et voyait ce qu'elle voyait et entendait ce qu'elle entendait, il allait sans doute envoyer d'autres esclaves mentaux, ou bien se déplacer lui-même.

« Les lunettes. Je pourrais utiliser les lunettes du Dr Scamandros. »

Lilas fouilla frénétiquement dans ses poches. Pendant une seconde terrible, elle crut avoir perdu l'étui, mais c'était juste la disposition inhabituelle des poches dans son jean extraterrestre qui la perturbait. L'étui se trouvait dans une poche étroite presque derrière sa cuisse, à peine au-dessus de ses genoux. Elle le sortit, l'ouvrit vivement, et mit les lunettes.

La lingerie paraissait différente à travers les verres fissurés, mais pas parce qu'ils donnaient une vision floue et craquelée. Au contraire, Lilas voyait très distinctement, mais elle apercevait d'étranges couleurs vagues sur certaines choses, qu'elle n'avait pas remarquées auparavant. Des auras ensorcelées, supposa-t-elle, ou quelque chose comme ça.

Elle passa rapidement les étagères en revue et fut immédiatement récompensée. La plupart des couleurs qui recouvraient les différentes sortes de linge étaient du bleu ou du vert pâle. Mais l'une des étagères se détachait comme un signal lumineux. Elle était illuminée de l'intérieur par un rouge profond et agressif.

Lilas se précipita vers elle, repoussant un rempart de taies d'oreiller. Derrière ce mur de linge se trouvait une boîte en plastique transparent de la taille de sa main, qui avait autrefois servi à ranger des bandages stériles. Maintenant, elle ne contenait plus qu'un seul carré de tissu blanc ; mais grâce à ses lunettes, Lilas y voyait des lignes et des lignes de lettres minuscules, chacune brûlant de l'intérieur.

Elle s'empara de la boîte et recula, s'arrêtant pour renverser un autre tas de serviettes sur l'infirmière, qui se relevait, chancelante.

Lilas était déjà dans le couloir lorsque l'infirmière sortit la tête et se mit à hurler. Sa voix était un étrange mélange de voix de femme et de voix de jeune garçon. Ce qu'elle dit – ou ce que l'Écorché dit – se perdit alors que la porte claquait sur les talons de Lilas.

Même si celle-ci ne put distinguer les mots exacts, elle en comprit le sens. L'Écorché savait qu'elle était infectée par le moule. Tôt ou tard, elle n'aurait pas d'autre choix que de rapporter la boîte et la poche.

Après tout, elle n'avait nulle part où aller.

Chapitre 9

Après la leçon de repassage, Hachenavant se lança dans une ennuyeuse démonstration : apprendre comment enduire leur ceinture d'une sorte d'argile blanche, de préférence sans en mettre à côté. Puis comment peindre leurs bottes avec une ignoble mixture goudronneuse avant de poncer le résultat aussi noir que rêche puis d'appliquer un vernis brillant, la substance la plus collante qu'Arthur avait jamais touchée.

Après les démonstrations, lorsqu'ils durent mettre en pratique ce qu'on leur avait appris, Arthur parla doucement à l'enfant du Joueur de Flûte qui s'appelait Fred Initiale Nombres d'Or. C'était un Doreur de Manuscrit du Moyen-Palais incorporé la veille.

Fred faisait preuve d'un grand optimisme au sujet de leur service dans l'Armée qu'il accueillait comme une parenthèse dans son travail tatillon qui consistait à appliquer des feuilles d'or sur les nombres des documents importants du Palais. Il avait entendu dire – à moins que ce soit un souvenir, il n'aurait su l'affirmer – que les enfants du Joueur de Flûte étaient habituellement affectés dans l'Armée aux postes de tambours ou de musiciens, ou encore d'assistants personnels des officiers supérieurs. Ce qui ne lui semblait pas si terrible.

Après la dernière leçon sur la façon de préparer leur uniforme de recrue, la section fut libérée pour le dîner, sauf qu'il n'y avait pas de dîner… et il n'y en aurait pas, expliqua le colonel Hachenavant, pendant six mois. La nourriture était un privilège et un honneur que l'on gagnait à force de bonne conduite et de devoir accompli de façon exemplaire. Tant qu'ils ne l'auraient pas mérité, la pause-dîner ne serait qu'une heure destinée à préparer les leçons du soir et la formation du lendemain.

La nourriture manquait à Arthur même si, à l'instar de tous les habitants du Palais, il n'avait pas besoin de manger. Pendant son heure de pause, il passa en revue tout son équipement et les uniformes qui étaient déjà posés sur son lit et dans son casier. L'objet le plus utile était un épais livre illustré, *Le Compagnon de la recrue*, qui, parmi de nombreux chapitres, recensait et illustrait chaque objet et décrivait rapidement comment et où l'utiliser, même si Arthur dut demander à Fred de lui expliquer quelques passages.

– Comment se fait-il que nous ayons autant d'uniformes ? demanda-t-il.

Fred baissa les yeux sur l'armure et le kilt à segments, la tunique écarlate et le pantalon noir, le manteau en peau de buffle et le pantalon en cuir renforcé, le pourpoint vert forêt et les cuissardes, le long haubert et la calotte en cotte de mailles et l'assortiment invraisemblable de bottes, de parties d'armure, de protège-poignets et de renforcements en cuir.

– L'armée est composée de différentes unités et chacune porte un uniforme différent, expliqua Fred. Alors, nous devons tout apprendre, au cas où nous serions envoyés dans la Légion, dans la Horde ou dans le Régiment… ou l'une des autres. J'ai oublié comment elles s'appellent. Cette armure-là, ces longs morceaux étroits que l'on assemble et que l'on attache avec des lacets, c'est l'uniforme des Légionnaires. L'écarlate est celui du Régiment, et les soldats de la Horde portent la quincaillerie qui arrive aux genoux. Ils ont tous des armes différentes, aussi. Nous devons apprendre à manipuler chacune d'entre elles, Ray.

– Je crois que je ferais mieux de les classer en suivant ce plan, dit Arthur.

Il posa *Le Compagnon de la recrue* sur le lit et déplia le diagramme joint, de la taille d'un poster, qui indiquait le placement correct des deux cent vingt-six objets dont Arthur était désormais personnellement responsable.

– Même si je ne vois personne d'autre en train de ranger ses affaires.

– Ce sont des Autochtones de rang ordinaire, dit Fred, dont le lit et le casier étaient des modèles d'ordre militaire.

Comme si ça expliquait tout !

– Qu'est-ce que tu veux dire ? demanda Arthur, qui ne comprenait pas.

– Ils ne feront rien tant qu'on ne leur aura pas demandé, répondit Fred, avec un regard étonné. Est-ce que les Autochtones ordinaires sont différents dans le Bas-Palais ? Tous ceux-là viennent du Moyen-Palais, des Coupeurs de Papier, pour la plupart, quoique Florimel, là-bas, était une Relieuse, Deuxième Classe. Il faut la surveiller. Elle croit qu'elle devrait être la recrue caporale parce qu'elle a le plus haut rang de nous tous dans le Palais. Elle finira bien par comprendre que ça ne compte pas, ici. Toutes les recrues sont égales aux yeux de l'Armée, aussi bas soit-on dans la hiérarchie. La seule direction, c'est vers le haut. Je pense que je pourrais devenir général avant la fin de mon service.

Fred aimait parler. Arthur l'écoutait en rangeant son équipement, ce qui se révéla bien plus compliqué que sur l'illustration. Même si Fred n'était arrivé au Fort Transformation qu'une journée avant lui, il avait déjà appris beaucoup de choses sur leur formation, les formateurs – ou cadres de formation, comme on était censé les appeler – et tout le reste.

– La première semaine, il s'agit de savoir comment avoir la bonne allure et marcher, et des trucs de ce genre. Du moins, c'est ce que dit l'emploi du temps, là-bas.

Il désigna la porte. Elle se trouvait tellement loin, et la lumière des lampes tempête était si faible qu'Arthur ne voyait pas de quoi il parlait.

– Sur le panneau d'information, à côté de la porte, continua Fred. Allons y jeter un coup d'œil. Il nous reste cinq minutes avant la fin du dîner et nous devrons de toute façon nous réunir là-bas.

– Comment le sais-tu ? demanda Arthur.

Sa montre avait disparu lorsque l'uniforme lui avait avalé le bras.

– Hachenavant vient de sortir par la porte de derrière. Il va marcher jusqu'à la porte de devant, entrer et nous crier de nous y aligner comme il l'a déjà fait. Ça s'appelle former les rangs. Tu dois mettre ton chapeau.

Arthur remit sa toque et grimaça en sentant la jugulaire sous sa bouche plutôt que sous son menton, endroit qu'il considérait comme approprié pour une jugulaire. Mais tout le monde la portait de la même façon, sous la lèvre inférieure, et la sangle n'était pas assez longue pour être mise ailleurs.

– Prêt? demanda Fred en se mettant au garde-à-vous à côté de lui. Nous devons marcher au pas où que nous allions, sinon on va nous crier dessus.

– Qui donc? demanda Arthur.

Les vingt Autochtones de la section étaient allongés sur leur lit, fixant le plafond.

– Les sergents, les caporaux… les Officiers Non Commissionnés comme on les appelle, les ONC. Ils apparaissent mystérieusement. Mieux vaut ne pas prendre le risque.

Arthur haussa les épaules et, lorsque Fred partit au pas, il le suivit. Après une douzaine de pas, il eut l'impression de commencer à attraper le coup et il arrêta de s'inquiéter de ses pieds pour se concentrer sur le balancement de ses bras.

S'arrêter correctement – la « Halte », comme disait le sergent Helve qui le lui avait expliqué dans le détail – se révéla un peu plus difficile.

– Je vais donner l'ordre, d'accord? demanda Fred alors qu'ils approchaient du mur et du panneau. Il faut le donner lorsque le pied droit descend, ensuite nous devons avancer le pied gauche, attends… non… oups. Halte!

Fred avait attendu trop longtemps et ils firent tous les deux de drôles de petits pas pour éviter de foncer dans le mur, ce qui les fit stopper de façon complètement désynchronisée. Arthur se retourna pour se moquer de Fred, mais son sourire se figea en grimace quand il vit le sergent Helve sortir de l'ombre.

– Quel est ce mouvement bâtard et disgracieux? hurla le sergent.

Une canne en bois au pommeau de cuivre apparut dans sa main et siffla dans les airs, leur désignant les lits.

– Retournez au pas de course jusqu'à vos lits, comme des soldats, pas comme des marionnettes de bureaucrates efféminés!

Fred se retourna et partit comme une flèche, toujours au pas mais à bien plus vive allure. Arthur le suivit plus lentement, jusqu'à ce que les beuglements du sergent Helve, si forts et si proches qu'il avait l'impression qu'ils venaient de sa propre oreille, le fassent accélérer.

– De course! Lorsque je dis au pas de course, je veux dire deux fois plus vite que le pas normal, recrue Vert!

Arthur accéléra, tandis que le sergent Helve courait devant lui à reculons à une allure qui, d'après Arthur, devait être trois ou quatre fois celle du pas normal, ou une tout autre cadence seulement possible aux sergents.

– Dos droit, menton aussi, balancez-moi ces bras! Pas si haut!

Lorsqu'Arthur eut effectué la moitié du chemin, Helve se retourna et sortit du halo provenant de la lampe tempête au-dessus d'Arthur. Avant qu'il ait pu faire deux pas de plus, le sergent apparut à côté du lit le plus proche et frappa avec sa canne les semelles d'un Autochtone qui se reposait, hurlant ce qui semblait ne former qu'un seul mot:

– Deboutpourlinspectionespècedabrutiassoupigrostas-disgracieuxderiendutout!

L'Autochtone se leva à toute allure, faisant tomber son équipement de son lit. Son mouvement ressemblait à celui du premier domino d'une ligne: chaque Autochtone bondit hors de son lit à sa suite.

– Mettez-vous en rang sur cette ligne par ordre de taille! ordonna le sergent Helve.

Il agita sa canne et une ligne blanche luisante apparut sur le sol.

– On ne vous verra pas sur le terrain de parade de Fort Transformation tant que je ne serai pas sûr que vous ne me ferez pas honte! Vous défilerez ici à la place! Chaque soir après dîner et tous les matins une heure avant le lever du soleil, habillés et équipés selon l'emploi du temps de la formation que vous trouverez affiché près de la porte Sud. Garde à vous !

Arthur réussit tout juste à atteindre le bout de la ligne à temps pour se mettre au garde-à-vous. Fred, étant un petit peu plus grand que lui, se mit à sa droite. Les deux garçons fixaient un point dans l'espace en face d'eux tandis que Helve marchait devant eux, faisant sortir certains Autochtones du rang pour les déplacer. Arrivé devant Arthur, il le regarda d'un air hautain puis repartit et fit un demi-tour qui donna l'impression à Arthur qu'il était suspendu au plafond par des fils invisibles, puis hurla :

– Rompez !

Une moitié des Autochtones se mit à bouger, l'autre moitié resta au garde-à-vous. Parmi ceux qui bougèrent, beaucoup déplacèrent la mauvaise jambe, ou remuèrent les bras, ou toute autre chose pouvant provoquer le mécontentement du sergent Helve ; celui-ci entreprit alors de leur expliquer leur erreur et à quel point il était contrarié.

Deux heures plus tard, après des centaines de « Garde à vous » et de « Rompez », Arthur s'écroula de fatigue. Même si sa jambe en carapace de crabe avait bien tenu, son corps entier n'avait pu supporter cette activité constante.

Helve marcha jusqu'à lui et l'observa. Lorsque Fred se pencha pour aider Arthur à se relever, le sergent lui ordonna de ne pas bouger.

– Vous êtes un frêle roseau, recrue Vert ! hurla-t-il. Les faibles roseaux ne font pas de bons paniers ! Cette section ne sera pas un panier mal tressé !

« Quoi ? » pensa Arthur. Il se releva avec détermination et essaya de se tenir droit. Helve ne le quittait pas des yeux, sa mâchoire agressive projetée en avant. Puis il fit demi-tour et reprit sa place devant la section.

— Le réveil a lieu une heure avant l'aube, annonça-t-il. Vous défilerez dans l'uniforme de terrain des recrues Numéro Deux à ce moment-là, à moins qu'il ne s'agisse d'une parade spéciale, auquel cas vous porterez l'uniforme de cérémonie des recrues Numéro Un. Section! Rompez les rangs!

Arthur tourna à gauche, tapa du pied et partit au pas, tout comme Fred et huit membres de la section. Les autres tournèrent à droite ou firent carrément demi-tour, fonçant dans leur voisin et s'écroulant.

— Ça va? demanda Fred. Je n'aurais pas cru qu'un peu de piétinement te mettrait dans un état pareil. Pas comme si nous étions encore de vrais mortels.

— C'est le problème, dit Arthur, avec beaucoup de lassitude. Je suis… j'ai été… un peu affecté par la sorcellerie. Si bien que je suis désormais plus mortel que la plupart des enfants du Joueur de Flûte.

— Fichtre! s'exclama Fred avec grand intérêt. Comment est-ce arrivé?

— Je n'ai pas le droit d'en parler.

— Je savais qu'il se passait quelque chose dans le Bas-Palais, dit Fred, avec ces coupures de courrier et tout ça. Mais nous n'avons jamais su ce qu'il en était vraiment. Est-ce que maître Lundi a fait quelque chose qu'il n'aurait pas dû?

— Maître Lundi? Alors tu n'es pas au courant…

— Au courant de quoi? demanda Fred, visiblement avide de nouvelles. Je ne suis au courant de rien, ça, c'est sûr. Pas de courrier pendant deux ans et pas de journaux non plus. Entièrement de la faute du Bas-Palais, d'après mon patron.

Arthur ne répondit pas. Fred était un brave garçon et il pensait qu'ils deviendraient amis. Mais Arthur ne pouvait pas se permettre de révéler sa véritable identité et il ne voulait pas lui en dire trop, trop vite.

– Au courant de quoi ? répéta Fred.

– Je ne peux pas en parler, répondit Arthur. Désolé. Si… si j'en ai la permission, je te le dirai.

– La permission de qui ?

– Écoute, je ne peux vraiment pas en parler. Je veux seulement aller dormir. Nous devons nous lever… je ne sais pas… bientôt.

Arthur agrippa l'épaule de Fred alors que le sol cédait sous ses pieds. Il était si fatigué qu'il lui fallut un moment pour comprendre que ce n'était pas le sol qui bougeait. Il se balançait sur place, si épuisé qu'il ne pouvait même plus rester immobile.

– On ferait mieux de vérifier l'emploi du temps d'abord, dit Fred avec patience. Je n'aime pas cette histoire de « parades spéciales ».

– Vas-y, grogna Arthur. Je ne crois pas que je pourrai marcher jusque là-bas.

– Mais si, dit Fred qui repoussa la main d'Arthur et le poussa sur l'épaule pour le faire se retourner. Ça te fera du bien. Un peu d'étirements.

Arthur grogna et essaya de se retourner vers les lits, mais Fred le poussait en avant.

– Bon, d'accord, dit Arthur. (Il secoua la tête pour essayer de s'éclaircir les idées.) Allons-y alors. À gauche, marche raaaapide !

Cette fois, Arthur donnant l'ordre avec soin, ils réussirent à s'arrêter correctement. Après un regard nerveux autour d'eux à la recherche d'un éventuel sergent diable à ressort, ils étudièrent l'emploi du temps sur le panneau d'affichage.

Fred fut le premier à voir apparaître leurs noms, les seuls sur une feuille de papier séparée, à en-tête spécial.

– Oh, non, dit-il en tapotant le papier. C'est vraiment pas de chance.

Arthur lut le papier. Dans un tel état de fatigue, il lui fallut plusieurs secondes, ne serait-ce que pour faire le point sur les mots, qui n'avaient aucun sens pour lui.

– « Recrues R. Vert et F. Or Au Rapport auprès des Employés de Salle de Bains dans le Bâtiment Bleu de l'Administration à 6 h. » Qu'y a-t-il de si terrible?

Fred le regarda, les yeux écarquillés, incrédule.

– Les Employés de la Salle de Bains, Ray. Du Haut-Palais.

Arthur était toujours décontenancé.

– Le lavage entre les oreilles, Ray! Ils sont là pour nous laver entre les oreilles! Demain matin!

Chapitre 10

Lilas hésita dans le couloir, ne sachant pas si elle devait retourner dans l'escalier de secours ou explorer plus en détail le troisième sous-sol. Elle n'avait pas le temps de réfléchir mais, à travers les verres craquelés de ses lunettes, l'escalier semblait teinté d'un rouge de mauvais augure, si bien qu'elle décida d'inspecter ce qui se trouvait à son niveau.

Serrant contre elle la boîte contenant la précieuse poche, elle partit en boitillant dans le couloir, poussant les portes battantes qui menaient dans les profondeurs de l'hôpital.

L'infirmière pouvait aussi bien la poursuivre que le contraire ; si elle ne le faisait pas, Lilas savait que d'autres esclaves mentaux de l'Écorché s'en chargeraient. Elle devait trouver un endroit où se cacher et se reposer, et réfléchir à ce qu'il lui fallait accomplir. Mais c'était plus facile à dire qu'à faire, d'autant que toutes les portes qu'elle essayait d'ouvrir étaient verrouillées.

Elle se força à avancer plus vite, malgré la douleur, tandis que ses possibilités étaient de plus en plus limitées. Comme dans l'escalier : si elle ne pouvait ouvrir aucune porte, elle se retrouverait piégée au bout.

Elle eut un moment de soulagement lorsqu'elle vit une porte de service ouverte dans le mur, encadrée de cônes de sécurité, avec un panneau ATTENTION SOL MOUILLÉ. Lorsqu'elle regarda à l'intérieur, elle vit qu'il ne s'agissait que d'une pièce minuscule, à peine plus grande qu'un placard, avec un gros tuyau rouge vertical où elle pouvait lire FB COLONNE HUMIDE, sans savoir ce que cela pouvait signifier.

Finalement, alors qu'elle apercevait le bout du couloir, elle trouva une porte qui voulut bien s'ouvrir. Elle se glissa dans la pièce et la verrouilla avant même de regarder autour d'elle. C'était une laverie, une grande pièce ouverte dominée par quatre énormes machines à laver d'un côté, et quatre sèche-linge tout aussi imposants de l'autre. Ils étaient tous éteints, malgré les paniers à roulettes pleins de linge devant eux.

Il y avait également un bureau avec un téléphone. Dès qu'elle le vit, Lilas eut une idée. Elle ne savait pas ce qu'elle ferait ensuite, mais elle pouvait appeler un ami, ou même son frère Ed. Il ne se séparait presque jamais de son téléphone portable et, puisqu'il s'était remis de la peste narcotique, il devait être assis là-haut en quarantaine, occupé à envoyer des textos à ses amis.

Lilas décrocha le téléphone et composa son numéro. Le portable de son frère sonnait, mais lui ne répondit pas immédiatement.

— Allez ! supplia Lilas, qui ne pouvait pas croire qu'elle allait tomber sur sa messagerie.

— Allô ?

– Ed, c'est moi, Lilas.

– Lilas? Où es-tu? Papa et maman sont en train de devenir fous ici!

– Je suis dans les sous-sols de l'hôpital. Écoute, ça va te sembler très étrange, mais je suis partie quelque part... je veux dire sur une autre planète... avec Arthur Penhaligon. C'est compliqué: il y a un de ses ennemis ici et il essaie de m'attraper et je dois sortir...

– Lilas! Est-ce que tu t'es cogné la tête quelque part?

– Euh, oui... mais non! Je sais que ça paraît bizarre. Tu te rappelles les Têtes de Molosse que nous avons vues?

– Ouais...

– Ils en font partie. Et cette nouvelle arme bactériologique, le truc des Taches Grises. Ça en fait partie aussi. Oh! et l'Arthur qui est là en ce moment n'est pas le vrai Arthur. Je ne pense pas qu'il... que ça... ira dans les zones fermées de quarantaine mais, s'il vient, ne le laisse pas te toucher, pas même une poignée de main, rien.

– Lilas, tu me fous les jetons! Qu'est-ce que je dis à papa et maman? Ils pensaient que tu avais pu être blessée dans l'explosion d'eau et que personne ne t'avait encore retrouvée.

– Quelle explosion d'eau?

– Au cinquième étage. Une sorte de gros tuyau, la colonne des pompiers, a explosé et a inondé tout un tas de chambres. On ne parlait que de ça avant cette histoire de Tache Grise.

– L'Océan Frontalier..., murmura Lilas.

Ed devait parler de la grosse vague qui les avait emportés, elle et Arthur, hors de ce Royaume Secondaire, sur le lit d'Arthur.

– Quoi?

– Peu importe, se rattrapa rapidement Lilas. Je dois trouver un moyen de sortir de l'hôpital, de passer derrière la ligne de quarantaine.

– Lilas! Ils vont te tirer dessus! Il faut que tu… je ne sais pas… que tu te détendes. Tu as l'air vraiment stressée.

– Je suis stressée! Écoute, tu as une idée ou non? Je n'ai pas beaucoup de temps.

– Attends, papa veut te parler…

– Lilas?

Son père semblait très inquiet.

– Papa, écoute, je sais que ça paraît bizarre, mais je suis prise dans quelque chose…

– Lilas, nous sommes juste soulagés d'avoir de tes nouvelles. Reste où tu es, reste au téléphone. Je vais demander à la police de venir te…

– Papa, je n'ai pas besoin de la police. Ce n'est pas… ce n'est pas quelque chose… écoute, je ne peux pas t'expliquer. Je t'aime!

Lilas raccrocha, s'effondra sur sa chaise et appuya les doigts sur son front. Cela lui rappela qu'elle portait toujours les lunettes. Peut-être devrait-elle les poser un moment, c'était un peu perturbant de voir ces zones de couleur. Mais elle préféra les garder car elles pourraient l'aider à discerner des choses utiles.

– Il doit bien y avoir un moyen de sortir, murmura-t-elle pour elle-même.

« Je ne peux pas sortir par les portes principales ni par les portes de service au rez-de-chaussée. Ça ne sert à rien de monter plus haut, car il n'y aura pas d'issue, à moins qu'on ne vienne me prendre en hélicoptère, ou je ne sais quoi, sur le toit, et ça ne risque pas d'arriver. Plus bas… il y a le parking. Les entrées seront gardées, elles aussi, toutes les entrées réservées aux personnes ou aux véhicules seront surveillées. »

La poignée de porte se mit soudain à remuer. Lilas sursauta sur son siège. Elle entendit des voix masculines et se raidit, s'attendant à ce qu'on déverrouille ou défonce la porte.

– Fermé, dit un homme. Essayons la suivante.

Lilas tendit l'oreille : des bruits de pas, puis quelqu'un d'autre qui parlait, même si elle ne pouvait distinguer les mots. Et encore des pas qui s'éloignaient.

La recherche avait commencé. C'était la sécurité de l'hôpital qui l'avait repérée sur une caméra de surveillance, ou des esclaves mentaux de l'Écorché, ou bien les deux, pensa-t-elle.

« Je ne peux pas sortir au rez-de-chaussée. Ça ne sert à rien de monter. Il doit bien y avoir d'autres issues. Une chute de linge… »

Lilas se leva et regarda attentivement autour d'elle, mais il n'y avait que la porte par laquelle elle était entrée. Néanmoins, une idée avait fait son chemin dans un coin de son esprit. C'est juste qu'elle n'arrivait pas à la faire sortir de sa tête meurtrie et engourdie. Quelque chose s'était allumé alors qu'elle parlait avec Ed…

« La colonne des pompiers qui a explosé. FB Colonne Humide. Le gros tuyau rouge. Attention sol humide. Peut-être le tuyau mène-t-il quelque part… »

Lilas s'approcha de la porte, écouta, l'ouvrit et se glissa dans le couloir. Il n'y avait personne de ce côté des portes battantes. Elle se précipita jusqu'à la porte de service, entra et la ferma derrière elle.

Elle avait à peine commencé à inspecter le tuyau lorsqu'elle entendit un bruit de course, puis un homme crier :

– Elle est dans la 3G104, elle y a passé un coup de fil, il y a deux minutes !

Lilas se tourna à nouveau vers le tuyau. Il était plus large que ses épaules de quelques centimètres seulement, et allait du sol au plafond. Au début, elle crut qu'il n'y avait pas d'entrée mais, lorsqu'elle en fit le tour, elle vit qu'un panneau avait été déboulonné à l'arrière, et les huit boulons étaient posés en ligne par terre. Il y avait une longue clé anglaise à côté, et une boîte à sandwichs ouverte, avec un sandwich à moitié mangé et une pomme, ce qui indiquait que les ouvriers avaient dû partir précipitamment, sans doute pour rejoindre tous les autres à l'étage.

Elle regarda dans le tuyau. Il y avait des perles d'humidité sur tout le revêtement en acier, mais il n'était pas rempli d'eau. En levant les yeux, elle vit que d'autres panneaux avaient été enlevés et qu'une lumière froide et blanche fluorescente brillait.

Vers le bas, le tuyau était sombre et obstrué. Cependant, comme ses yeux s'adaptaient à l'obscurité, elle vit que l'obstacle était une grosse boîte montée sur un anneau pivotant avec de petites roues sur les côtés. La boîte avait des sondes qui touchaient les côtés du tuyau, sur lesquelles étaient collés des autocollants d'avertissement que Lilas ne put distinguer.

C'était une sorte d'engin contrôlé à distance pour inspecter le tuyau. Il y avait des moteurs électriques pour faire tourner les quatre plus grosses roues, ainsi que tout un tas de câbles électriques pendant au-dessous.

– Pas là! hurla la voix dans le couloir. Fouillez les autres pièces.

Lilas hésita, coinça dans sa ceinture la boîte qui contenait la poche et se glissa dans le tuyau; elle se posa sur l'unité d'inspection, qui se balança dans son anneau et se mit à descendre lentement le long du tuyau, emmenant Lilas avec elle.

Seule, à l'étroit, avec pour seule compagnie les battements de son cœur et le léger vrombissement des roues de l'unité, elle sentit les parois devenir de plus en plus humides, ce qui déclencha chez elle un accès de panique totale.

« Et s'il y avait de l'eau en dessous et que je fonçais droit dessus ? »

Elle perdit toute pensée rationnelle. Elle agrippa les parois du tuyau et appuya son dos contre le métal, essayant de ralentir sa descente. Mais la paroi était trop glissante et l'unité continuait d'aller vers le bas, entraînant Lilas dans sa chute.

Une lumière venue du haut balaya l'intérieur du tuyau. Lilas releva les yeux, mais le faisceau n'arriva pas jusqu'à elle.

– Rien !

La voix de l'agent de sécurité, quinze mètres au moins au-dessus d'elle, résonna dans le tuyau. Lilas vit la lumière. Prise de panique, elle essaya désespérément de retrouver son souffle pour pouvoir appeler à l'aide : la peur surpassait désormais son désir de s'échapper avec la poche.

Son cri se transforma en un grognement étouffé lorsqu'une terne lumière rouge apparut sur le côté. Lilas eut tout juste le temps de se jeter contre un point d'accès ouvert et de s'accrocher au couvercle avant que l'unité ne continue sa chute.

Alors qu'elle restait accrochée, haletante, elle entendit un splash, puis un glou-glou-glou : l'unité s'enfonçait dans l'eau profonde.

Deux secondes plus tard, la jeune fille, lasse mais soulagée, se hissa vers le haut et se glissa sur le sol d'un étroit tunnel rempli de tuyaux, de câbles et de tous les autres systèmes de circulation d'un bâtiment moderne important. Elle resta étendue plusieurs minutes, reprenant des forces, puis s'assit et regarda autour d'elle.

Comme plus haut, le panneau d'inspection avait été déboulonné. Ici, les boulons avaient été mis dans un sac en plastique scotché au panneau.

Le tunnel s'étendait aussi loin que ses yeux lui permettaient de voir vers la gauche et vers la droite, ce qui ne signifiait pas pour autant qu'il était très long car il n'y avait que de faibles lumières d'un rouge terne au plafond, tous les quinze mètres environ. Il était, lui aussi, extrêmement encombré, avec juste assez d'espace entre les tuyaux et les câbles pour qu'un adulte de petite taille puisse s'y faufiler.

Pour Lilas, cela suffisait amplement. Elle choisit une direction au hasard, vérifia qu'elle avait toujours la boîte avec la poche et se mit à ramper.

Chapitre 11

— Je ne peux pas les laisser me laver entre les oreilles, protesta Arthur.

— Tu n'as pas vraiment le choix, dit Fred d'un air sinistre. Même si tu te caches, ils te trouveront. On ferait mieux de commencer à se préparer.

— Il doit y avoir un moyen d'y échapper, insista Arthur. Et qu'est-ce que tu entends par « se préparer » ?

— Commencer à écrire les choses importantes. Tu sais, ton nom, tes amis, ta couleur préférée. Ça suffit parfois à faire revenir quelques souvenirs. Bien sûr, si nous avions des pièces en argent et du sel…

— On pourrait même oublier notre nom ?

Arthur, dans son état d'épuisement, commençait tout juste à comprendre que se faire laver entre les oreilles pouvait être encore pire que ce qu'il avait cru. Il s'était inquiété d'oublier quelques détails sur sa vie sur Terre, sur sa famille, ou sur les Jours-à-Venir et les Clefs… pas d'oublier carrément qui il était.

— On a dû te les laver récemment si tu ne t'en souviens pas, dit Fred. S'ils font la totale, tu oublieras tout sur toi. Et ils se moquent de te l'avoir déjà fait la veille, ils recommencent quand même.

— C'est quoi cette histoire de pièces d'argent et de sel ?

— Une pièce en argent sous la langue est censée t'aider à résister au lavage, tout comme le sel dans le nez. Mais nous n'avons ni l'un ni l'autre, alors nous ferions mieux de nous mettre à écrire. J'espère vraiment que je ne vais pas oublier comment lire, cette fois. Ça va aussi retarder notre formation. Je ne serai jamais général si on me lave trop souvent entre les oreilles. Viens.

Il repartit au pas vers les lits, Arthur le suivant plus lentement à la mauvaise cadence. Mais aucun ONC n'apparut pour le réprimander. Pour autant qu'il puisse en juger, c'était le milieu de la nuit et leur réveil était prévu pour trois ou quatre heures plus tard.

Malgré sa fatigue, Arthur suivit l'exemple de Fred et dénicha un carnet de service et un crayon écarlate sur lequel était inscrit le nom de la section en lettres d'or. Mais, alors que Fred écrivait avec empressement, Arthur se demandait ce qu'il devait noter. S'il écrivait son véritable nom et d'autres informations importantes, les autres pourraient le voir.

Finalement, il trouva un compromis. Il commença sa liste par *Ray Vert*, sous lequel il inscrivit *Véritable nom ?* puis *AP*. Ensuite, il écrivit sa couleur préférée, le bleu, les prénoms de ses parents, *Bob* et *Emily*, et ceux de ses frères et sœurs, *Eratzmus, Staria, Patrick, Susan, Michaëla* et *Éric*. Il réfléchit un instant puis ajouta *Suzy TB, maître Lundi, Lord Mardi* et *Mercredi sous les Flots*. Si ces noms n'évoquaient aucun souvenir, son état serait vraiment inquiétant.

Il voulait écrire encore, mais se sentait faible. Le papier se mit à tourner… à moins que ce ne soit sa propre vision.

Il perdit quelques secondes entre *Mercredi* et *sous les Flots*, se réveillant en sursaut lorsque son menton tomba sur sa poitrine. Il ferma alors le carnet, glissa le crayon dans sa poche et s'allongea sur son lit : il allait dormir un petit moment seulement, peut-être une demi-heure, puis il se réveillerait pour écrire à nouveau.

Plus tard, il fut réveillé par Fred qui le secouait. Groggy, il balança les jambes hors du lit et se leva. Des trompettes émettaient de longues notes irritantes, et seule une moitié des lampes tempête était allumée. Fred fourra une serviette et une mallette de cuir dans les bras d'Arthur.

– Allez ! Nous devons nous laver et nous raser !

– Mais je ne me rase pas…

– Personne ne se rase vraiment. Les poils ne poussent pas beaucoup dans le Palais. Nous devons quand même essayer. C'est le règlement.

Arthur titubait en suivant Fred. Plus endormi qu'éveillé, il se rendit vaguement compte qu'ils marchaient normalement, et non au pas, se dirigeant vers une porte qu'il n'avait jamais vue auparavant, du côté est du bloc.

La porte projetait une douce lumière verte. Lorsqu'Arthur la passa pour entrer dans un couloir sombre et étroit, il faillit perdre l'équilibre, le sol tremblant sous ses pieds comme de la gelée. Il tendit une main pour se rattraper au mur, qui céda sous ses doigts.

– C'est un passage mystérieux ! souffla-t-il.

– Oui, confirma Fred. Il mène à la salle de bains.

Quelques pas plus loin, alors qu'il n'avait apparemment pas passé d'autre porte, Arthur arriva dans une immense salle de bains à ciel ouvert. Dans le ciel nocturne brillaient d'étranges constellations : les étoiles semblaient trop proches et un croissant de lune, plutôt instable, projetait une pâle lumière verte. Arthur s'arrêta, momentanément stupéfait par cette vision inattendue du ciel nocturne et des lignes interminables d'Autochtones qui s'étiraient aussi loin qu'il pouvait voir au clair de lune ; ils se tenaient debout devant des rangées, également interminables, de miroirs et de lavabos, chacun éclairé par une flamme de gaz nue.

La plupart des Autochtones étaient en maillot de corps, mais même ces sous-vêtements variaient selon les unités. Il y avait tous les pantalons d'uniforme, kilts ou cuissardes que contenait le placard d'Arthur, plus quelques autres qu'il n'avait jamais vus.

– Nous partageons la salle de bains avec toute l'Armée, dit Fred. Viens, trouvons-nous une place. Tu as besoin de te passer un peu d'eau froide sur le visage, je crois.

Il s'engagea dans une allée en diagonale et se précipita droit sur quelques Légionnaires et sur leurs lavabos et miroirs comme s'ils n'existaient pas et n'étaient que des fantômes. Les Légionnaires l'ignorèrent, mais Arthur vit qu'ils se parlaient, bien qu'il n'entendît aucun son.

– Attends ! cria-t-il. Où sommes-nous ? Comment se fait-il que tu les aies traversés ?

– Oh ! ils ne sont pas réels pour nous ni nous pour eux. Le caporal Hachenavant nous l'a expliqué hier matin. Nous devons juste trouver nos lavabos. Ils ne doivent pas être loin.

Il se remit en marche. Arthur le suivit à contrecœur, tressaillant en traversant les Légionnaires. Fred était toujours devant, passant au travers d'Autochtones de l'Artillerie en manteau de buffle. De l'autre côté se trouvait une rangée de lavabos vides et, de chaque côté, d'autres Recrues. Elles se retournèrent à leur arrivée, et Arthur entendit le clapotis de l'eau dans les lavabos et le tintement des rasoirs sur la porcelaine.

– Mais comment est-ce que ça marche ? demanda-t-il. Est-ce qu'ils sont tous là ou pas ?

— Le caporal ne s'est pas étendu sur la question, expliqua Fred en ouvrant sa mallette de cuir dont il sortit un rasoir à main, un blaireau, un savon et un bol à mousse. Il a dit quelque chose au sujet des passages mystérieux menant à de nombreuses salles de bains différentes qui coexistent au même endroit dans le Palais, mais pas au même moment : ça économise l'eau chaude ou je ne sais quoi.

Fred se mit à remuer la mousse dans son bol. Arthur secoua la tête puis s'aspergea le visage avec l'eau tiède du lavabo, qui se remplit à nouveau, même s'il n'y avait aucun robinet ni aucun jet en vue.

Fred appliqua la mousse sur son visage et commença à se raser, tout en marmonnant. Arthur se demanda si c'était une sorte de prière pour ne pas se trancher la gorge. Il venait de sortir son rasoir, incroyablement affûté et dangereux. Puis il vit que Fred utilisait le dos, peu tranchant, du rasoir, pas la lame.

— Qu'est-ce que tu marmonnes ? demanda Arthur.

— Mon nom, répondit-il en raclant avec précaution un peu de mousse sur son menton. Et ma couleur préférée.

— Oh ! J'avais oublié…

Il regarda dans le miroir, observa son visage, familier quoique peu satisfaisant. Il n'arrivait pas à croire que, bientôt, il ne se reconnaîtrait peut-être plus.

— Tu ferais mieux de te raser ou tu vas être consigné, l'avertit Fred. Ça veut dire puni.

— Même si ma peau est parfaitement lisse ? demanda-t-il en se passant la main sur le menton. Je n'aurai pas besoin de me raser avant des années.

— Ils le sauront si tu ne t'es pas rasé, soupira Fred d'une voix découragée. Ce n'est pas parce qu'ils vont nous laver entre les oreilles que nous sommes dispensés de rasage ou du reste.

123

– OK, dit Arthur. OK!

Il mit du savon dans son bol et se mit à le fouetter avec son blaireau, comme il avait vu Fred le faire. Puis, toujours suivant son exemple, il posa le savon mousseux sur son visage et se rasa avec le dos de son rasoir, un geste complètement inutile. Arthur réfléchit à ce qu'il allait faire ensuite, pendant qu'il ôtait la mousse, tapotait le rasoir et le rinçait.

– N'y retournons pas, dit-il en se lavant le cou et les aisselles. Restons ici.

– Ici ? couina Fred. (Cette idée le rendait, de toute évidence, nerveux.) Je ne suis même pas sûr que cette pièce existe après l'heure des ablutions matinales. Le passage mystérieux ferme…

– Si nous restons à côté de ces lavabos, je parie que tout ira bien. Ils sont réels pour nous, alors ils doivent bien exister quelque part.

– Mais nous serons absents, sans permission, marmonna Fred. Nous ne serons pas dans la parade. Les Employés des Salles de Bains viendront nous chercher.

– Si le passage mystérieux reste fermé jusqu'à demain matin, ils ne pourront pas nous trouver, si ? Combien de temps restent-ils ici ?

– Ils viennent, procèdent au lavage et s'en vont, dit Fred. Juste le temps qu'il faut pour s'occuper de tous les enfants du Joueur de Flûte de la zone.

– Alors nous n'avons qu'à attendre ici et repartir demain matin. Effectuer notre punition et reprendre la formation.

– Vous ne ferez rien de tel, dit la recrue qui venait juste de finir de ranger ses affaires à côté d'eux.

Arthur la reconnut vaguement, elle appartenait à leur section : Florimel, celle dont Fred avait dit qu'il fallait se méfier.

— Vous vous présenterez comme on vous l'a ordonné.

— Non, dit Fred, dont l'anxiété s'évapora aussitôt.

Apparemment, tout ce qu'il lui fallait pour l'encourager était quelqu'un comme Florimel lui interdisant de faire quelque chose.

— Je vous ordonne de retourner dans vos quartiers!

— Qui t'a nommée Haute Lady Proutprout? demanda Fred. Tu n'es qu'une recrue, comme nous. On fera ce qu'on veut et, toi, tu la fermes!

— Je ferai un rapport sur vous, dit Florimel en se dressant de toute sa hauteur.

— Non, tu n'en feras rien, affirma sévèrement Arthur. Tu ne diras pas un mot.

Florimel avait beau être grande, Arthur sembla soudain plus grand encore, et ses cheveux bougèrent comme s'ils étaient soulevés par un battement d'ailes invisibles. L'espace d'un instant, quelque chose dans sa voix et dans sa façon d'être rappela dame Prima. Puis Arthur redevint le garçon qu'il était, mais Florimel avait baissé les yeux et reculait.

— Oui, monsieur. Comme vous voudrez, monsieur.

Elle fit une sorte de salut, un demi-tour maladroit, et s'éloigna au pas à travers un groupe de Frontaliers vêtus de vert qui s'en allaient également, mais dans la direction opposée.

— Comment tu as fait ça? demanda Fred, bouche bée. J'étais sûr qu'elle allait nous mettre dans le pétrin. Quelqu'un comme ça...

Il se tut lorsque la lune au-dessus d'eux se mit à descendre à l'horizon. Au même moment, une lueur rose venue de l'est se déversa sur eux. Arthur se retourna. Il ne voyait pas le soleil, mais la lumière annonçait l'aube.

Les derniers soldats se précipitèrent dans toutes les directions, disparaissant à travers leurs propres passages mystérieux, retournant à leur place respective dans le Grand

Labyrinthe. En quelques minutes, Arthur et Fred se retrouvèrent seuls dans la grande salle de bains vide, avec uniquement des lavabos et des miroirs à perte de vue, ces derniers reflétant la lumière du matin.

– J'espère que c'est une bonne idée, dit Arthur.

– Moi aussi, renchérit Fred en frissonnant.

Il frémit à nouveau quand certains miroirs commencèrent à s'effacer, comme dissous par la lumière du soleil. Il retourna à son lavabo. Arthur se rendit compte que lui aussi avait, instinctivement, reculé pour avoir un contact avec la porcelaine solide.

Lentement, alors que le soleil se levait et devenait un disque bien visible au-dessus de l'horizon, les lavabos et les miroirs alentour disparurent. Arthur et Fred se rapprochèrent jusqu'à se tenir épaule contre épaule. Ils ne voyaient rien autour d'eux à part la lumière du soleil, mais leurs lavabos restaient palpables et leurs miroirs brillaient.

– Peut-être que tout va bien se passer, chuchota Fred.

– Peut-être, dit Arthur.

Soudain, tout devint noir, juste un instant. Arthur et Fred clignèrent des yeux et virent, bien qu'ils soient toujours épaule contre épaule, qu'ils ne s'appuyaient plus sur un lavabo et n'étaient plus baignés de lumière.

Ils étaient à la caserne, appuyés contre l'armoire d'Arthur, et la seule lumière venait de la lampe tempête au-dessus de leurs têtes, et des autres, toutes allumées désormais.

Dans la faible lumière, Arthur vit trois silhouettes qui se tenaient à environ trois mètres d'eux. Elles avaient la taille et la forme d'un Autochtone, mais portaient des robes jaune jonquille qui dissimulaient tout leur corps, avec de longues capuches pointues. Leurs mains étaient recouvertes de gants en mailles métalliques flexibles et leurs visages, également cachés, derrière des masques de bronze martelé.

L'un des masques avait une bouche souriante, l'autre les lèvres tombantes en signe de sombre réflexion. La dernière était tordue par l'agonie.

Il semblait n'y avoir personne... ni quoi que ce soit... derrière les bouches ou les yeux des masques : seulement l'obscurité.

– Les... les... Employés des Salles de Bains, murmura Fred. Fred Inital Nombres d'Or, Assistant Doreur de Manuscrits de Sixième Classe, couleur préférée vert, thé avec du lait et un sucre, des sablés mais pas de biscuits au cumin...

Les Employés s'avançaient vers eux, leurs robes effleurant le sol. Deux d'entre eux fouillèrent dans leurs longues manches d'où ils sortirent d'étranges couronnes de glace bleue sculptée, tout en pointes et en tessons qui crépitaient et étincelaient d'une lumière dansante. Le troisième sortit une corde dorée qui bougeait dans sa main comme un cobra cracheur, se dressant comme pour projeter son venin.

Cependant, la corde n'en fit rien. Elle s'élança dans les airs et s'enroula autour des chevilles d'Arthur, le faisant tomber alors qu'il essayait de s'enfuir.

Arthur s'écrasa lourdement sur le sol. La corde dorée remonta autour de ses jambes, les attachant fermement, puis son extrémité s'enroula autour de son poignet gauche et se mit à le tirer dans son dos. Arthur résista aussi longtemps que possible et fouilla désespérément dans sa poche avec sa main droite, à la recherche de la bague en forme de crocodile. Même si ce n'était pas une pièce, elle était en argent, et Arthur voulait la mettre sous sa langue.

Il l'avait attrapée et la portait à ses lèvres lorsqu'un bout de la corde s'abattit autour de son poignet droit et le tira en arrière. Arthur jeta la tête en avant, mit ses doigts dans sa bouche et poussa la bague sous sa langue, se coupant la lèvre au passage.

Du sang coulait sur son menton alors qu'on l'obligea à s'agenouiller, la corde liant ensemble ses bras et ses jambes.

Il releva les yeux et vit descendre la couronne crépitante et étincelante.

« Je suis Arthur Penhaligon, pensa-t-il avec désespoir. Arthur Penhaligon, mes parents s'appellent Bob et Emily, je suis le maître du Bas-Palais, des Confins Extrêmes, de l'Océan Frontalier... »

La couronne s'enfonça sur sa tête et Arthur tomba en hurlant silencieusement dans les ténèbres.

Chapitre 12

Lilas se mit en position au sommet de l'échelle et poussa vers le haut la plaque d'égout, en béton armé, donc très lourde. Elle réussit à la soulever assez haut pour laisser passer la lumière du soleil et, dans un dernier effort, elle la fit glisser sur le côté.

En levant les yeux, Lilas vit le ciel et le haut de quelques immeubles. Bizarrement, elle n'entendait pas de circulation ; pourtant la bouche d'égout devait bien se trouver au milieu d'une route et, pour autant qu'elle puisse en juger, à plus d'un kilomètre de l'hôpital. C'était la troisième échelle qu'elle avait trouvée en rampant dans le tunnel – elle avait décidé de ne pas grimper aux premières de peur qu'elles ne se situent encore dans le périmètre de quarantaine. Comme elle n'avait aucune idée de la direction dans laquelle allait le tunnel, elle ne pouvait pas être sûre de l'endroit où elle était avant de sortir et d'observer.

En espérant que l'absence de bruits de circulation signifiait qu'elle ne risquait pas de se faire écraser, Lilas grimpa et regarda rapidement autour d'elle. Comme elle s'en était doutée, elle se trouvait au milieu d'une rue. De chaque côté, il y avait des rangées de vieilles maisons mitoyennes, derrière une file de voitures garées. Mais aucun véhicule ne circulait. Il régnait dans cette rue un calme surnaturel.

Lilas prit une profonde inspiration et sortit. Cela lui prit toutes ses forces, si bien qu'il lui fallut un moment avant de s'accroupir et de se lever. Elle pensait savoir où elle était mais, pour vérifier, elle tourna la tête dans la direction où devait se trouver l'hôpital.

Il était bien là, mais ce n'est pas ce qui lui coupa le souffle et la fit se rasseoir, comme si elle avait reçu un coup de poing dans le ventre.

En regardant au-dessus de la monture de ses lunettes spéciales, elle ne voyait pas seulement les trois massives tours blanches de l'hôpital, toutes de béton et de verre, à environ deux kilomètres. Elle distinguait aussi un autre bâtiment qui flottait dans l'air juste au-dessus de l'hôpital, un bâtiment immense et insolite composé d'étranges tours et tourelles, de maisons et de châteaux, de dépendances, d'extensions et de remparts. Une petite partie du bâtiment reposait directement au sommet de l'hôpital et Lilas apercevait juste une porte brillante qu'elle sut d'instinct être la Porte Principale.

C'était le Palais. Il ne s'était pas manifesté là où elle s'y attendait, près de la maison d'Arthur, mais au-dessus de l'hôpital. Elle venait de quitter le seul endroit d'où elle aura t pu atteindre la Porte Principale!

Li as baissa la tête et agrippa ses cheveux, prête à se les rracher. Comment aurait-elle pu savoir que le Palais allait se manifester à un endroit différent de celui où Arthur disait l'avoir vu autrefois ? De toute évidence, il apparaissait à l'endroit où le dernier Autochtone, ou Moins-que-Rien, avait emprunté la Porte Principale : dans ce cas, l'hôpital.

— Pousse-toi de la route, petite ! Tu vas te faire tirer dessus !

Lilas sursauta en entendant cette voix et regarda frénétiquement autour d'elle.

— Allez, viens ! Entre ici !

C'était une femme. Une femme âgée qui se tenait dans l'embrasure de la porte de l'une des maisons, et lui faisait signe d'entrer.

Lilas grogna, roula sur le côté, se releva avec les mains et marcha lentement jusqu'à la porte.

— Dépêche-toi ! s'écria la femme en regardant au bout de la rue. J'entends quelque chose qui approche.

Lilas l'entendit également : le vrombissement sourd de très gros véhicules faisant vibrer le sol. Elle accéléra le pas et entra dans la maison juste au moment où un tank tournait le coin de la rue, sa chenille gauche bloquée, la droite le faisant pivoter. Lilas regarda par la vitre de la porte, surprise par le bruit retentissant du tank et le tremblement qu'il provoqua dans la maison en passant.

Six autres tanks le suivaient, tous entièrement fermés, sans personne assis dans la tourelle ou regardant par la lunette du conducteur. Lilas n'avait jamais vu de vrais tanks auparavant. Ils faisaient deux fois la taille des véhicules légers blindés de l'armée et de l'AFB.

— Alors, comment t'appelles-tu ?

Lilas se retourna. La femme, très âgée et légèrement bossue, se mouvait pourtant avec agilité et semblait très alerte.

— Je suis désolée, dit Lilas. J'étais distraite. Merci… merci de m'avoir prévenue. Oh, je m'appelle Lilas.

– Et moi, Sylvie. Tu t'es bien amochée! Tu ferais mieux de venir dans la cuisine pour que je nettoie ta tête.

– Non, je dois… je dois…

La voix de Lilas s'éteignit. Elle ne savait pas ce qu'elle devait faire ensuite. Retourner à l'hôpital? Alors que des tanks prêts à l'attaque se dirigeaient par là-bas?

– Une tasse de thé à la menthe poivrée, un peu de nettoyage et un bandage, voilà ce dont tu as besoin, dit fermement Sylvie. Viens.

– Qu'est-ce qui se passe? demanda Lilas alors qu'elle suivait docilement Sylvie dans le couloir menant à la cuisine. C'étaient des tanks…

– Il y a eu une sorte d'attaque bactériologique à l'hôpital, dit-elle en attrapant une trousse de premiers secours au-dessus du réfrigérateur et en tendant le bras pour allumer une bouilloire électrique. Je n'ai pas suivi tous les développements de l'affaire. Ils ont rétabli la quarantaine dans toute la ville ce matin. Nous pouvons aller regarder la télévision dans le salon, si tu veux. Il faut juste que tu t'assoies près de la fenêtre, que je voie ce que je fais avec ta tête.

– Merci, dit Lilas. J'aimerais savoir ce qui se passe. Vous dites qu'ils ont rétabli la quarantaine dans toute la ville?

– Il y a deux heures, ma chère, à peu près.

– Mais vous m'avez laissée entrer, fit remarquer Lilas en la suivant dans un salon, petit mais confortable.

Sylvie claqua des doigts et un écran, sur le mur, s'alluma; le son était trop bas pour qu'elle puisse entendre, mais Lilas pouvait lire les mots qui défilaient: *Quarantaine de Niveau Rouge imposée en ville. L'Armée et l'AFB ont bouclé l'hôpital du secteur Est. Des armes bactériologiques psychotropes se cacheraient derrière la première tentative d'évasion. D'autres sont imminentes.*

On voyait environ une douzaine de personnes qui sortaient de l'hôpital. Elles ne marchaient pas normalement, leurs jambes traînant de façon étrange, leurs bras battant l'air. La caméra passa de ces personnes aux soldats et aux agents de l'AFB qui criaient, agitaient les mains et, enfin, pointèrent leurs armes. Les canons des tourelles de leurs véhicules blindés s'orientèrent sur la porte de l'hôpital, puis firent feu. Lilas mit un moment à réaliser que les tirs qu'elle entendait au loin provenaient de l'extérieur, pas de la télévision.

C'était du direct.

— Oui, je sais que je n'aurais pas dû te laisser entrer, dit Sylvie, qui ne regardait pas la télévision.

Elle souleva les cheveux de Lilas et commença à nettoyer sa coupure avec du désinfectant qui piquait.

— Mais je suis très vieille, et je ne voulais pas qu'une jeune fille se fasse abattre sous mes yeux. Si tu as une terrible maladie, je pense que je l'attraperai et mourrai sans causer de souci à qui que ce soit.

— Je n'ai rien, rétorqua vivement Lilas, avant de regarder ses mains.

« Sauf que c'est un mensonge. J'ai quelque chose. Mais je ne peux pas vous contaminer. Seul l'Écorché en est capable. Et bientôt, il saura ce que je sais et je ne serai plus qu'une marionnette. Comme ces pauvres gens qu'il doit avoir envoyés dehors, ceux qui ont été tués pour préserver la quarantaine. »

À la télévision, deux agents de l'AFB s'avancèrent avec des lance-flammes. Lilas détourna les yeux alors que de longs jets de flammes jaillissaient vers les personnes qui venaient d'être abattues.

— Reste tranquille, la gronda Sylvie. C'est plus un bleu qu'une coupure. Tu devrais sans doute passer un scanner. Quand t'es-tu fait ça?

— Il y a environ une heure, je crois, peut-être deux. Aïe !

— J'ai mis un peu de gel anesthésique, et un pansement pour que ça reste propre. Mais tu devrais quand même passer un scanner.

— Vous êtes médecin ? demanda Lilas. Ou infirmière ?

— Je suis à la retraite, j'étais pharmacienne. Assieds-toi. Je vais aller chercher le thé à la menthe.

Lilas posa à nouveau les yeux sur la télévision. Un officier supérieur était interviewé, un général. Derrière lui, Lilas vit les tanks qui étaient passés devant elle. Ils se mettaient maintenant en position devant l'hôpital et d'autres troupes faisaient de même derrière eux. Lilas tendit la main, la paume vers le haut, attendit que la télévision se calibre sur elle, puis leva le doigt. Le volume augmenta et elle put entendre ce que disait le général :

— Nous ne savons pas ce que c'est. Ce pourrait être lié à l'enFurie, ce psychotrope transporté par l'eau qui a causé tant de problèmes en Europe, il y a deux ans. Ce virus s'est largement propagé dans l'hôpital et, comme nous venons de le voir, certains sujets infectés ne sont plus capables de pensée rationnelle et deviennent extrêmement dangereux. Notre devoir est de circonscrire le virus. Nous ferons notre devoir, par tous les moyens nécessaires.

— Avez-vous communiqué avec le Dr Emily Penhaligon ? demanda le journaliste, invisible.

— Le Dr Penhaligon et son équipe essaient de ralentir les effets de l'arme bactériologique par différents moyens, tout en étudiant ses caractéristiques, et installent des agents formés sur ordinateur pour la contrer. Nous faisons tout notre possible avec nos hommes, et avec l'AFB à l'intérieur de l'hôpital, pour nous assurer que les laboratoires et les salles en isolation totale restent fermés et ne soient pas en contact avec le reste de l'hôpital où l'infection est très répandue.

– Général, avez-vous des informations sur la façon dont l'arme a été déployée, et par qui ?

– Il s'agit de toute évidence d'une action terroriste. Je n'ai pas d'autres commentaires pour le moment.

– Un certain nombre de journalistes ont dit qu'il était vraisemblable que…

Le son diminua soudainement. Lilas tourna la tête et vit Sylvie qui agitait les doigts. Elle venait de déposer deux tasses fumantes.

– Le son de la télévision m'incommode tellement, dit-elle. Bois ton thé, ma chérie. Nous devons avoir une petite conversation.

– Merci, dit Lilas. Mais je ne veux pas…

– Oh ! je ne veux pas savoir ce que tu faisais dans les souterrains, je pense seulement que nous devrions appeler tes parents. Tu as des parents ? Alors nous devrions les appeler pour leur dire que tu es là, et que tu vas passer la quarantaine avec moi.

– Je ne peux pas faire ça.

Lilas venait de réaliser ce qu'elle devait faire ou, plutôt, venait de penser à quelque chose qui pourrait lui permettre d'atteindre le Palais.

– Je dois aller quelque part.

– Tu ne peux aller nulle part, dit Sylvie. Ni à pied ni en voiture, à supposer que je sois assez idiote pour te conduire quelque part. Toute circulation de civils est interdite.

– Je dois aller dans une maison à Denister, dit Lilas – elle lui indiqua l'adresse – aussi vite que possible.

C'était chez Arthur qu'elle voulait aller. Le Palais, au-dessus de l'hôpital, était complètement hors d'atteinte, mais elle se souvenait de ce qu'Arthur lui avait dit, il y avait longtemps, dans sa chambre d'hôpital. Pour les autres, c'était la veille, mais Lilas, elle, avait passé des mois en mer. Pourtant,

135

elle se rappelait très bien qu'Arthur lui avait parlé de son téléphone, un téléphone dans une boîte en velours qui lui permettait d'appeler les Autochtones dans le Palais.

– C'est hors de question ! dit Sylvie plutôt sévèrement.

– C'est terriblement important.

– Pourquoi ?

Lilas resta silencieuse. Elle ne pouvait pas dire la vérité à Sylvie. La vieille femme ne la croirait pas et ça ne ferait qu'empirer les choses.

« Je ne peux pas lui dire, pensa-t-elle soudain. Mais je peux peut-être lui montrer. »

– Avez-vous une fenêtre qui donne sur l'hôpital ? demanda-t-elle.

– Oui, à l'étage. Quel est le rapport ?

Lilas hésita un instant. Sylvie était très vieille et un choc pourrait la tuer. Mais Lilas avait besoin de son aide. Le sort d'Arthur dépendait de la poche qu'elle devait ramener dans le Palais pour qu'elle y soit détruite. Pas seulement le sort d'Arthur, d'ailleurs. Et si l'Écorché implantait partout son moule permettant de contrôler l'esprit ? Le Moins-que-Rien était sans doute capable de bien d'autres choses...

– Je veux que nous allions à l'étage, puis que vous regardiez l'hôpital avec ces lunettes. Ce sera un choc, je vous préviens. Alors, je vous raconterai tout.

Sylvie avait l'air énervée, mais elle se mit soudain à sourire lentement.

– Tu te montres très mystérieuse et je suis sûre que tu me fais perdre mon temps. Mais qu'ai-je d'autre à perdre que du temps ? Allons-y.

La fenêtre se trouvait dans la chambre de Sylvie, une pièce dépouillée et ordonnée qui n'avait rien de personnel. La vieille femme la traversa rapidement et tira un rideau.

– Voilà l'hôpital, dit-elle, avec des hélicoptères de combat, j'en ai bien peur.

Lilas regarda par la fenêtre. Il y avait trois hélicoptères de combat au nez pointu qui gravitaient lentement autour des bâtiments de l'hôpital, à environ deux cents mètres d'altitude. Elle remonta ses lunettes sur son nez puis les enleva rapidement. Cela lui faisait mal à la tête de voir les hélicoptères foncer sur les bâtiments, apparemment solides, du Palais puis en ressortir indemnes.

– Regardez à travers ces lunettes, s'il vous plaît, dit-elle. Mais préparez-vous.

– Je doute de voir quoi que ce soit, dit Sylvie en prenant les lunettes, elles sont fissurées!

– Vous allez voir quelque chose et ensuite je vous expliquerai.

Lilas grimaça en sentant la douleur traverser son crâne une nouvelle fois. Cette fois, c'était différent de ce qu'elle avait ressenti auparavant : comme si son crâne était mis sous pression, comme une douleur au sinus située au mauvais endroit.

« Le moule! Il a déjà dû entrer dans ma tête! »

– Je ne vois vraiment rien, dit Sylvie.

Elle portait les lunettes, mais ne regardait pas par la fenêtre.

– La fenêtre! la pressa Lilas, qui se sentait soudain désespérée et incertaine.

Et si les lunettes de Scamandros ne fonctionnaient que pour elle?

Chapitre 13

Le lieutenant Corbie baissa la lunette et se frotta l'œil droit, douloureux à force d'avoir regardé si longtemps dans le télescope. Tout l'après-midi, lui et sa troupe de Frontaliers avaient observé et dénombré la colonne ennemie qui avançait dans la passe au-dessous d'eux.

— Et encore cinq mille de plus, dit Corbie à son sergent, qui tenait les comptes dans son carnet. Encore des Moins-que-Rien ordinaires, déployés en unités de mille.

— Ça fait plus de vingt-six mille pour aujourd'hui, monsieur, dit le sergent. Tous sur la Plaque numéro un.

— Il est prévu qu'elle se déplace au nord-est au coucher du soleil, dit Corbie, en tapotant l'Éphéméride dans le petit sac qu'il portait sur le côté. Ça nous en débarrassera.

— Il doit y en avoir un million dans le Labyrinthe à présent, dit calmement le sergent. Que se passera-t-il lorsque chaque plaque sera envahie de Moins-que-Rien ? Ça ne servira plus à rien de les déplacer.

– Ce sont des paroles défaitistes, sergent, et je ne veux pas en entendre plus. De toute façon, il reste de nombreuses plaques vides et l'invasion de Moins-que-Rien est dispersée de façon très efficace. La stratégie tectonique, comme toujours, fonctionne. Et j'ai entendu dire que le second Bataillon du Régiment a remporté une autre bataille hier.

Corbie ne mentionna pas que la 19e Cohorte de la Légion avait failli être vaincue l'avant-veille. Les forces de Moins-que-Rien étaient dispersées tous les soirs au coucher du soleil, et il y avait désormais un très grand nombre d'ennemis sur certaines plaques. Parfois, elles devaient être vidées ou reprises lorsqu'elles devaient se rapprocher du QG ou de l'une des autres positions fixes.

Cela faisait six semaines que Corbie et ses troupes avaient quitté le Fort Frontalier, désormais aux mains des Moins-que-Rien. Même si le colonel Nage avait été tué avec toute sa garnison, il avait réussi à défendre la salle des commandes pendant douze heures et les portes avaient été refermées. Mais pas avant que quatre ou cinq cent mille Moins-que-Rien soient entrés. Et ensuite, un mois plus tard, les portes s'étaient rouvertes on ne sait comment, même si c'était censé être impossible. Des dizaines de milliers de Moins-que-Rien supplémentaires étaient passés.

Pourtant, comme le disait Corbie pour rassurer le sergent, la vénérable stratégie tectonique fonctionnait. Les plaques qui bougeaient tous les soirs empêchaient l'ennemi de concentrer ses forces, et l'Armée était capable de combattre les Moins-que-Rien petit à petit, remportant la plupart de ses confrontations directes.

Cela ne suffisait pas aux yeux du sieur Jeudi, d'après ce que Corbie avait entendu. Lui qui d'ordinaire n'était jamais d'humeur égale, on le disait plus en colère encore que d'habitude. Apparemment, il avait même perdu son sang-froid avec le maréchal Aube et l'avait sérieusement blessée, quand elle avait remis en question certains aspects de la réaction de l'Armée à cette invasion sans précédent, ainsi que la sagesse initiale d'avoir changé la campagne de façon si radicale et si tardive.

Corbie se dit que l'Aube avait eu raison, bien sûr. Il était étrange que le plan ait changé seulement quelques heures avant de débuter. Le colonel Pravuil avait été un étrange messager, d'ailleurs. Il avait semblé bizarre à Corbie, comme s'il détenait une mission spéciale et n'avait rien d'un officier normal. Tout cela sentait à plein nez la politique et l'interférence d'en-haut.

Corbie détestait la politique.

– Encore du mouvement près de la frontière de la plaque, s'écria l'un des Frontaliers. Et je crois que nous avons été repérés. Il y a un officier... un Moins-que-Rien supérieur, ou peu importe comment on doit les nommer... qui dirige une escouade dans notre direction.

Corbie regarda le bas de la colline. Lui et ses hommes étaient cachés entre les amas de rochers au sommet, mais un mouvement devait les avoir trahis, à moins que ce ne soit le reflet de sa propre lunette.

Instinctivement, il regarda le soleil. Il était proche de l'horizon, effectuant sa descente bringuebalante, mais il restait encore une demi-heure au moins avant qu'il ne se couche. La frontière de la plaque, repérable pour ses yeux entraînés à une légère différence de couleur de la terre, était à une centaine de mètres au-dessous d'eux. Si les Moins-que-Rien attaquaient, ils devraient passer cette limite avant le crépuscule, à l'heure où les plaques se déplaçaient. Ce qui était possible, estima Corbie.

Il n'était pas trop inquiet, cependant. Ses forces se trou-

140

vaient à un coin de leur plaque actuelle et une course rapide dans n'importe quelle direction leur permettrait d'en atteindre d'autres se dirigeant vers des régions plus sûres.

— Il y a quelque chose d'étrange dans cette colonne, marmonna le sergent. On dirait qu'ils transportent quelque chose. Ils ont toute une chaîne de Non-Chevaux.

Corbie releva sa lunette. Les Non-Chevaux représentaient un cheptel de grande valeur : ces créatures avaient été copiées sur les chevaux terriens puis à moitié élevés, à moitié fabriqués dans le Gouffre par Lord Mardi. Depuis la chute de ce dernier, plus aucun n'avait été livré, au grand déplaisir de la Compagnie d'Artillerie Modérément Honorable et de la Horde.

Mais, là-bas, les Moins-que-Rien en avaient plus de deux cents harnachés à un chariot géant d'au moins vingt mètres de long. Sur le chariot…

Corbie baissa la lunette, se frotta l'œil et regarda à nouveau.

— Qu'est-ce que c'est ? demanda le sergent.

— On dirait une pointe géante, dit Corbie. Une pointe de vingt mètres fabriquée dans un matériau très étrange, sombre, qui ne reflète pas du tout la lumière. Ce doit être une sorte de…

— Rien ?

— Oui, je pense, du Rien assemblé par sorcellerie. Mais pourquoi le transporter dans le Labyrinthe ? Quel est l'intérêt, puisqu'ils ne savent jamais où ils vont se retrouver… ?

Corbie s'interrompit, posa le télescope sur un rocher et ouvrit rapidement son Éphéméride, le feuilletant jusqu'à trouver le tableau approprié, renvoyant la date du jour à la plaque sur laquelle se trouvait le convoi de Non-Chevaux des Moins-que-Rien.

— Cette plaque se dirigera juste au centre du Labyrinthe ce soir, dit Corbie. Grille 500/500.

— Il n'y a rien de spécial là-bas, commenta le sergent.

— Pas que je sache. Mais j'ai entendu parler d'un problème célèbre posé au Collège de l'État-Major intitulé « Le 500/500 »… Les Moins-que-Rien doivent savoir où va cette plaque. Et ils devaient aussi savoir où allaient toutes les autres pour pouvoir emmener cette chose jusque-là.

— Mais ils n'auraient pas pu mettre la main sur un Éphéméride sans le faire exploser, dit le sergent. Si ?

— Nous n'aurions jamais pensé qu'ils pouvaient s'organiser non plus, dit Corbie. Mais ils l'ont fait et ils sont dirigés par quelqu'un qui connaît bien son affaire. Tenez, prenez ça et dites-moi si vous voyez quelque chose.

Il tendit la lunette au sergent et sortit un petit piédestal en ivoire et un soldat de plomb de la poche de son carquois. La figurine représentait un colonel du Régiment, tout en or et écarlate. Lorsque Corbie la posa sur le piédestal, ses couleurs se firent plus vives et ses contours plus nets, et elle devint une minuscule version vivante du véritable officier, qui se trouvait bien loin de là, au QG.

— Colonel Repton !

— Bonjour, Corbie ! Un autre rapport informel ?

— Oui, monsieur. Je ferai mon rapport au capitaine Farouk, mais il faudra du temps pour que cette nouvelle lui parvienne par les voies officielles, alors j'ai pensé que vous devriez entendre ça et essayer de contacter directement le sieur Jeudi…

La petite figurine grimaça en l'entendant, mais lui fit signe de continuer.

— Nous avons repéré une importante colonne de Moins-que-Rien sur la Plaque 72/899, qui escorte un énorme chariot tiré par plus de cent Non-Chevaux. Sur le chariot se trouve un objet de vingt mètres de long, trois de diamètre, à bout pointu, qui semble être en Rien, bien que sa forme soit consistante. Je ne peux que la décrire comme une pointe géante, monsieur. Le problème, c'est que cette plaque se déplacera ce soir jusqu'à la Plaque 500/500 et je...

– Vous avez dit 500/500? demanda le colonel Repton d'un ton inquiet. Décririez-vous cette pique comme visiblement ensorcelée?

– Oui, monsieur.

La figurine pâlit à vue d'œil.

– Je dois immédiatement en informer le sieur Jeudi! Souhaitez-moi bonne chance, Corbie!

La figurine se raidit et redevint du simple plomb.

– C'est à nous qu'il faudrait souhaiter bonne chance, dit le sergent en redonnant la lunette à Corbie et en attrapant son arc. Il y a trois autres escouades qui se dirigent vers nous. Ils vont nous attaquer, il n'y a plus de doute possible.

Chapitre 14

— Je crois que je viens de me souvenir de quelque chose, dit Fred, au sujet de mon ancien emploi. Je me rappelle avoir séparé des feuilles d'or !

— C'est bien, soupira son ami Ray Vert. Moi, je ne me rappelle toujours pas grand-chose. J'en rêve, et c'est dans un coin de ma tête quand je me réveille. Et puis j'ouvre les yeux, et plus rien.

— Ça reviendra, affirma Fred. Ça finit toujours par revenir, du moins le plus important.

Ray fronça les sourcils.

— Le problème, c'est que j'ai l'impression qu'il faut que je m'en souvienne vite, qu'il faut que je fasse quelque chose de très important.

— Ça reviendra, reprit Fred. Ça ne peut pas être si capital que ça, de toute façon, puisque nous sommes coincés ici pour le reste de l'année. Sans parler des quatre-vingt-dix-neuf années obligatoires dans l'Armée.

— Tu voulais être général, dit soudain Ray. Je me rappelle que tu me l'as dit un jour.

— Ah oui? Vraiment? Hum. Ce n'est pas une si mauvaise idée.

Cela faisait six semaines que Ray et Fred avaient été lavés entre les oreilles. Ils s'étaient tous les deux réveillés tard ce jour-là, sur leurs lits, avec des morceaux de papier épinglés sur leur tunique. Les papiers n'indiquaient que leur nom, rien de plus. Au réveil, ils ne savaient même plus lire, mais leurs capacités de lecture et d'écriture étaient heureusement revenues rapidement, ainsi que plusieurs compétences et connaissances générales.

Mais ils n'avaient retrouvé que très peu de détails sur leur ancienne vie. Ils avaient relu leurs carnets, mais cela ne les avait guère aidés. Fred avait réappris sa couleur préférée et sa façon de prendre le thé, mais les notes de Ray lui avaient paru très énigmatiques. Après les avoir lues, il avait eu l'impression que Ray n'était probablement pas son vrai nom, mais il ne savait pas comment il s'appelait en réalité, ni ce que signifiaient les noms des Curateurs.

Ray ne se rappelait pas non plus avoir été Remplisseur d'Encre. Fred se souvenait de nombreux détails de sa vie civile au Moyen-Palais. Celle de Ray demeurait un mystère. Il avait beau essayer, il ne parvenait pas à faire remonter ses souvenirs. Il avait parfois l'impression qu'un souvenir important se trouvait à l'orée de sa conscience mais, dès qu'il voulait l'attraper, il disparaissait. C'était presque une souffrance physique, la douleur sourde d'une vie perdue.

Fred disait à Ray qu'une partie au moins de ses souvenirs finirait par revenir avec le temps, mais c'était un maigre réconfort. Lorsque la section se réunissait, lors des rares moments de temps libre, la conversation revenait invariablement sur l'ancienne vie de chacun. Ray restait assis, immobile et silencieux, mais écoutant attentivement dans l'espoir qu'un détail de la vie de quelqu'un d'autre déclenche une réaction de sa propre mémoire.

La souffrance que lui causaient les réminiscences de ses camarades fut atténuée car leur temps libre se faisait de plus en plus rare. Pour une raison inconnue, peu après qu'ils avaient été lavés entre les oreilles, leur emploi du temps avait été accéléré encore et encore. Au début, les recrues avaient droit à six heures de sommeil la nuit et à deux heures de pause dans la journée. Cela avait été réduit d'abord à cinq, puis seulement à quatre heures de sommeil par nuit, et encore, cette pause pouvait être interrompue.

La formation avait été intense. Ray et Fred savaient désormais marcher au pas relativement bien, seuls, avec leur section ou en formations plus grandes. Ils pouvaient marcher désarmés, ou bien effectuer des manœuvres de base avec différentes armes, dont les haches d'armes mécaniques, les mousquets à la poudre de Rien, les piques explosives, les arcs en fibre de muscle, les glaives et les boucliers, les lances électriques et des limeterres chargés d'éclairs. Ils connaissaient les dix-sept formes de salut et les trente-huit titres honorifiques utilisés dans l'Armée.

Ils pouvaient également se servir des armes avec lesquelles ils manœuvraient, et en prendre soin sans blesser leurs camarades. Ils pouvaient se présenter dans les uniformes de base des principales unités de l'Armée, mais n'obtenaient jamais l'entière satisfaction du sergent Helve. Ils avaient appris à suivre les ordres avant d'y réfléchir.

Ils devenaient des soldats.

— Tu aurais dû te rappeler plus rapidement, dit Fred, avec cette bague en argent.

Ray sortit la bague de sa poche et l'observa à nouveau. Il l'avait sentie sous sa langue en se réveillant et avait interrogé Fred à ce sujet. Mais celui-ci ne se rappelait pas l'avoir vue auparavant et il lui fallut une semaine pour se souvenir qu'une pièce en argent était censée atténuer l'effet du lavage entre les oreilles.

– Elle n'est pas entièrement en argent, dit Ray. Une partie s'est transformée en or. Je crois que ça signifie quelque chose… mais…

– Je ne me rappelle pas, finit Fred à sa place.

Il observa le désert broussailleux à l'ouest, presque le coucher du soleil.

– Peut-être que Helve nous relâchera quand il fera nuit.

– J'en doute, dit Ray.

Il ne voulait pas de temps libre. Cela signifiait du temps pour essayer de se souvenir. Il préférait rester occupé, ne pas avoir à penser du tout.

La section était en détachement de nettoyage. Les plaques au sud-ouest, à l'ouest et au nord-ouest avaient beaucoup changé lors des dernières semaines, et le vent avait soufflé de l'ouest, apportant des déchets végétaux dans le camp. Des feuilles disgracieuses s'étaient logées sous les bâtiments et dans les coins, ce qui dérangeait leurs supérieurs. Les recrues avaient donc été relâchées avec l'ordre de tout nettoyer. Pour la moindre feuille ou brindille restante, elles seraient punies par une marche de vingt kilomètres en armure de la Horde (pratique pour monter les Non-Chevaux, mais terriblement encombrante pour marcher), avec les armes de la Légion et les bottes des Frontaliers (car les bottes de la Horde transformeraient les recrues en bataillon de boiteux si elles les portaient sur vingt kilomètres).

– Qu'est-ce qu'il y a là-bas, dans le désert? demanda Fred. Est-ce que l'une des compagnies de recrues fait un exercice d'attaque?

Ray regarda l'endroit que désignait Fred. Une rangée de silhouettes avançait dans le désert, à moins de deux kilomètres. Le soleil de fin d'après-midi scintillait sur la pointe de leurs longues lances et de leurs casques, et se reflétait très vivement sur le fil métallique de la bannière flottant bien au-dessus du groupe de quatre ou cinq Autochtones qui montaient des Non-Chevaux, sur le flanc gauche.

– Ce ne sont pas des recrues, répondit Ray, ni aucune unité dont on parle dans les manuels que j'ai lus.

Pour essayer de compenser son amnésie, Ray avait lu tout *Le Compagnon de la recrue* et en avait mémorisé de longs passages.

– Nous devrions peut-être en parler au sergent Helve, dit Ray d'un air pensif.

Il se tourna pour marcher jusqu'au bureau des ordonnances, mais se mit subitement au garde-à-vous. Le sergent Helve se tenait juste là, fixant le désert. Il haletait légèrement, ce qui surprit les deux garçons. Ils ne l'avaient jamais vu essoufflé.

– État d'alerte ! hurla Helve à un volume qu'ils n'avaient jamais entendu auparavant, malgré certaines performances vocales absolument incroyables, chaque fois qu'ils avaient mal poli leurs cuivres ou mal blanchi leurs ceintures. Toutes les recrues en tenue de la Légion, épées et lances électriques, au pas de course ! Ceci n'est pas un exercice ! On nous attaque !

– Qui sont-ils ? demanda Fred alors qu'il fonçait vers la caserne avec Arthur, sans qu'aucun ONC ne les réprimande.

Un flot de caporaux et de sergents allait dans l'autre sens, mais ils ne se souciaient pas d'infractions insignifiantes telles que sprinter au lieu d'aller au pas de course.

– Ça ne peut pas être des Moins-que-Rien.

– Pourquoi pas? demanda Ray, alors qu'ils se ruaient à l'intérieur et se précipitaient sur leurs casiers.

– Ces types-là sont organisés, disciplinés, avec des uniformes, des bannières, des armes assorties et ainsi de suite. Tiens, tu peux m'aider à attacher ça?

Ray attacha les liens en cuir de l'armure segmentée de Fred et se tint immobile tandis que ce dernier lui rendait la pareille. Ils attachèrent leur épée, dont la lame pivotait lorsqu'on tournait le manche, prirent leur bouclier rectangulaire et leur lance électrique. Les longues pointes en métal de leurs lances se mirent à briller lorsqu'ils les levèrent et de petites volutes de fumée noire s'élevèrent vers le plafond. Plus d'un toit ou d'un uniforme de camarade avaient été enflammés par des recrues armées de lances électriques.

– Que doit-on faire, Ray? demanda Florimel.

Elle venait juste de finir de se préparer, comme l'ensemble de la compagnie. Aucun caporal des recrues n'avait jamais été formellement nommé, et le sergent Helve et le caporal Hachenavant affirmaient tous deux que cela n'arriverait pas, car aucune des recrues n'était assez douée. Pourtant, le reste de la section se tournait toujours vers Ray pour qu'il lui explique les ordres ou qu'il lui dise quoi faire. Si Ray était indisponible pour une raison ou pour une autre, ils s'adressaient à Fred comme à son remplaçant.

Ray se demandait si cela avait un rapport avec son passé. Il avait la vague impression qu'il avait eu une certaine autorité qui, bien qu'inhabituelle pour un enfant du Joueur de Flûte, était bien réelle.

– On nous attaque, expliqua Ray. Alors nous allons former les rangs ici, sortir au pas, suivre les ordres et tout se passera bien. Tout le monde a le nécessaire? Theodouric! Où est ton épée? Attrape-la et rejoins-nous. Tous les autres, formez les rangs! Gauche… Gauche… gauche, droite, gauche!

Ils sortaient tout juste de la caserne lorsqu'ils tombèrent sur un caporal Hachenavant à bout de souffle. Il ne portait pas la tenue complète de la Légion, ayant seulement échangé son chapeau contre un casque et jeté une cuirasse sur sa tunique écarlate, et il portait une hache d'armes mécanique au lieu d'une épée. Mais il était assez calme pour se mettre rapidement au pas à côté de la ligne des recrues.

– Bon travail, recrue Vert. Nous allons nous rassembler sur le terrain de parade. Recrue Rannifer, marchez vers ce trou à gauche de la Section Deux. Nous nous alignerons sur eux.

Rannifer était le plus grand des Autochtones, d'un cheveu par rapport à Florimel, si bien qu'il était toujours le chef de file, celui sur lequel tous s'alignaient et donc le premier de la ligne lorsque les autres marchaient par deux, ce qui était le cas cette fois-ci. Ce n'était pas une très bonne chose car il était plus facilement désorienté que les autres Autochtones.

Cette fois, Hachenavant marchait tout près de Rannifer pour s'assurer qu'il ne ferait pas d'erreur. Le caporal marchait, lui aussi, plus rapidement que d'habitude, remarqua Ray, même s'il n'allait pas au pas de course. Il voulait être sûr qu'ils se mettraient rapidement en place, sans pour autant avoir l'air de paniquer ou de se précipiter.

Les autres sections de recrues se dirigeaient toutes vers le terrain de parade. Certaines avaient déjà formé les rangs, et leurs sergents beuglaient et hurlaient. Il y avait même des officiers qui s'entretenaient non loin. Ray remarqua immédiatement les plumes sur leurs casques, car ils étaient tous en uniforme de la Légion : quatre lieutenants, un commandant, et même un colonel. Ray était impressionné. Il avait déjà vu les lieutenants, mais jamais personne de rang supérieur.

— Je viens de me rappeler quelque chose, murmura Fred alors qu'ils s'arrêtaient, au centre de la ligne de devant, sur les enfants du Joueurs de Flûte.

— Quoi ? chuchota Ray.

Les ennemis n'étaient plus qu'à cinq cents mètres à présent, avançant à un pas régulier. Ils avaient également de nombreuses grosses caisses dont ils ponctuaient les battements sourds, tous les dix pas environ, en émettant un son tenant plus du grondement animal que du cri.

Ils étaient en fait beaucoup plus nombreux que ne Ray l'avait cru de prime abord, plusieurs centaines au moins. Non qu'il les ait comptés. C'était juste l'impression d'une foule terriblement massive, et qui approchait très vite.

— Nous ne supportons pas aussi bien les blessures que les Autochtones, dit Fred. Je veux dire que, si on se fait couper la tête, c'est terminé. Et nos bras et nos jambes ne repousseront sans doute pas non plus.

— Silence dans les rangs ! cria le sergent Helve.

Il marchait lentement le long de la ligne de front, sans même regarder les ennemis approchant à toute allure.

— Ce sera exactement comme un exercice ! Les adversaires sont des Moins-que-Rien. Ils sont inférieurs ! Nous sommes l'Armée de l'Architecte ! De l'Architecte ! Je veux vous l'entendre dire ! L'Architecte !

— *L'Architecte !* hurlèrent environ six cents Autochtones.

Ce cri était incroyablement puissant et solide, confiant, et Ray se sentit un peu mieux, malgré les paroles de Fred.

— Nous ne céderons pas ! cria le sergent Helve. L'Architecte !

— *L'Architecte !* grondèrent les recrues regroupées.

Ray remarqua que le sergent orchestrait ces cris pour qu'ils s'élèvent au même moment que le grondement terrifiant de l'ennemi et le battement de ses grosses caisses et les noie presque entièrement.

– Le colonel Huwiti va vous expliquer notre plan! Rappelez-vous simplement de rester groupés! Rappelez-vous vos exercices!

Le colonel s'avança devant ce qui formait désormais quatre rangs de recrues alignées en plein milieu du terrain de parade. Il salua de façon informelle le sergent Helve, qui lui rendit son salut avec une précision absolue. Aucun des Autochtones ne semblait remarquer qu'une masse dense et sombre de Moins-que-Rien humanoïdes en armure noire laquée, avec de courtes lances couronnées d'étincelles, avançait droit sur eux, à seulement trois cents mètres.

– Ce sera très simple, dit le colonel d'une voix calme mais qui portait loin. Premier rang, ayez l'amabilité d'emboîter vos boucliers, de mettre vos lances électriques en place et de tirer vos épées. Deuxième rang, préparez vos lances. Au signal « Lancez », vous lancerez et vous vous retirerez à l'arrière. Lorsque le deuxième rang se retirera, le troisième s'avancera et lancera au signal, puis se retirera tandis que le quatrième rang avancera et lancera. Une fois à l'arrière, chaque rang se tournera à nouveau vers le front et dégainera l'épée. Écoutez les ordres de vos sergents et de vos caporaux et tout ira bien.

– Oui, monsieur! beugla Helve d'une manière qui poussa tout le monde à vider ses poumons dans un « oui, monsieur » tonitruant.

– Je me sens un peu petit, marmonna Fred en emboîtant son bouclier dans celui de Ray et de l'Autochtone à sa droite, et en posant la crosse de sa lance par terre.

– Moi aussi, dit Ray.

Ils faisaient tous les deux au moins trente centimètres de moins que les Autochtones qui les entouraient et, même s'ils tenaient leur bouclier bien haut, la ligne baissait abruptement à leur niveau.

Ils entendaient le martèlement des pas de l'ennemi qui faisaient vibrer le sol, ses grondements et même le crépitement de ses armes qui rappelait dangereusement celui des cimeterres chargés d'éclairs, l'arme préférée de la Horde.

— Vous deux, les enfants du Joueur de Flûte, retirez-vous immédiatement au quatrième rang! s'écria quelqu'un devant eux.

Ray obéit automatiquement à la voix qui avait donné cet ordre, déboîtant son bouclier et faisant demi-tour pour marcher au pas vers l'arrière, Fred à ses côtés. Derrière lui, la ligne se reforma et, devant lui, les Autochtones s'écartèrent.

Ils s'apprêtaient à traverser le troisième rang lorsque les ennemis se mirent tous à hurler, et le martèlement de leurs pieds se fit plus fort et plus rapide, les tambours battant deux fois plus vite alors des cors retentissaient également. Au même instant, Helve et d'autres sergents se mirent à crier : « Deuxième rang, lancez! », mais même leurs voix légendaires se perdirent dans le vacarme.

Ray savait que l'ennemi avait chargé et, deux secondes plus tard, il sentit presque l'onde de choc et le moment où les Moins-que-Rien s'écrasèrent sur le premier rang, contre les boucliers emboîtés de ses camarades. L'air s'emplit de hurlements, de cris et d'injures, du sifflement des lances surchauffées et du raclement des épées contre l'armure des Moins-que-Rien.

— Troisième rang, lancez! Quatrième rang, avancez!

Ray venait juste d'atteindre le quatrième rang. Il tourna sur lui-même alors que la ligne tout entière se mettait en mouvement. Fred et lui se glissèrent entre les autres soldats et brandirent leur lance.

Pendant qu'il voyait et entendait l'incroyable pagaille, les Moins-que-Rien et les premiers rangs d'Autochtones

153

entremêlés dans une violente bataille, Ray Vert était complètement immergé dans le moment présent, aucune partie de son esprit n'essayait de se souvenir de son passé. Cependant, alors que son corps obéissait sans penser, la lance électrique quittant sa main pour s'enfoncer dans les rangs arrière de l'ennemi, soudain, il eut un éclair de mémoire. Il lançait quelque chose, une balle blanche, et quelqu'un lui criait : « Bravo, Arthur Penhaligon ! »

Ce nom résonna si puissamment dans son esprit que Ray perdit momentanément conscience de l'incroyable tumulte de la bataille.

– Je ne suis pas Ray Vert ! s'écria-t-il. Je suis Arthur Penhaligon !

Chapitre 15

Sylvie regardait par la fenêtre. Lilas l'observait avec abattement, car la vieille dame ne réagissait pas comme elle l'avait imaginé. Elle restait là à tripoter la branche gauche des lunettes.

— Très intéressant, dit-elle finalement.

— Vous l'avez vu? demanda Lilas. Le Palais? Au-dessus et autour de l'hôpital?

— Oui, ma chérie, répondit Sylvie d'un ton dégagé. Est-ce réel ou bien est-ce une sorte de projection en trois dimensions?

— C'est réel, dit Lilas d'une voix sinistre, on ne peut plus réel. Les lunettes ne sont pas issues de la technologie. C'est un sorcier qui les a fabriquées.

Sylvie les enleva et regarda la monture en fil de fer et les verres craquelés. Puis elle les remit et regarda à nouveau par la fenêtre.

— Je n'ai pas beaucoup de temps, dit Lilas. Cette maladie, celle qu'ils pensent être bactériologique, est en fait

155

causée par un… une créature du Palais, un Moins-que-Rien. On ne peut attraper le… virus… que s'il vous touche. J'ai été contaminée et, lorsque le virus commencera à agir, le Moins-que-Rien verra ce que je vois, saura ce que je sais, et pourra contrôler mon esprit.

— Même à cette distance? demanda Sylvie qui n'avait pas quitté son poste d'observation.

— Euh… je ne sais pas. Je ne peux pas prendre le risque. Je dois aller chez Arthur… dans la maison de mon ami. Il a un téléphone avec lequel on peut appeler les Autochtones… les gens du Palais. Je me disais que si vous appeliez la police – non, non, c'est trop risqué. Si vous appeliez une ambulance, je pourrais la détourner et les forcer à m'y conduire.

— Tu es une aventurière! s'exclama Sylvie, qui se détacha de la fenêtre et lui rendit les lunettes. Mais j'imagine que ça pourrait marcher. Et ensuite, que se passera-t-il?

— J'avais prévu de m'inquiéter de la suite le moment venu, répondit Lilas. Et je ne suis pas une aventurière, du moins pas par choix. J'ai déjà fait ça une fois et j'ai retenu la leçon: plus d'aventures sans savoir dans quoi je m'embarque.

— Ce ne serait plus des aventures, alors, dit Sylvie. Tu sais, je n'ai jamais été téméraire. Peut-être n'est-il pas trop tard. J'ai une alarme médicale ici, faut-il que je l'active maintenant? C'est un service privé, pas de santé publique, donc on peut être sûr qu'une ambulance arrivera vite.

— Activez-la! acquiesça Lilas.

Elle s'engagea dans l'escalier.

— Puis-je vous emprunter un couteau de cuisine? Et un peu de sel?

— Si tu veux.

Sylvie ouvrit le tiroir de sa table de chevet et en sortit une petite machine électronique, ouvrit le couvercle et appuya sur le bouton rouge à l'intérieur. La machine émit un bip et une voix synthétisée s'éleva : « Restez calme. Vous allez recevoir de l'aide. Restez calme. Vous allez recevoir de l'aide. » Puis elle diffusa un morceau de Vivaldi pour luth et basson.

Sylvie remit la machine dans le tiroir et rejoignit Lilas au rez-de-chaussée. Elle la trouva dans la cuisine, occupée à avaler des cuillerées de sel qu'elle faisait passer avec du jus d'orange.

– Que diable fais-tu ?

Lilas toussa, une toux assez proche du vomissement, puis s'essuya la bouche avec un mouchoir.

– Je n'en suis pas sûre, en fait, mais le sel pourrait retarder la prise de contrôle du Moins-que-Rien. Il n'aime pas le sel… ni l'argent.

– J'ai un bracelet en argent, dit Sylvie. Je vais le chercher.

– Merci, dit Lilas du bout des lèvres.

Elle se sentait extrêmement nauséeuse, plus qu'elle ne l'aurait cru possible après avoir avalé seulement une demi-douzaine de cuillerées de sel. Peut-être le moule n'aimait-il pas ça non plus. Au cas où, elle se gargarisa rapidement avec de l'eau salée, puis fit remonter le liquide dans son nez, comme si elle nettoyait ses sinus. Cela l'aiderait peut-être.

Lorsque Sylvie revint non seulement avec le bracelet mais aussi avec un collier de minuscules glands en argent, elles entendirent une sirène approcher puis le bruit d'une ambulance qui s'arrêtait devant la maison.

– J'ai mon injecteur antiallergie, dit Sylvie en montrant à Lilas un auto-injecteur qu'elle avait caché sous son châle, dont le nom, sur la cartouche, avait été noirci au feutre. Je leur dirai qu'il y a quelque chose de terrible à l'intérieur et qu'ils l'attraperont s'ils ne font pas ce que je dis, mais pas avant d'être dans l'ambulance. D'abord, je vais m'asseoir là et on leur dira que j'ai fait un malaise. Tu seras ma petite-fille.

– Merci, dit Lilas, surprise. (Elle ne s'était pas attendue à ce que Sylvie s'implique autant.) Euh, en fait, je ne veux pas leur faire de mal…

– Je sais, je sais, dit Sylvie.

Elle s'assit sur une chaise de cuisine et se mit à faire des bruits de chaton malade. C'était si réaliste que Lilas s'inquiéta, jusqu'à ce que Sylvie lui fasse un clin d'œil.

Lilas ouvrit la porte à deux auxiliaires médicaux en combinaison de quarantaine dont on ne voyait que les yeux derrière les masques.

– C'est ma grand-mère! dit Lilas. C'est son cœur, je crois.

– Oh, oh, oh, oh! gémit Sylvie.

– Nous ferions mieux de l'emmener, dit le premier auxiliaire en arrachant l'emballage plastifié d'une unité de diagnostique qu'il attacha au poignet de Sylvie.

L'autre hocha la tête et ressortit de la maison.

– Oui, pouls très élevé, tension artérielle OK. Ce pourrait être une petite attaque cardiaque, oui. Tout va bien se passer, madame. Je m'appelle Ron et je vais m'occuper de vous. Détendez-vous, nous allons bientôt vous faire monter dans l'ambulance.

Les gémissements pathétiques de Sylvie s'apaisèrent alors qu'il lui tapotait le dos de la main. Elle avait l'autre main cachée sous son châle, refermée sur l'auto-injecteur.

– Je peux venir aussi? demanda Lilas.

– Vous comprenez qu'avec la quarantaine, si nous vous emmenons à l'hôpital, vous pourriez être obligée d'y rester? Et nous devrons d'abord pulvériser du produit sur vous.

– Bien sûr, dit Lilas. Tant que nous n'allons pas à l'hôpital du secteur Est.

– Ça, sûrement pas, dit Ron. Il se passe des… choses très graves là-bas. Nous venons de la clinique privée de la vallée de l'Alouette. Bon, reculez-vous. Nous allons vous mettre sur la civière, madame.

Le deuxième auxiliaire était revenu, poussant une civière roulante. Tous deux soulevèrent Sylvie avec adresse et la posèrent dessus, l'y attachant sans trop serrer. L'unité de diagnostique bipa à ce moment-là.

– Le pouls grimpe, dit Ron. Nous allons vous brancher à plusieurs de nos machines miracles dans quelques minutes, madame. Tout ira bien.

Lilas avait craint que des voisins lui demandent qui elle était lorsqu'elles sortiraient, mais il n'en fut rien. Bien qu'il y ait des visages aux fenêtres de plusieurs maisons, personne ne sortit. Tous se demandaient sans doute si Sylvie était victime de la nouvelle attaque bactériologique.

Ils ne furent probablement pas rassurés de voir le deuxième auxiliaire donner à Lilas une paire de lunettes et un masque facial avant de l'asperger entièrement avec un produit bleu vif à la sortie de l'aérosol mais incolore en séchant. Il avait néanmoins une légère odeur de journaux mouillés. Heureusement, il ne laissa aucun résidu palpable.

Ensuite, l'auxiliaire grimpa à l'avant du véhicule, au volant. Lilas monta à l'arrière où Ron branchait une machine qui se balançait au-dessus de la civière et de laquelle pendait une demi-douzaine de tubes, de fils et de capteurs.

Lilas ferma la porte derrière elle et l'ambulance démarra, la sirène se mettant à nouveau en marche. Lorsqu'ils tournèrent au bout de la rue, elle détacha les lanières autour des bras de Sylvie, juste au moment où Ron, de l'autre côté de la civière, débouchait un tube de gel conducteur.

– Que…

– Ne bougez pas! siffla Sylvie en se redressant et en appuyant fortement l'injecteur sur la cuisse de Ron, où l'aiguille traverserait facilement sa combinaison de protection. C'est une dose de deux cent cinquante milligrammes de Rapyrox. Dites à votre collègue de ne pas envoyer de message radio et de ne pas déclencher d'alarme.

L'auxiliaire médical se figea, puis tourna lentement la tête vers l'avant du véhicule. Lilas ne savait pas ce qu'était le Rapyrox, mais Ron savait, lui, de toute évidence, et il avait peur.

— Jules, la vieille dame appuie un injecteur de Rapyrox sur ma cuisse. Ne fais rien… je veux dire rien du tout.

— Quoi?

— J'ai deux cent cinquante milligrammes de Rapyrox et je ne crains pas de m'en servir! hurla Sylvie, qui effraya Lilas presque autant que Ron. Je veux que vous me conduisiez quelque part. Et toi, jeune fille, reste tranquille!

Lilas hocha la tête, ne sachant soudain plus dans quelle mesure Sylvie jouait la comédie.

— Tout ce que vous voudrez, madame, dit Jules.

Lilas voyait ses yeux qui passaient nerveusement de la route au rétroviseur.

— Où voulez-vous aller?

Sylvie donna une adresse à deux maisons de celle d'Arthur. Lilas l'observa lorsqu'elle donna le mauvais numéro, puis hocha lentement la tête.

— Je lis beaucoup de romans policiers, dit Sylvie, sans raison apparente.

— Très bien, très bien, marmonna Ron. Pourquoi pas? J'en lis, moi aussi, parfois. Euh, pourquoi voulez-vous aller au…

— Vous ai-je donné la permission de parler? hurla Sylvie.

Le reste du trajet se fit en silence. À l'avant, Jules ne cessait de jeter des coups d'œil dans le rétroviseur, mais il ne fit aucune tentative. Ron fermait les yeux et prenait des inspirations très régulières, très contrôlées. Sylvie le fixait avec des yeux semblables à ceux d'un faucon, plus brillants qu'ils auraient dû l'être chez une femme de cet âge.

Lilas, assise, s'inquiétait. Elle sentait toujours la pression dans son crâne, mais celle-ci n'avait pas empiré. Elle ne savait pas quoi faire d'autre qu'essayer d'appeler dame Prima, en espérant que le Testament l'aiderait d'une façon ou d'une autre, de préférence en venant chercher la poche et en la donnant à Arthur pour qu'il détruise l'Écorché. Cela ne suffirait peut-être pas à secourir les personnes affectées par le moule.

Même si dame Prima ou le Dr Scamandros pouvaient faire quelque chose pour le moule, Lilas savait qu'elle allait avoir des ennuis mais, avec un peu de chance, rien qui la transformerait en zombie aux lèvres écumantes de l'armée d'esclaves de l'Écorché.

— Nous y sommes presque, dit Jules. Vous voulez que je m'arrête?

— Oui, dit Sylvie. Petite, regarde par la fenêtre. Vois si nous avons de la compagnie. Si oui…

— Je n'ai rien fait du tout! protesta Jules.

Ron prit une inspiration encore plus profonde et mesurée, mais n'ouvrit pas les yeux.

Lilas regarda par la fenêtre teintée à l'arrière de l'ambulance. Elle ne vit personne ni aucun véhicule dans la rue. Mais elle aperçut les numéros. La porte d'Arthur se trouvait à seulement quelques maisons de l'endroit où ils étaient garés.

— Il n'y a personne.

— Bien, dit Sylvie. Va me chercher des fleurs, petite. Je t'attends ici.

— Mais je ne…, protesta Lilas, qui s'était prise au jeu.

— J'ai dit, va me chercher des fleurs! ordonna Sylvie avec un rire de démente.

161

– Comme vous voudrez, dit Lilas.

Elle descendit du véhicule sans voir Ron qui essayait de lui envoyer un SOS en battant des paupières.

– Arrêtez ça! s'écria Sylvie. Va juste chercher des fleurs, petite. Rien d'autre! Et ferme la porte!

Lilas s'exécuta et se dirigea rapidement vers la maison d'Arthur. Elle était grande, mais on voyait très bien l'entrée donnant sur le gazon. Lilas l'ignora et marcha jusqu'à l'allée. À trois mètres de la porte du garage, elle s'agenouilla et appuya sur le bouton de la télécommande cachée sous une pierre, exactement comme Arthur lui avait dit de le faire.

La porte latérale du garage s'ouvrit. Lilas traversa l'allée tout en regardant les fenêtres de la maison, et elle ne vit personne.

Une fois dans le garage, c'était un jeu d'enfant d'entrer dans la maison et de trouver l'escalier. Il y avait trois niveaux au-dessus du garage, elle le savait, et la chambre d'Arthur se trouvait tout en haut.

Cela lui faisait une drôle d'impression de s'introduire dans la maison de quelqu'un d'autre, et elle se sentait très nerveuse. Plus nerveuse que dans l'ambulance, bizarrement, même si détourner une ambulance et prendre des auxiliaires médicaux en otages était un crime très grave. Chaque fois qu'elle gravissait une marche qui faisait plus de bruit qu'elle ne s'y attendait, elle était prise de panique, anticipant une rencontre soudaine avec le père d'Arthur ou l'un de ses frères et sœurs.

« Ils sont probablement tous à l'hôpital, essaya-t-elle de se rassurer, ou chez des amis. La maison est vraiment calme. Encore un étage… »

Elle arriva sur le palier du deuxième étage. Il y avait trois portes de chambre et celle de la salle de bains: celle d'Arthur était la première à gauche…

« Ou alors la première à droite? »

Lilas douta soudain de sa mémoire. Arthur avait dit la première à gauche, non ?

Elle ouvrit doucement celle de gauche et jeta un coup d'œil dans la pièce. Elle la referma tout aussi discrètement et recula.

Il y avait une fille à l'intérieur, tournant le dos à la porte, un casque sur les oreilles ; elle écoutait de la musique, ou les informations, tout en effectuant une opération compliquée avec un stylo optique et un grand écran plat.

Lilas déglutit et ouvrit la porte à droite, essayant de faire toujours aussi peu de bruit. C'était la chambre d'Arthur, exactement comme il l'avait décrite, quoique mieux rangée. Sur la bibliothèque se trouvait une boîte en velours rouge.

Lilas se précipita sur elle, la posa sur le lit tout en enlevant le couvercle. Il y avait un téléphone à l'intérieur, un téléphone d'autrefois, comme un bougeoir sur lequel se trouvait le microphone, avec un écouteur relié à un fil tressé. Lilas sortit l'appareil et le mit devant sa bouche, s'assit sur le lit et appuya l'écouteur sur son oreille.

Bien que le téléphone ne semble pas connecté à quoi que ce soit, Lilas entendit une tonalité démodée et grésillante, qui fut rapidement remplacée par une voix.

– Ici l'Opérateur. Quel numéro, je vous prie ?

– Dame Prima, répondit Lilas avec empressement. Je ne connais pas le numéro.

– De la part de qui ? demanda l'Opérateur.

– De Lilas, Lilas, l'amie d'Arthur.

– Un instant, s'il vous plaît.

La voix se tut et le grésillement augmenta de volume. Lilas tapa nerveusement du pied, et serra encore plus fort l'appareil.

– Dame Prima n'est pas disponible, déclara l'Opérateur au moins une minute plus tard. Puis-je prendre un message ?

Chapitre 16

La lance électrique avait à peine quitté la main d'Arthur qu'il fut emporté vers l'avant par la seule pression des corps qui l'entouraient, quand les rangs d'Autochtones poussaient derrière lui pour remplacer les pertes dans le mur de boucliers de première ligne. C'était extrêmement bruyant, effrayant et déroutant. Parfois, Arthur ne savait même plus où se trouvait l'avant lorsque les lignes se déplaçaient, il devait alors bouger en même temps que les Autochtones de chaque côté de lui pour ne pas se faire piétiner.

Il avait automatiquement dégainé son épée, sans même réfléchir, et il s'en servit plusieurs fois, aux moments de peur intense, soit pour transpercer un Moins-que-Rien apparu brusquement devant lui, soit pour bloquer une lance couronnée d'éclairs qui fonçait droit sur lui, apparemment sortie de nulle part.

Une fois, il se retrouva pendant plusieurs secondes au centre d'un cercle vide de deux mètres de large, en plein milieu de la bataille. Des recrues et des Moins-que-Rien gravement blessés haletaient et gargouillaient à ses pieds, de petits bruits qui furent à nouveau couverts lorsque les compagnons d'Arthur arrivèrent près de lui. Il s'en souviendrait toujours, car c'était des bruits de terreur, d'ahurissement, et de fatalité.

Du bruit, toujours. Le métal raclait le métal. Les armes heurtaient les armures, la chair et les os. Les tambours battaient toujours. Les Autochtones et les Moins-que-Rien criaient, hurlaient et s'égosillaient. Les éclairs crépitaient, sifflaient et grésillaient. De la fumée et d'immondes odeurs de brûlé planaient sur la mêlée, s'élevant des lances électriques brûlantes.

L'esprit d'Arthur était submergé par la peur et par l'adrénaline. Il devint une sorte de robot, son corps bougeait en fonction des ordres et de l'entraînement, sans qu'une intelligence réelle ne le dirige. Il avait l'impression que son être conscient s'était retiré dans un bunker, laissant ses yeux, ses oreilles et son nez enregistrer ce qui se passait. Il regarderait ensuite et analyserait ce que ses sens lui auraient rapporté. Il ne pouvait pas s'en préoccuper pour l'instant.

Les lignes de bataille avancèrent et refluèrent pendant un moment dont Arthur ne parvint pas à estimer la durée, alternant entre terreur totale et action soudaine ; mais les secondes s'étiraient, si longues qu'Arthur se sentait épuisé, comme s'il avait combattu pendant des heures.

Et puis, comme un changement naturel de marée, les Moins-que-Rien furent repoussés. Les recrues se mirent à les poursuivre, mais furent retenues par les cris des officiers qui leur ordonnaient de reformer les rangs dix mètres devant l'ancienne ligne de front. Elles obéirent, piétinant les ennemis morts et leurs propres camarades tombés au combat. À contre-courant de ce mouvement vers l'avant, un flot régulier d'Autochtones gravement touchés battait en retraite, les blessés se soutenant les uns les autres, mais aucune recrue valide ne quitta les rangs.

Le soleil était presque couché lorsque le recul des Moins-que-Rien devint bel et bien une retraite. Ils s'enfuirent jusqu'à la frontière de la plaque, s'efforçant de la passer avant que le dernier mince rayon de soleil ne plonge derrière l'horizon et que la plaque de désert se déplace.

Arthur se tenait avec Fred d'un côté, et un Autochtone inconnu de l'autre, obéissant bêtement aux ordres qu'on hurlait autour de lui. Il n'arrivait toujours pas à assimiler tout ça. Il y avait trop de visions horribles partout : le sang bleu des Autochtones, celui, noir comme le pétrole, des Moins-que-Rien, et les râles de ces derniers, trop faibles pour s'enfuir.

On pouvait trouver un refuge en regardant droit devant soi, et en essayant de ne penser à rien d'autre qu'aux ordres. Le premier était de marcher, alors ils partirent en martelant le sol, poursuivant avec régularité les Moins-que-Rien jusqu'à la frontière de la Plaque.

Par deux fois, les Moins-que-Rien se retournèrent pour se battre, et l'ordre fut alors donné de charger, mais ce ne fut pas une course déchaînée et décousue. Les recrues restèrent à peu près en rangs, avançant au pas de course, tout en hurlant leur cri de guerre.

Ces charges étaient grisantes, épuisantes et dangereuses, et Arthur se rendit compte qu'il lui fallait toute son énergie et sa concentration pour ne pas se faire renverser ou piétiner par ses camarades. Il ne savait plus dans quel rang il se trouvait désormais : il y en avait beaucoup derrière lui, la force autochtone ayant rétréci la ligne de front qui ressemblait plus à une large colonne, maintenue en forme par les hurlements des sergents qui relayaient et amplifiaient les ordres du colonel Huwiti.

Enfin, il fit trop sombre pour continuer, la clarté lunaire verte et la lueur blafarde des étoiles ne leur permettaient plus de pourchasser les derniers petits groupes de Moins-que-Rien. En majeure partie, ils étaient morts, blessés ou capturés, mais un nombre non négligeable de leur force avait réussi à passer la frontière de la Plaque juste avant le coucher du soleil et avait disparu alors que le désert était aussitôt remplacé par un kilomètre carré de prairies luxuriantes et vallonnées. Les herbes hautes furent utiles aux Moins-que-Rien qui étaient arrivés quelques minutes trop tard pour être emportés lors du changement de Plaque.

Plusieurs sections de recrues avec des ONC et quelques officiers furent détachées, mais le reste de la force retourna au Fort Transformation. Au début, certains tentèrent de chanter, mais tous se turent en traversant le champ de bataille et ses restes : des Autochtones et des Moins-que-Rien morts, éparpillés entre des armes qui crépitaient encore, des morceaux de terre noircis, et du sang partout, bleu et noir mêlés.

— Je croyais que les Moins-que-Rien se dissolvaient quand ils mouraient, chuchota Fred.

Malgré ses efforts, sa voix parut étrangement forte et dissonante, perçante au milieu des bruits de pas et des quelques grincements des armes ou des armures.

— Qu'ils retournaient au Rien.

— C'est le cas, dit l'Autochtone à côté d'Arthur.

Arthur la regarda vraiment pour la première fois et vit qu'elle était caporal, responsable d'une autre section de recrues. Elle s'appelait Urmink.

— Et ceux-là, alors, caporal ? demanda Fred.

— Des Créations Approximatives, dit Urmink, issues du Rien à la base, mais proches des Autochtones. Ils sont faits

167

de chair et de sang, d'une certaine manière, de sang et de chair très robustes, bien plus proches des Autochtones que les mortels, et pas du tout comme les Moins-que-Rien habituels.

Elle parlait sur le ton de la conversation, pas celui qu'elle employait pour aboyer les ordres, auquel les deux garçons étaient habitués. Sa franchise était inattendue, mais ils ne voulurent rien ajouter, préférant rester silencieux. Tous deux furent surpris lorsqu'elle reprit la parole, alors que la colonne faisait un détour pour éviter les pires reliquats de la bataille, au milieu du terrain de parade :

– Il va y avoir de très nombreuses batailles avec ceux-là. Cette campagne ne ressemble à aucune autre. Vous vous en êtes tous bien tirés, mais c'était une attaque facile. Nous les surpassions en nombre et ils étaient déjà fatigués.

« Nous allons encore devoir nous battre ? » pensa Arthur. Il sentit une vague de peur déferler sur son estomac, si puissante qu'il faillit vomir. Il la réprima. « Bien sûr, nous sommes des soldats, mais c'était horrible… Comment pourrions-nous recommencer… Comment pourrais-je recommencer… »

Les recrues ne rompirent pas les rangs lorsqu'elles atteignirent la partie épargnée au bout du terrain de parade. Au contraire, on confia à chaque section une tâche particulière. La plupart devaient ramener les morts, les équipements encore utilisables et tout nettoyer. Arthur et Fred se tinrent au garde-à-vous en attendant que leur section reçoive les ordres. Après le départ du caporal Urmink, ils se parlèrent doucement du bout des lèvres :

– Nous avons eu de la chance d'être renvoyés de la première ligne, dit Arthur.

– Ça oui, acquiesça Fred. Je me demande… je me demande si tous les autres s'en sont sortis.

Ils restèrent silencieux un instant en y pensant, alors que les sections faisaient demi-tour et s'éloignaient devant eux. Il ne restait que soixante à soixante-dix recrues environ sur le terrain désormais, et il n'y avait personne autour d'Arthur et Fred, à moins qu'il y ait des recrues qu'ils ne pouvaient pas voir derrière eux.

Finalement, ils reconnurent la voix du sergent Helve ordonnant à deux sections de former les rangs devant leurs quartiers.

— Qu'est-ce que tu as hurlé au début de l'assaut? demanda Fred, alors qu'ils s'avançaient vers leurs quartiers.

— Mon vrai nom, dit Arthur. C'est… bon… je crois qu'il faut que je le garde secret pour je ne sais quelle raison. Ça m'est revenu lorsque l'ennemi a attaqué. Sauf que je ne me souviens de rien de plus. À part le nom.

— Est-ce que tout le monde est là? demanda Fred alors qu'ils approchaient de la caserne.

Il y avait une file très courte devant la porte. La moitié de la section manquait. Arthur mit plusieurs secondes à comprendre que cela signifiait que les autres étaient certainement morts ou du moins assez mal en point pour avoir besoin d'un traitement.

— C'est impossible, murmura Fred alors qu'ils se rapprochaient. Les Autochtones sont trop difficiles à tuer…

— Vert et Or, à vos rangs! ordonna Helve, mais il ne hurla pas comme à son habitude.

Arthur et Fred rejoignirent rapidement le bout de la file. Rannifer ne se trouvait pas à l'autre extrémité. Florimel, désormais la plus grande, avait pris sa place.

— Vous vous êtes bien battus, dit Helve, presque sur le ton de la conversation, ainsi que je m'y attendais de votre part. Nous avons reçu la mission la plus facile. Le colonel Huwiti l'a ordonné pour vous récompenser : il y aura une distribution spéciale de courrier ce soir. Vous n'attendrez pas de nouveau pendant trois mois. Et, puisqu'aujourd'hui vous avez combattu en soldats, il y aura aussi une ration de rhum – quoique vous deux, les enfants du Joueur de Flûte, n'y ayez pas droit, je suis désolé de vous l'annoncer. Je ne sais pas pourquoi, mais ça m'a été expressément notifié.

« On nous a affectés au transport du courrier que nous devons apporter dans la Salle du Mess. Comme il y a encore un risque d'attaque de Moins-que-Rien, nous laisserons les boucliers mais garderons nos épées. Cela ne signifie pas que vous êtes dispensés de les nettoyer, ainsi que vos autres armes et vous-mêmes. Nous ferons un nettoyage rapide tout de suite et nous finirons plus tard.

Cette opération prit quinze minutes. Arthur, bien qu'heureux de pouvoir enlever au moins certaines des marques visibles de la bataille, avait toujours à l'esprit le sang sur la lame de son glaive.

Helve ne leur laissa pas le temps de réfléchir lorsqu'ils eurent terminé.

– Section, à gauche, marche rapide! Conversion à gauche! Gardez le rythme, Lanven!

– Il n'a pas fait allusion à ce qui est arrivé aux autres, chuchota Fred à Arthur.

Ils pouvaient parler sans risque, car ils se trouvaient à l'arrière et Helve, à l'avant.

Celui-ci les conduisit jusqu'à un bâtiment qu'Arthur n'avait encore jamais vu. Il y avait de nombreux endroits dans Fort Transformation où il n'était pas entré, comme la Salle du Mess. Il ne savait même pas qu'il en existait une. Ce bâtiment arborait le signe noir et rouge omniprésent sur sa porte, ainsi que l'inscription : BUREAU DE POSTE POSTE.

Comme les casernes, le Bureau de Poste Poste était plus

grand à l'intérieur qu'à l'extérieur. Il semblait complètement vide, à l'exception d'un grand comptoir en bois sur lequel était posée une cloche. Helve fit stopper la section puis s'avança jusqu'à la cloche qu'il fit sonner d'un coup de la paume.

La réponse fut immédiate : un Autochtone en uniforme vert foncé, qu'Arthur reconnut comme étant celui des Intendants Supérieurs, bondit de derrière le comptoir.

– Nous sommes fermés !

Arthur était stupéfait qu'un simple Caporal Intendant ose parler ainsi au sergent Helve, d'autant plus que la cuirasse de ce dernier était cabossée à plusieurs endroits et couverte de sang de Moins-que-Rien.

– Revenez dans trois mois !

En un éclair, les mains de Helve passèrent derrière le comptoir et saisirent l'Intendant par le dernier bouton de sa tunique, l'empêchant de retourner d'où il venait.

– L'OC a ordonné une distribution spéciale de courrier, caporal. Vous ne lisez pas vos ordres ?

– Dans ce cas, c'est différent. Le courrier de tout le bataillon de recrues ?

– C'est exact, dit Helve en relâchant le caporal dans un geste qui faillit lui arracher le bouton de sa tunique, le bataillon entier.

– Ça vient, rétorqua le caporal.

Il sortit une feuille de papier de sous le comptoir, une plume et un encrier, et se mit à écrire rapidement. Puis il s'avança dans l'espace vide à l'arrière et lança le papier en l'air.

Un moment plus tard, on entendit un grondement assourdissant. Le caporal fit un bond en arrière alors qu'une dizaine de sacs de courrier en toile d'un mètre quatre-vingts de haut tombait de nulle part.

– Voilà, dit le caporal. Servez-vous.

Sur ces mots, il replongea sous le comptoir.

– Prenez ces sacs, dit Helve, un chacun. Vert et Or, prenez-en un à deux.

Le sergent attrapa deux sacs, un sous chaque bras, sans difficulté apparente. Arthur et Fred eurent du mal à en soulever même un seul du sol, mais une fois qu'ils trouvèrent leur équilibre, le sac leur parut plus facile à transporter qu'ils ne l'avaient craint.

– Restez en ligne et disciplinés, dit Helve. Nous allons éviter le terrain de parade. Passez à l'arrière de la Salle du Mess.

Arthur ne fut pas particulièrement surpris de découvrir qu'il n'avait jamais vu la Salle du Mess pour la bonne raison qu'elle ne faisait pas partie du Fort Transformation. C'était comme la salle de bains, à laquelle on accédait par un passage mystérieux dans le mur extérieur de l'armurerie.

La section s'engagea en traînant les sacs dans le passage mystérieux, émergeant finalement dans une pièce si grande qu'Arthur n'en voyait pas les murs, bien qu'il y eût un plafond de seize ou dix-sept mètres de haut. Comme la salle de bains, la Salle du Mess était peuplée des images fantomatiques de milliers de soldats, pour la plupart assis sur des bancs le long des tables à tréteaux chargées de nourriture et de boisson.

Chacune était étiquetée, contrairement aux lavabos de la salle de bains, et arborait un signe désignant une unité en particulier.

Le Bataillon de Recrues du Fort Transformation se trouvait à environ cinquante tables de l'entrée du passage mystérieux. En traversant la pièce, Arthur se rendit compte que bon nombre des soldats fantomatiques étaient blessés : bandages, béquilles, bandeaux sur les yeux et cicatrices toutes fraîches. Et les places étaient loin d'être toutes occupées.

172

Ce n'était pas le tableau dépeint dans *Le Compagnon de la recrue*, pensa Arthur avec abattement. Dans le livre, tout était propre et impeccable, et les soldats rayonnaient littéralement de santé, de forme et de contentement.

Fred et Arthur, très fatigués lorsqu'ils arrivèrent à leur place, n'eurent presque pas la force de hisser leur sac sur une table.

– Ouvrez-les, dit Helve. Nous ne sommes pas obligés de rentrer immédiatement. Autant prendre notre courrier avant que ce soit la bousculade.

Les recrues ouvrirent les sacs et des torrents de courrier se déversèrent sur les tables. Soudain, une lettre sortit de ce flot, traversa les airs et vint frapper brusquement le casque d'une recrue. Celle-ci leva la main et l'attrapa, s'exclamant d'un air ravi :

– J'ai une lettre !

Dix secondes plus tard, un colis en papier brun ricocha sur l'armure de Florimel avant de tomber entre ses mains. Il fut suivi par une enveloppe pour Fred, et bientôt tout le monde à part Arthur eut quelque chose à lire. Même le sergent Helve avait reçu une petite enveloppe rose à fleurs.

– Je n'aurai rien, dit Arthur.

Il ne savait pas pourquoi, mais il en était persuadé.

Alors même qu'il prononçait ces mots, une grosse enveloppe chamois lui fouetta le visage. Arthur roula en arrière sur un banc et se retrouva assis l'enveloppe à la main.

Elle était adressée à Arthur Penhaligon, ce qui confirmait le nom dont il s'était souvenu.

Arthur l'ouvrit. La lettre était écrite sur l'intérieur de l'enveloppe ; il dut donc en déchirer les coins et l'aplatir, ce qui se révéla assez difficile car le papier était très épais. C'était une lettre manuscrite, aux caractères pâles et argentés.

Cher Arthur,

L'un de nos agents a vos parents sous son contrôle. Si vous ne renoncez pas immédiatement aux Clefs en notre faveur et n'abandonnez vos prétentions au statut d'Héritier Légitime, nous demanderons à notre agent d'effacer tout souvenir de vous dans leur esprit. Il fera de même avec vos frères et sœurs et vos amis. Ce sera comme si vous n'aviez jamais existé. Votre maison continuera de subsister physiquement, mais vous n'y aurez plus aucune place. Comme nous croyons que vous désirez revenir à une simple existence de mortel, vous devriez considérer cela comme une opportunité. Il vous suffit de signer sur les petits points ci-dessous et nous nous occuperons de tout.

Samedi, Autochtone Suprême du Haut-Palais.

Arthur lut la lettre une seconde fois, mais il n'y comprenait rien. Il était un enfant du Joueur de Flûte. Les proches et la famille qu'il avait pu avoir étaient morts depuis longtemps, quelque part dans les Royaumes Secondaires. Et, pour ce qu'il en savait, il n'avait aucun désir de retrouver une quelconque existence de mortel.

– C'est bien, dit Fred en tapotant sa propre lettre. Elle vient de mes vieux camarades de l'Atelier de Dorure Dix-Sept. Ça me rappelle de nombreux souvenirs. De qui est ta lettre, Ray?

– Je ne sais pas trop, répondit Arthur. Je crois que c'est un canular. Sauf que… j'ai l'impression que ça a ramené un souvenir que je n'arrive pas à saisir : une histoire de clefs…

– Bien, assez traînassé, dit le sergent Helve. Il reste du nettoyage à faire, et la préparation pour les leçons de demain.

Arthur rangea sa lettre dans sa poche et se leva. Juste à temps, car Helve s'écria soudain « Debout ! », pivota et salua un officier qu'Arthur avait vu arriver mais qu'il avait pris pour l'une des silhouettes fantômatiques d'une autre unité.

– Merci, sergent, dit l'officier.

De près, il était facile de reconnaître l'un des lieutenants qui avaient parlé avec le colonel Huwiti avant la bataille. Le plumet de son casque était en lambeaux et il avait été coupé au bras. Une traînée de sang bleu avait séché de l'épaule au poignet, entourée par des marques de brûlure. Sur un mortel, ç'aurait été une blessure très handicapante. Le lieutenant n'en semblait que légèrement incommodé, répondant à Helve avec un salut un peu raide.

– Je viens vous prendre vos deux enfants du Joueur de Flûte, dit le lieutenant. Les ordres sont arrivés juste avant la bataille, de tout en haut. Tous les enfants du Joueur de Flûte doivent se présenter immédiatement au QG. Ont-ils déjà reçu leurs leçons d'équitation sur Non-Chevaux ?

« Non, pas encore », pensa Arthur, abattu.

Chapitre 17

— Non! s'écria Lilas. Pas de message. Mais hé! Ne rac-crochez pas! Passez-moi Suzy Turquoise Bleue, s'il vous plaît.

— Un instant, je vous prie, dit l'Opérateur.

Lilas sentit un violent élancement derrière son œil droit et sa main gauche se mit à remuer toute seule. C'était hor-rible, comme si elle était dotée d'une volonté indépen-dante. Mais elle savait ce qui se passait.

Le moule s'était installé dans son cerveau et vérifiait maintenant son pouvoir. L'Écorché pouvait peut-être déjà voir avec les yeux de Lilas, entendre avec ses oreilles, res-sentir ce qu'elle ressentait.

— Allô! Suzy à l'appareil.

— Suzy! C'est Lilas. J'ai la poche, mais le moule... le moule psychique de l'Écorché est dans ma tête! Et je ne peux pas retourner auPalais!

— Bien joué! dit Suzy, dont la voix se tut avant de reprendre : Elle l'a, Renifleur. Réglez les cadrans!

– J'ai besoin d'aide, dit Lilas. Je sais que tu n'es pas censée…

Sa main gauche tressautait comme un poisson au bout
d'un fil de pêche mais, pour l'instant, c'était le seul membre affecté. La douleur derrière son œil n'avait pas
empiré… mais ne s'était pas améliorée non plus.

– Qu'est-ce que ça peut bien faire! s'exclama Suzy à l'intention de quelqu'un d'autre, avant de reprendre dans le
combiné : J'arrive. Dépêchez-vous, Renifleur!

La communication fut brusquement coupée et la tonalité se fit à nouveau entendre. Lilas reposa le téléphone
dans la boîte puis se servit de sa main droite pour contenir
la gauche avant qu'elle ne se blesse. Son bras ne se battit
pas contre elle, comme elle l'avait craint, mais l'étrange
sensation qu'elle avait d'abord ressentie dans ce membre
commençait à envahir sa jambe droite.

– Allez, Suzy! chuchota Lilas.

Elle avait une idée pour se sauver elle-même, mais elle
devait d'abord se débarrasser de la poche. Le moule s'emparait d'elle si rapidement!

La porte s'ouvrit et Lilas manqua s'étouffer, car ce n'était
pas Suzy : c'était une adolescente, de seize ou dix-sept ans,
la sœur d'Arthur, la plus jeune, Michaëla.

– Qu'est-ce que tu fous ici? demanda Michaëla. Qui es-
tu?

– Une amie d'Arthur! répondit Lilas. (Mais sa bouche
ne fonctionnait pas normalement parce que ses lèvres et sa
langue étaient soudain partiellement engourdies. Si bien
que le résultat fut plutôt : « Rami d'Armure ».)

– Quoi?

La fille avait un téléphone portable à la main, le pouce
au-dessus de ce qui était sans doute une touche mémoire
avec le numéro de la police.

– Arthur! explosa Lilas, s'exprimant plus lentement pour être comprise. Je suis une amie d'Arthur!

– Qu'est-ce que tu fais là? répéta Michaëla, qui n'avait pas appuyé sur la touche. Et qu'est-ce qui ne va pas chez toi?

– C'est Arthur qui m'envoie, dit Lilas. J'ai la Tache Grise.

Michaëla recula, horrifiée, quittant si rapidement l'embrasure de la porte qu'elle se retrouva contre le mur du couloir.

– Pas contagieux, dit Lilas, gâchant son effet en perdant le contrôle de sa jambe et en s'effondrant par terre, où elle se contorsionna dans une lutte désespérée contre son propre corps.

Michaëla se mit alors à hurler, mais ce n'était pas à cause des convulsions de Lilas. Suzy venait de se matérialiser dans le couloir, arborant des ailes jaunes complètement dépliées dont les plumes touchaient le plafond et les murs. Elle avait aussi une matraque de Commissionnaire de Métal, un club apparemment en bois mais couvert d'étincelles bleues rampantes.

– Qu'est-ce qui se passe? hurla Michaëla, qui avait laissé tomber le téléphone, au grand soulagement de Lilas.

– Je suis une amie d'Arthur, dit Suzy.

Elle replia ses ailes et se pencha sur Lilas en agitant sa matraque.

– Est-ce que je dois te frapper avec ça, Lilas?

– Pas encore, bredouilla-t-elle.

Ses mâchoires claquaient toutes seules, mais son bras droit lui appartenait toujours. Elle toucha son jean et essaya de retirer la boîte contenant la poche ensorcelée, mais sa jambe ne cessait de s'agiter.

– Merci... d'être venue... aussi vite.

– Je t'ai observée par les Sept Cadrans, dit Suzy. Par

intermittence, après que ces snobs de l'Armée m'ont refusée. Il fallait que je fasse quelque chose d'utile, même si la vieille Prima n'est pas d'accord.

Elle coinça soudain la matraque dans sa ceinture et posa son pied botté sur la cuisse de Lilas, stoppant ses spasmes. Puis elle se baissa et prit la boîte en plastique.

Les bras de Lilas se mirent à s'agiter pour essayer d'arracher la boîte des mains de Suzy, confirmant les pires craintes de Lilas. L'Écorché voyait avec ses yeux. Il ne lui faudrait sans doute que quelques minutes pour prendre le contrôle de tout son corps.

– Ramène… au Palais. Vite.

– Et toi?

– Frappe-moi, murmura Lilas. (Sa main droite rampait sur le sol vers le pied de Suzy.) Dis à Sylvie dans ambulance. Trouve… sédatif…

– La vieille dame dans le véhicule avec la lumière dessus? demanda Suzy, qui ne parlait que pour attirer l'attention de Lilas, alors qu'elle sortait à toute vitesse sa matraque et la frappait sur l'épaule.

Il y eut un craquement perçant et un torrent d'étincelles bleues parcourut le corps de Lilas des orteils jusqu'à la tête. Tous les muscles de son corps furent pris de spasmes et ses yeux chavirèrent.

– Tu l'as tuée! s'écria Michaëla dans l'embrasure de la porte.

Elle avait trouvé un balai Dieu sait où et le brandissait d'une façon qui laissait supposer des leçons de kendo ou peut-être un rôle dans une comédie musicale sur *Robin des Bois*.

– Mais non, protesta Suzy, en gardant un œil méfiant sur le manche à balai. Tu es la sœur d'Arthur, Michaëla, c'est ça?

– Oui…

– Je m'appelle Suzy Turquoise Bleue. On pourrait dire que je suis son assistante en chef.

– Sa quoi? Qu'est-ce qui se passe?

– Je n'ai pas le temps d'expliquer, dit Suzy avec désinvolture. Pourrais-tu courir jusqu'à… comment on appelle ça déjà, l'ambulance, dehors, et dire à la vieille dame que Lilas a besoin de soins? Je dois me dépêcher.

– Mais…

Michaëla abaissa un peu le balai, ce que Suzy prit pour une invitation. Elle la dépassa avec précaution, en battant légèrement des ailes. Quelques plumes effleurèrent le visage de Michaëla, qui sursauta.

– Ces ailes… elles sont réelles!

– Je pense bien, dit Suzy. Ce qu'on trouve de mieux. J'espère que leur propriétaire n'en aura pas besoin avant mon retour. Dans quelle direction se trouve l'hôpital Est?

– Du secteur Est? À peu près par là, dit Michaëla en pointant le doigt.

– Merci. Et on accède à votre jardin sur le toit par cette porte?

Michaëla hocha la tête, la stupéfaction se lisait sur son visage.

– Où vas-tu?

– Je retourne au Palais, la première création de l'Architecte et l'épicentre de l'Univers. Du moins si je trouve la Porte Principale, et si l'Écorché et ses sous-fifres ne m'arrêtent pas. Au revoir!

Michaëla fit un geste hésitant de la main. Suzy s'inclina, fit battre ses ailes et monta l'escalier menant au toit en courant.

Michaëla se retourna et regarda Lilas pour voir si elle respirait encore, mais ne s'en approcha pas. Puis elle rentra dans sa chambre et regarda par la fenêtre. Il y avait une ambulance dans la rue. Elle hésita un instant, puis dévala l'escalier.

Suzy tapota la tête du dragon en faïence qui se trouvait dans le jardin sur le toit, grimpa sur son dos et s'élança dans les airs de quelques puissants battements d'ailes. À dix mètres du toit, elle prit un courant ascendant et grimpa rapidement à une centaine de mètres.

Les ailes, en plus d'être des exemples exceptionnels de ce mode de déplacement, étaient aussi dotées d'autres propriétés. Suzy comptait sur l'une d'entre elles pour que son retour au Palais ne soit pas trop mouvementé. D'après le Dr Scamandros, qui l'avait aidée, à contrecœur, à les emprunter dans la garde-robe de dame Prima, voler avec ces ailes générerait un effet de sorcellerie qui empêcherait les mortels de la voir. Elles avaient également des qualités protectrices mais, là aussi, seulement pendant le vol. Suzy avait trouvé ça plutôt minable, et n'avait d'ailleurs pas changé d'avis, même après que le Dr Scamandros lui avait expliqué que c'était la nature même de la sorcellerie de ne jamais se montrer à la hauteur des espérances de chacun.

Non pas que Suzy ait l'intention de faire autre chose que voler. Elle comptait bien le faire jusqu'à la manifestation du Palais qui, comme elle l'avait vu sur les Sept Cadrans, se trouvait au-dessus de l'hôpital. Ensuite, elle volerait jusqu'à la Porte Principale et, si nécessaire, planerait devant elle le temps de frapper. Enfin, elle retournerait directement à l'antichambre de Lundi avec la poche. De là, elle trouverait un moyen de la donner à Arthur pour qu'il puisse la jeter dans une quantité suffisante de Rien afin de se débarrasser d'elle et, par la même occasion, de l'Écorché.

181

« Du travail rapide et bien fait », se dit Suzy. Même dame Prima ne pourrait pas se plaindre – même si, bien sûr, elle ne s'en priverait pas, et rabâcherait cette histoire de Loi Originelle. Mais Suzy avait l'habitude. Ce serait un faible prix à payer pour avoir sauvé le monde d'Arthur du Mange-esprit.

Suzy avait effectué les trois quarts du trajet jusqu'à l'hôpital, et voyait distinctement le Palais en face d'elle, lorsqu'elle prit conscience d'une faille dans son plan. À en juger par l'absence d'intérêt que lui portaient plusieurs mortels d'allure officielle, les ailes devaient la dissimuler au regard des humains. Et tout en sachant que ça ne marcherait pas avec les Moins-que-Rien, Scamandros et elle avaient estimé peu probable que l'Écorché ait une paire d'ailes aussi.

Ce à quoi ils n'avaient pas réfléchi, c'était qu'au départ quelqu'un avait créé l'Écorché et l'avait aidé à entrer sur Terre par la Porte Principale, au mépris de plusieurs lois du Palais. Une personne capable de fabriquer un Mange-esprit n'aurait aucun scrupule à se servir d'autres Moins-que-Rien. Il pouvait très bien y en avoir d'autres ici, envoyés pour aider l'Écorché à suivre son plan, quel qu'il soit.

Et maintenant, ils étaient là. Suzy battit puissamment des ailes pour prendre de l'altitude lorsqu'elle les vit. Trois formes ailées volaient lentement en cercle à environ cinq cents mètres de la Porte Principale. À ce moment précis, ils jouaient avec une machine volante de mortel, plongeant devant elle, chacun leur tour, alors qu'elle était en orbite autour de l'hôpital, son hélice vrombissante. Le fait que le pilote mortel ne pouvait pas les voir et qu'il ne saurait pas ce qu'il avait heurté s'ils rataient leur coup représentait de toute évidence l'attrait principal de ce jeu.

Suzy ne savait pas exactement de quel type de Moins-que-Rien il s'agissait. Ils avaient une taille vaguement humaine, mais l'un d'entre eux avait une tête de rongeur, l'autre de serpent et celle du troisième évoquait un avocat partiellement écrasé avec des yeux et une bouche aux grandes dents. Leurs membres étaient plutôt normaux, à l'exception d'une grande variété dans le nombre de doigts. Tous les trois portaient de vieux gilets, pantalons et chemises, assez semblables aux vêtements que Suzy elle-même mettait, bien que ces Moins-que-Rien n'aient pas de chapeau. Ils avaient aussi de très belles ailes en plumes rouges, pas des modèles bon marché en papier. Elles possédaient sans doute des qualités similaires à celles de Suzy, mais les Moins-que-Rien avaient de toute façon la capacité innée de rester invisibles dans les Royaumes Secondaires.

Ils étaient armés de tridents, ce qui suggérait qu'ils avaient autrefois servi Mercredi sous les Flots, mais c'était sans doute une diversion. Suzy en savait trop sur la Curatrice pour tomber dans le panneau. Cette Autochtone triste et obsédée par la nourriture n'aurait pas employé de Moins-que-Rien. Ces trois-là devaient être au service d'un des quatre derniers Jours-à-Venir.

Suzy continuait de prendre de l'altitude en les observant, tout en tournant pour avoir le soleil dans le dos. Les Moins-que-Rien, bien qu'absorbés par leur jeu, pouvaient à tout moment se rappeler leur devoir et lever les yeux. Le soleil la cacherait un minimum.

La matraque de Commissionnaire ne lui serait pas d'une grande utilité dans un combat aérien, pensa-t-elle. Bien qu'elle ne puisse en être sûre à cette distance, les tridents devaient être ensorcelés par nature, soit chauffés au rouge, soit émettant de l'électricité ou encore, si elle n'avait vraiment pas de chance, tirant des projectiles de Rien.

« Je ne peux pas combattre trois Moins-que-Rien armés », pensa Suzy.

Elle scruta le Palais, essayant de voir s'il y en avait d'autres près de la Porte Principale. C'était difficile à déterminer à cette distance. Elle se trouvait désormais au moins à mille mètres d'altitude, et tous les étranges surplombs, contreforts, saillies, créneaux, auvents et ajouts formaient des ombres immenses.

Sa seule chance était de plonger en piqué et de changer de trajectoire au tout dernier instant, juste en face de la porte. Si elle choisissait le bon moment, si elle allait suffisamment vite et ne se rompait pas le cou, elle pourrait passer la Porte avant que les Moins-que-Rien ne l'interceptent.

Suzy fourra la précieuse boîte contenant la poche d'Arthur au plus profond du gousset de son troisième gilet, boutonna jusqu'au col les deux autres gilets qu'elle portait par-dessus et fit de même avec son manteau.

Les Moins-que-Rien jouaient encore avec la machine volante bruyante. Suzy plana pendant un moment, le menton presque posé sur sa poitrine, s'assurant d'avoir un plan de vol bien défini.

– Allez, c'est un jeu d'enfant, marmonna-t-elle.

Elle joignit les mains au-dessus de sa tête dans une position classique de plongeon, se jeta dans le vide, et arrêta de battre des ailes.

Pendant un instant, ses ailes dépliées restèrent en position, bien que son corps soit presque perpendiculaire au sol. Puis Suzy les replia et tomba à pic, comme une météorite venue des cieux.

Chapitre 18

Arthur reçut un cours très accéléré d'équitation sur Non-Chevaux ce soir-là. Après l'énorme surprise que leur fit Helve en leur serrant la main et en leur disant quelques mots gentils, Fred et lui furent renvoyés de la Salle du Mess par le lieutenant. On les conduisit jusqu'à la Salle de Rapport, où le Colonel Huwiti les informa qu'ils avaient obtenu leur diplôme de champ de bataille au Fort Transformation et les félicita de leur assignation au QG en tant que soldats du Régiment. Lui aussi leur serra la main. En retour, les deux garçons le saluèrent et firent le demi-tour le plus élégant dont ils étaient capables. On les emmena ensuite au Magasin de l'Intendance, où ils cédèrent par écrit tout l'équipement de recrue qu'ils avaient laissé à la caserne, remirent l'uniforme de la Légion qu'ils portaient et où on leur donna l'armure de cavalier et l'équipement de la Horde, qu'ils durent enfiler le plus rapidement possible.

Ensuite, affublés de hauberts qui leur arrivaient aux genoux, ils suivirent le lieutenant en boitillant dans leurs bottes de cuir rigide, et s'efforcèrent de ne pas grogner sous le poids de leurs casques ailés, de leurs selles, de leurs sacoches pleines et des épées recourbées que la Horde appelait cimeterres.

La leçon d'équitation fut dispensée dans les Écuries de l'Armée, par un ONC de la Horde qu'ils n'avaient jamais vu et qui s'appelait sergent d'escadron Terzok. Il avait les épaules considérablement moins larges que celles de la plupart des sergents, mais il portait une moustache stupéfiante qui, d'après Arthur, ne pouvait être que fausse. De près, on aurait dit qu'elle était en fil de fer, et elle tombait à angle droit sous son nez d'une façon irréalisable pour des poils.

Ils se sentirent presque soulagés lorsque le sergent d'escadron Terzok, au lieu de se montrer étrangement amical, se mit immédiatement à hurler et entreprit de leur apprendre une longue liste de choses à savoir sur les Non-Chevaux et la façon de les monter, s'interrompant presque toutes les deux minutes pour les interroger sur ce qu'il venait de dire.

Arthur était fatigué, mais aussi remonté par le fait d'avoir survécu à la bataille, sans avoir à y repenser pour l'instant. La perspective de se rendre au QG était également un soulagement. Si bien que les premières heures de cours furent supportables.

À la troisième heure, lorsqu'ils finirent par entrer dans l'écurie, tout sentiment d'apaisement avait disparu. C'est alors qu'il fit l'erreur fatale de bâiller, au moment où le sergent d'escadron Terzok leur montrait les détails les plus délicats d'un Non-Cheval aux yeux paisibles couleur rubis scintillant, qui se tenait tranquillement dans son box.

— Je vous ennuie, soldat de cavalerie Vert? cria Terzok. Ce n'est pas assez excitant, hein? Vous voulez monter immédiatement un Non-Cheval, c'est ça?

– Non, sergent! hurla Arthur, qui se sentait soudain on ne peut plus éveillé.

– Non, sergent d'escadron! s'égosilla Terzok.

Il approcha sa moustache en fil de fer presque contre le nez d'Arthur.

– Vous allez monter un Non-Cheval en tant que soldat de cavalerie de la Horde, pas en tant que soldat, et je suis un sergent d'escadron, pas un pauvre sergent ordinaire. C'est bien clair?

– Oui, sergent d'escadron! hurlèrent Arthur et Fred, ce dernier pensant qu'il avait tout intérêt à se joindre à ce cri.

– Si nous avions eu quelques Non-Chevaux de plus ici, j'aurais pu lancer un escadron à la poursuite de ces Moins-que-Rien, continua Terzok. Aucun d'eux ne s'en serait sorti. Bien. Je vais répéter les fondamentaux pour la cinquième et dernière fois. Voici Croûton, le plus vieux des Non-Chevaux du Fort, fabriqué il y a plus de quatre mille ans et toujours en forme. C'est un Non-Cheval typique, avec trois orteils à chaque jambe, pas la variante à quatre orteils que l'on trouve parfois. Chacun de ses orteils a été équipé de griffes en métal de dix centimètres pour les besoins du combat, comme vous pouvez le voir. La peau des Non-Chevaux est en métal flexible, mais la créature elle-même est une Création Approximative basée sur un croquis original de l'Architecte. Il y a de la chair vivante sous la peau de métal, qui lui sert d'armure très utile. Comme nous les Autochtones, les Non-Chevaux sont extrêmement robustes et guérissent bien. Ils sont intelligents et doivent être traités correctement à tout moment. Des questions jusque-là?

– Non, sergent d'escadron!

– Très bien. Je vais maintenant vous montrer la façon convenable d'approcher un Non-Cheval pour lui passer le mors et la bride. Regardez bien.

Arthur observa attentivement Terzok alors qu'il leur montrait comment le harnacher. Cela semblait assez simple à condition que l'animal coopère mais, lorsque ce fut son tour, il se rendit compte que ce n'était pas si facile. Monter en selle et diriger le Non-Cheval se révéla également plus difficile qu'il ne l'aurait cru.

Six heures après le début de la leçon, dans l'heure froide et sombre qui précède l'aube, Terzok annonça qu'Arthur et Fred étaient aussi compétents qu'ils pouvaient l'être dans le temps qui leur était imparti. Ce qui signifiait incompétents au possible, mais il espérait qu'ils tiendraient assez longtemps pour apprendre sur le terrain. Avant leur départ, il murmura quelque chose à l'oreille des deux Non-Chevaux choisis pour les conduire.

À ce stade, Arthur surtout était si fatigué qu'il se moquait bien d'être attaché en travers de la selle comme une couverture. Il voulait seulement se reposer et ne plus jamais avoir à écouter – et à regarder – le sergent d'escadron Terzok et sa moustache. Il pensait s'être habitué à l'épuisement, pouvoir contrôler sa vision tourbillonnante et ses pertes de coordination. Mais désormais, même la proximité d'un sergent ne pouvait plus l'empêcher de vaciller sur ses pieds.

Néanmoins, on ne le laissa pas aller dormir. Un autre lieutenant inconnu, celui-ci sans blessure et portant une armure de la Horde, arriva alors que la leçon se terminait et annonça qu'il les conduirait au QG.

– Je suis le lieutenant d'escadron Jarrow, dit-il. De la Horde, provisoirement affecté à Fort Transformation. Nous partirons dans quinze minutes, quand j'aurai vérifié vos armes, votre équipement, votre harnachement et vos montures. Qui est Or et qui est Vert ?

– Je suis le soldat... de cavalerie Or, dit Fred.

Arthur marmonna quelque chose qui ressemblait vaguement à « Vert ». Jarrow fronça les sourcils et s'approcha de lui.

— Je sais qu'il y a des recommandations médicales à votre sujet, Vert, mais le dossier a disparu. Êtes-vous capable de voyager ?

— Je suis juste fatigué, monsieur, dit Arthur, très fatigué.

Il l'était tellement qu'il n'était pas tout à fait sûr de s'être exprimé à voix haute. Et il ne savait plus non plus où il était et ce qu'il faisait. Sans doute que, s'il devait aller quelque part, c'était à l'école. À l'école avec Lilas et Ed.

Arthur secoua la tête. Quelle était cette école qu'il voyait dans sa tête ? Qui étaient Lilas et Ed et pourquoi le regardaient-ils d'en haut avec le ciel bleu derrière eux ?

— Avez-vous montré à ces deux-là la technique de la Horde pour transporter les blessés, sergent d'escadron ?

— Non, monsieur ! aboya Terzok en regardant Arthur. Voulez-vous que je le suspende ?

— Oui, faites, répondit Jarrow.

Trois Non-Chevaux avaient été préparés pour le voyage et se tenaient patiemment devant la porte de l'écurie. Terzok prit derrière elle ce qui ressemblait à un grand sac de tissu avec des lanières en cuir et des boucles en acier et le pendit entre deux des Non-Chevaux. Tout en leur chuchotant quelque chose à l'oreille, il attacha un côté du sac à la selle du Non-Cheval le plus à gauche et l'autre à celle de celui du milieu. Ainsi tendu, le sac formait une sorte de hamac entre les deux montures.

— C'est un sac de double chevauchée, dit Terzok. Les Non-Chevaux sont capables d'accorder parfaitement leur allure, contrairement aux autres montures. Mais il ne doit être utilisé que lorsqu'on vous l'ordonne car ils ne peuvent pas galoper lorsqu'il est installé.

Arthur fixait le sac entre les deux Non-Chevaux. Il était si fatigué qu'il lui fallut quelques secondes pour comprendre qu'il lui était destiné.

– Comment grimpe-t-on dedans? demanda Fred.

– Si vous êtes assez en forme pour grimper dedans, ça veut dire que vous pouvez monter. Sinon…

Il prit Arthur sous le bras, s'avança au-devant des chevaux et le fourra dans le sac avec son armure, ses armes, et tout le reste.

– Si le soldat transporté est gravement blessé, tu attaches les liens ici, expliqua Terzok.

– Mais je ne veux pas être…, commença Arthur.

– Silence! aboya Terzok. On vous a ordonné de voyager dans le sac! Maintenant, dormez!

Arthur se tut et se tortilla pour faire en sorte que la poignée de son cimeterre à éclairs ne lui rentre pas autant dans la hanche, puis il tendit le bras pour tirer sur un pli de son haubert qui lui appuyait sur les cuisses.

Ensuite, puisque le sergent le lui avait ordonné, il ferma les yeux et s'endormit.

Au début, son sommeil fut superficiel. Les yeux entrouverts, il avait vaguement conscience des mouvements autour de lui alors que le lieutenant Jarrow vérifiait le harnachement des Non-Chevaux. Puis le sac se mit à tressauter légèrement de haut en bas et les griffes en acier des montures firent des étincelles sur les dalles à la sortie de l'écurie; les étincelles s'atténuèrent quand les montures atteignirent le sol nu et poussiéreux. Les secousses s'intensifièrent lorsqu'elles se mirent au trot, puis se transformèrent en une sorte de doux balancement lorsqu'elles passèrent à un petit galop parfaitement accordé.

Alors que les Non-Chevaux s'éloignaient du Fort à une allure régulière, Arthur s'enfonça dans un sommeil plus profond et se mit à rêver.

Il se trouvait dans une immense salle aux murs de marbre, entouré de tous côtés d'Autochtones incroyablement grands, de trois mètres cinquante au moins, d'après ce qu'il pouvait deviner en les comparant aux piles d'armes, d'armures et de corps de Moins-que-Rien qu'ils dépassaient. Pourtant, malgré leur haute taille, Arthur était encore plus grand et baissait les yeux sur eux depuis une position d'éminence. Il observait une bague à son doigt, une bague en forme de crocodile qui passait lentement de l'argent à l'or. Seul le dernier segment du bijou était encore en argent et, sous ses yeux, il devint doré. Les grands Autochtones se mirent à applaudir et Arthur se sentit grandir encore jusqu'au moment où il ne fut plus dans la salle de marbre, mais transformé en géant surplombant un champ verdoyant qui, à ce que lui dit une petite voix dans sa tête, était le terrain de cricket de l'école. Des enfants couraient autour de ses pieds, pourchassés par des créatures à la gueule de chien qui, il le savait, s'appelaient des Rapporteurs. Puis il reprit soudain la taille d'un enfant, et les Rapporteurs, deux fois plus grands que lui, le pinçaient et essayaient de l'attraper. L'un d'entre eux arracha une poche de sa chemise de l'école et prit le livre qu'elle contenait auparavant.

— Je te tiens! dit une horrible voix râpeuse.

Arthur poussa un hurlement et se réveilla, se débattant contre une horrible chose en cuir qui l'attachait. Une créature cruelle s'était emparée de L'*Anthologie Exhaustive du Palais!*

« C'est ça. L'*Anthologie Exhaustive du Palais!* Je possédais l'*Anthologie Exhaustive du Palais!* Je m'appelle Arthur Penhaligon. Je suis l'Héritier Légitime. »

Arthur s'efforça de retenir cette pensée, mais elle lui échappa. Il abandonna, ouvrit les yeux et regarda autour de lui. Il était toujours dans le sac de double chevauchée, mais les Non-Chevaux s'étaient immobilisés. Le soleil se levait, une mince tranche de son disque rosé visible au-dessus des collines ocre à l'est. Des arbres rabougris au tronc pâle et aux feuilles jaunes triangulaires étaient éparpillés alentour, trop éloignés les uns des autres pour former une forêt.

Fred se tenait devant Arthur et se massait l'intérieur des cuisses en marmonnant quelque chose au sujet des iniquités des Non-Chevaux. Le lieutenant Jarrow était assis sur une pierre et consultait son Éphéméride.

Il régnait une atmosphère très calme troublée seulement par la respiration bruissante des montures et le choc occasionnel de leurs orteils sur une pierre lorsqu'elles passaient leur poids d'une jambe à l'autre.

— Que se passe-t-il ? demanda Arthur d'une voix endormie.

Il sortit les bras du sac et se hissa pour s'en extirper. Il serait tombé si Fred ne l'avait pas rattrapé et soutenu si bien que leur chute ne leur provoqua que peu de dommages.

— Que se passe-t-il ? répéta Fred, indigné. Tu ronfles sur une demi-douzaine de plaques pendant que moi je m'arrache la peau des cuisses et que je m'abîme le sacrum : voilà ce qui se passe.

— Ça, c'est ce qui s'est passé, le corrigea Arthur avec un sourire. Que se passe-t-il, maintenant ?

— Nous nous sommes arrêtés pour nous reposer, dit Fred en désignant le lieutenant Jarrow de la tête. C'est tout ce que je sais.

Jarrow referma son Éphéméride et avança vers eux. Arthur et Fred se relevèrent et, au garde-à-vous, le saluèrent.

— Pas besoin de ça, nous sommes sur le terrain, dit Jarrow. Vous êtes pleinement reposé, Vert ?

— Oui, monsieur, dit Arthur.

— Bien. Nous avons encore du chemin à faire et il y a de fortes chances que nous devions fuir des forces de nouveaux Moins-que-Rien.

– De nouveaux Moins-que-Rien, monsieur ? demanda Arthur.

– C'est comme ça que nous les appelons désormais. Nous les éviterons lorsque ce sera possible. Restez près de moi, ne quittez pas vos montures et nous les distancerons. Ils n'ont pas de cavalerie. (Il se tut quelques instants.) Ou, du moins, nous ne l'avons pas encore vue. Des questions ?

– Et si on se retrouve séparés de vous, monsieur ? demanda Arthur.

– Laissez faire les Non-Chevaux, répondit Jarrow. Ils trouveront la force amie la plus proche. Mais autant que vous le sachiez, nous nous dirigeons vers la plaque 268/457. Elle doit se déplacer au crépuscule jusqu'à n'être positionnée qu'à quinze kilomètres de la Citadelle. Nous sommes en ce moment sur la plaque 265/459. Nous allons nous diriger vers l'est sur cinq kilomètres puis vers le sud sur trois kilomètres. Les plaques à l'est sont des collines pelées, des steppes herbeuses et une jungle avec des clairières ; une fois dans la jungle, allez au sud et vous atteindrez une ville en ruines puis un lac et un marécage, qui se trouvent sur la plaque que nous voulons trouver. Nous devrons nous montrer extrêmement vigilants dans la jungle, dans la ville en ruines et dans les marécages. On peut facilement s'y faire surprendre et fuir ne sera pas aisé. Nous allons encore nous reposer pendant trente minutes, puis nous repartirons. Je vais monter la garde sur ce tertre là-bas. Gardez vos montures harnachées, mais vous devriez les bouchonner : on ne voudrait pas qu'elles rouillent.

Arthur et Fred allèrent avec obéissance chercher des brosses métalliques et des bouteilles de solvant dans leurs sacoches et frottèrent les articulations des genoux et d'autres points susceptibles de rouiller. Les créatures hennissaient doucement, heureuses de cette attention, et Arthur se prit de sympathie pour elles. Là, sur le terrain, la lueur du soleil atténuant leurs yeux rouges, elles semblaient différentes des bêtes froides aux yeux rubis qu'ils avaient vues dans la pénombre de l'écurie.

– Je me demande pourquoi ils veulent que nous allions au QG, dit Fred. Le lieutenant Jarrow a dit que l'ordre venait du sieur Jeudi, lui-même.

– Il a sans doute découvert que je me trouvais là sous l'identité d'un enfant du Joueur de Flûte, dit Arthur sans réfléchir.

– Quoi ? demanda Fred en passant la tête sous le ventre de son Non-Cheval pour le regarder.

– Il a sans doute découvert que j'étais là sous l'identité d'un enfant du Joueur de Flûte, répéta lentement Arthur.

Ses paroles portaient le sceau de la vérité, pourtant Arthur ne savait pas ce qu'elles signifiaient. Il ne réussissait pas à se le rappeler…

Avant qu'il puisse y réfléchir plus attentivement, Jarrow dévala la pente.

– En selle ! dit-il doucement, en mettant ses mains en coupe autour de sa bouche pour que sa voix ne porte pas. Des nouveaux Moins-que-Rien !

Chapitre 19

À deux cent quatre-vingts kilomètres à l'heure, Suzy ne se trouvait plus qu'à trois cents mètres et quatre secondes de la Porte lorsque l'un des Moins-que-Rien finit par la repérer. Il hurla, surprenant son camarade qui s'écrasa sur l'hélicoptère avec lequel il jouait « au premier qui se dégonfle ». Le Moins-que-Rien, invisible au pilote, traversa la verrière et causa d'énormes dégâts dans le cockpit en essayant de s'en extraire. Dans l'accident, il tua les deux pilotes. L'hélicoptère d'attaque se dressa à la verticale, resta dans cette position un instant, puis plongea sur le parking et explosa, projetant des débris brûlants sur la façade de l'hôpital, les soldats et les agents de l'AFB.

À deux cent cinquante mètres de la porte, Suzy déplia ses ailes, et le choc lui coupa momentanément le souffle. Trop efficaces, elles stoppèrent sa chute en une seconde seulement, la faisant planer à quelques centaines de mètres de la Porte Principale, tandis que deux Moins-que-Rien battaient rapidement des ailes dans sa direction.

Suzy plongea à nouveau droit sur eux, comme si elle allait les attaquer. Ils s'arrêtèrent pour contrer son assaut, brandissant leurs tridents mais, au dernier moment, elle pencha une aile, passa sur le côté et atterrit sur un seul pied sur le toit de l'hôpital. La Porte Principale était juste devant elle mais, comme les Moins-que-Rien avaient piqué juste après elle, elle estima ne pas avoir le temps de frapper.

Elle se dirigea vers la Porte, ferma les yeux et fonça droit dessus.

Craignant le choc, elle cacha sa tête entre ses bras. Après quelques secondes, n'ayant rencontré aucune résistance, elle ouvrit prudemment les yeux et baissa les mains.

Elle flottait, ou tombait, dans une obscurité totale. Ses ailes ne bougeaient pas, mais elle avait une sensation de mouvement dans son oreille interne. Elle ne voyait rien, pas même lorsqu'elle tendit furieusement le cou pour essayer d'apercevoir la Porte qu'elle venait de franchir.

– Oh! oh! murmura-t-elle.

N'ayant jamais utilisé la Porte Principale auparavant, elle croyait qu'elle arriverait directement de l'autre côté, sur la colline de l'Octroi. De toute évidence, ça n'était pas si simple.

Suzy réfléchit à la situation pendant un instant, puis murmura:

– Ailes, faites de la lumière!

Elle fut d'abord soulagée de s'entendre puis, un peu plus tard, de se voir, lorsque les ailes se mirent lentement à luire, projetant un halo de lumière nacrée tout autour d'elle.

Il n'y avait vraiment rien à voir. Suzy regarda en haut, en bas, sur les côtés, à la recherche de ce qui pourrait lui indiquer qu'il y avait quelque chose, quelque part, dans ce vide étrange.

Ne voyant rien, elle tenta de battre des ailes. Elle ressentit à nouveau cette sensation de mouvement. Cependant, sans aucun point de repère, elle ne pouvait savoir s'il se passait quelque chose : elle pouvait tout aussi bien être coincée comme une mouche dans de la confiture ou voleter en tous sens.

Elle haussa les épaules, choisit une direction au hasard et se mit à battre énergiquement des ailes. Longtemps après – peut-être des heures plus tard – elle commença à se demander si elle n'avait pas trouvé le moyen de se perdre à l'intérieur de la Porte Principale, ou dans un endroit entre le Palais et la Porte qui, s'il n'était pas du Rien, n'était pas grand-chose non plus.

Elle cessa de s'agiter. La sensation de mouvement persistait, elle examina la situation : battre des ailes sans but n'avait produit aucun résultat, elle devait donc essayer autre chose.

– Hé! s'écria-t-elle. (Sa voix lui parut extrêmement forte dans le silence.) Lieutenant Gardien ! Je suis perdue dans votre stupide Porte ! Venez m'aider !

Aucune réponse. Suzy croisa les jambes et sortit de son chapeau un sandwich au fromage, à la moutarde et au cresson. Tout comme le chapeau, le sandwich était aplati, mais Suzy le mangea avec appétit. Elle avait rarement eu de la nourriture lorsqu'elle était Remplisseuse d'Encre. Depuis qu'elle était la Tierce de Lundi et qu'elle pouvait accéder aux garde-manger de l'antichambre, elle avait redécouvert le plaisir de manger, même si cela n'était pas vital.

– Mademoiselle Turquoise Bleue.

Suzy sursauta et laissa tomber son pain. En se retournant, elle vit un Autochtone, grand et extrêmement beau ; il portait une jaquette gris perle à haut col et un pantalon noir aux plis bien marqués sur des bottes à revers reluisantes ; son chapeau était si brillant qu'il reflétait la lumière des ailes de Suzy comme un miroir. Il tenait une canne à pommeau d'argent dans sa main gantée de chevreau. Ses ailes, repliées derrière lui, étaient en argent martelé.

– Qui êtes-vous ? demanda Suzy d'un air méfiant.

– En voilà une question, dit-il sur un ton aimable. (Sa langue, remarqua Suzy, était d'un argent plus vif encore.) Vous allez me faire le plaisir de me remettre le trésor de notre Écorché. Nous ne pouvons pas interrompre sa tâche, n'est-ce pas ?

– Votre Écorché ?

Les yeux de Suzy allaient de droite à gauche, espérant trouver l'endroit d'où l'Autochtone était sorti ou une issue de secours.

– Le nôtre, dit-il. (Sa voix était extrêmement musicale et agréable à entendre.) Allez ! Donnez-moi la poche et je vous montrerai une sortie.

Suzy battit des paupières et se rendit compte que sa main avait plongé sous ses gilets.

– Je ne vais pas vous la donner ! dit-elle les dents serrées.

– Oh ! que si, ordonna l'Autochtone.

Il bâilla et se tapota la bouche avec son gant gauche.

– Dépêchez-vous.

– Non ! insista Suzy.

Pourtant, horrifiée, elle s'aperçut qu'elle sortait la boîte contenant le morceau du précieux tissu.

– Très bien, dit-il d'un air approbateur.

Il tendit la main pour la prendre. Suzy ne la quittait pas des yeux et essayait de se forcer à s'éloigner, à retirer sa main.

Juste au moment où ses doigts allaient se refermer sur la boîte, les ailes de l'Autochtone explosèrent soudain derrière lui et il fit volte-face, grondant de rage. Suzy tomba en arrière et fit un double saut périlleux avant que ses propres ailes se déplient et la stabilisent.

Loin au-dessus d'elle, l'Autochtone aux ailes d'argent s'était lancé dans un duel acharné avec un Autochtone aux ailes bleu électrique que Suzy ne reconnut pas immédiatement comme étant le Lieutenant Gardien de la Porte Principale. Son épée de feu bleu heurtait l'éclair argenté de celle de son adversaire, et tous deux plongeaient en piqué, tournaient et tombaient en échangeant des bottes, des coups, des parades et des esquives à une vitesse folle.

Suzy regardait les deux combattants, bouche bée. Ils utilisaient leurs ailes comme des armes autant que comme un moyen de se mouvoir, pour bloquer les épées, couper avec leurs pointes et donner des coups qui, s'ils atteignaient leur cible, l'envoyaient rouler dans les airs. Parfois, les deux Autochtones étaient à l'envers par rapport à Suzy, ou bien perpendiculaires, et elle finit par avoir le tournis à force d'essayer de s'orienter par rapport à eux. Elle abandonna et se contenta de regarder.

Leur duel était très rapide et très dangereux. À plusieurs reprises, l'un ou l'autre ne parvenait à parer, à esquiver ou à bondir en arrière qu'au tout dernier instant quand un coup faisait mouche. L'acier frappait l'acier avec une telle rapidité qu'on croyait entendre un torrent ininterrompu de pièces de monnaie. Suzy, à qui le Midi de Lundi donnait des leçons d'escrime, sentait ses sourcils se lever et retomber de surprise totale devant ces prouesses de combat d'épées ailé qu'on ne trouvait dans aucun des manuels que lui avait prêtés Midi.

À part observer, tout ce que Suzy trouva à faire fut de remettre la boîte dans sa poche de gilet et de se mettre à l'écart. Elle envisagea d'intervenir, mais les deux combattants bougeaient trop vite et avec une telle concentration qu'elle pensa que le moindre mouvement de sa part pourrait distraire le Lieutenant Gardien.

Puis, comme celui-ci était sur la défensive et ne cessait de battre en retraite vers le haut, Suzy se demanda si elle ne ferait pas mieux d'essayer de s'enfuir. Cependant, elle ne savait toujours pas où aller. Elle suivit donc le combat, ses ailes s'efforçant de tenir le rythme.

Soudain, le Lieutenant Gardien stoppa sa retraite et se jeta en avant. L'autre Autochtone tenta une parade, mais la manqua et les deux lames se coincèrent. Le Lieutenant Gardien était plus mince et plus petit, mais ses ailes devaient être plus puissantes, car il repoussa son adversaire à six mètres au moins de lui. Au même moment, il se mit à hurler quelque chose, un mot que Suzy ne comprit pas mais qu'elle ressentit pourtant dans tout son corps, comme une vague de fièvre.

Un cercle de lumière blanche apparut alors juste derrière l'Autochtone aux ailes d'argent. Il dut le sentir, car ses ailes s'agitèrent encore plus fort pour garder sa position – mais le Lieutenant Gardien était trop fort pour lui.

– Ce n'est pas fini…, hurla l'Autochtone en tombant dans le cercle de lumière.

C'était une porte de sortie, remarqua Suzy, une porte qui s'ouvrait sur une pièce recouverte d'or avec un porte-parapluie en forme de pied d'éléphant. Lorsque l'Autochtone fut passé, le cercle se referma comme une bulle de savon qui éclate. À nouveau, il n'y eut plus qu'un espace informe tout autour d'eux.

– Bon sang! dit Suzy. C'était qui celui-là?

– Le Crépuscule de Samedi Suprême, dit le Lieutenant Gardien. Nous sommes de vieux ennemis, lui et moi. Tous les Jours et leurs serviteurs ne suivent pas à la lettre les règles de la Porte, mais les larbins de Samedi sont les plus retors de tous.

Il peigna ses longs cheveux blancs avec ses doigts et

essuya son visage avec la manche de son manteau bleu. Il semblait toujours soucieux ; ses cuissardes étaient dégoulinantes d'eau et il y avait des taches de sang bleu séché sur sa manche droite.

— Il va bientôt revenir, ça ne fait pas de doute, peut-être avec des renforts. J'ai fermé de nombreuses portes du Palais, mais ça n'a guère d'effet lorsque Samedi ordonne qu'on les rouvre et que Dimanche ne dit ni oui ni non. Où voulez-vous aller, Suzy ?

— Dans le Bas-Pal…, commença-t-elle. Puis-je aller n'importe où dans le Palais ?

— La Porte Principale s'ouvre sur l'ensemble des régions du Palais, sous de nombreuses formes. Toutes ne sont pas sûres. Certaines sont bloquées et d'autres verrouillées, certaines sont perdues, même pour moi. Néanmoins, je peux vous montrer une porte pour chaque domaine, dans certaines limites.

— Savez-vous où se trouve Arthur en ce moment ? demanda-t-elle.

Elle avait prévu de rapporter la poche dans l'antichambre de Mardi, mais ce serait préférable de la donner directement à Arthur pour qu'il puisse la détruire sans délai.

— Non, répondit le Lieutenant Gardien. Allez ! Décidez où vous voulez aller. Mon travail ne s'arrête jamais et je ne peux pas m'attarder.

— Le Grand Labyrinthe, dit Suzy. Je veux me rendre dans le Grand Labyrinthe.

— La seule porte que je peux ouvrir donne sur la Citadelle. C'est là que réside le sieur Jeudi. Êtes-vous sûre que c'est bien là que vous voulez aller ?

— Sûre et certaine.

— Il y a du remue-ménage dans le Labyrinthe, prévint-il en la fixant de ses yeux bleu glacé. Il est possible que les portes menant au Labyrinthe soient toutes fermées sous peu, ainsi que les ascenseurs.

– Pourquoi?

– Parce qu'une armée de Moins-que-Rien est à deux doigts de le conquérir. S'ils battent les forces du sieur Jeudi, le Grand Labyrinthe sera coupé du reste du Palais pour protéger ce dernier. Alors je vous pose à nouveau la question: êtes-vous sûre de vouloir aller là-bas?

– Je dois apporter ça à Arthur, répondit Suzy, en tapotant la boîte sous ses gilets. Alors, j'imagine que je n'ai pas le choix. D'ailleurs, ça ne peut pas être si terrible que ça. Je veux dire, les Moins-que-Rien ne s'entendent jamais entre eux, pas vrai?

– Ceux-là, si. Puisque vous insistez, voici la porte du Grand Labyrinthe qui donne sur la Citadelle du sieur Jeudi.

Il fit un geste avec son épée et prononça à nouveau un mot qui retourna l'estomac de Suzy et lui fit siffler les oreilles. Un cercle de lumière se forma et elle aperçut une promenade en bois le long d'un mur de pierre. Un Autochtone en uniforme écarlate marchait au pas, lui tournant le dos, un mousquet sur l'épaule.

– Merci! dit Suzy.

Elle battit des ailes et s'apprêtait à plonger la tête la première dans le trou, lorsqu'elle sentit qu'on la retenait par le bout des plumes.

– Pas d'ailes dans le Grand Labyrinthe, dit le Lieutenant Gardien.

Ses ailes se détachèrent et tombèrent dans les mains de l'Autochtone.

– Elles attirent trop les éclairs. Quelque chose à voir avec les changements de plaques.

– Mais je dois les reeeeen…

La porte se rapprochait et, avant qu'elle puisse finir sa

phrase, elle tomba, émergeant au soleil d'une fin d'après-midi, avec vent frais, en haut des remparts de l'un des bastions du Fort de l'Étoile, une fortification intérieure de la Citadelle du sieur Jeudi.

Alors que Suzy avançait bruyamment sur le sentier, la sentinelle s'arrêta brusquement, tapa du pied et fit un demi-tour, encore deux ou trois pas, sans quitter Suzy des yeux, le temps que cette vision atteigne son cerveau. Il s'arrêta et mania maladroitement son mousquet, parvenant finalement à le braquer sur elle et bégaya :

– Halte! Qui va là ? Appelez la garde! Alerte! Garde! Caporal!

Chapitre 20

La patrouille de nouveaux Moins-que-Rien fut facile à semer, les Non-Chevaux allongeant leurs jambes pour galoper, puisque le sac de double chevauchée ne les entravait plus. Arthur, pour qui cette expérience était nouvelle, fut d'abord terrifié puis, lorsqu'il devint clair qu'il ne tomberait pas, grisé.

Les Non-Chevaux étaient beaucoup plus endurants que les chevaux terriens, mais ils ne pouvaient tout de même pas galoper pendant trop longtemps. Quand la force de Moins-que-Rien ne fut plus qu'un point à l'horizon, derrière les collines peu élevées de cette plaque, le lieutenant Jarrow leva la main. Son Non-Cheval ralentit, passant au petit galop, puis brièvement au trot et finalement au pas, les montures d'Arthur et de Fred le suivant.

Ils continuèrent ainsi le reste de la journée, prenant une demi-heure de repos à midi, parmi les ruines de la ville de la dernière plaque qu'ils devaient traverser. Il ne restait pas grand-chose de la cité. On voyait les contours de vieux bâtiments, d'une ou deux briques de haut, et des tumulus herbeux qui contenaient peut-être des restes intéressants. Le lieutenant leur expliqua qu'il n'y avait, en fait, jamais eu de ville ici. L'Architecte avait fait construire ces ruines lorsqu'elle avait fabriqué le Grand Labyrinthe, pour servir de terrain d'entraînement à l'Armée.

L'officier leur montra aussi comment reconnaître la limite d'une plaque – un savoir important, car tout individu se trouvant dans le périmètre immédiat de cette ligne risquait de voir différentes parties de son corps emmenées dans plusieurs lieux différents.

Toutes les limites n'étaient pas indiquées de la même façon, leur expliqua-t-il, mais la plupart se reconnaissaient à un changement de couleur de la végétation ou du sol, qui dessinait une ligne continue. La frontière entre la jungle et la ville en ruine, par exemple, était très nette, car tous les arbres couverts de lianes du côté sud étaient presque jaunes plutôt que d'un vert éclatant.

La limite entre les ruines et les marécages, en revanche, ne sautait pas aux yeux. Il n'y avait ni changement de couleur ni différence de végétation. Mais Jarrow leur désigna un petit cairn de pierres blanches au milieu d'une zone où le sol passait lentement de l'herbe rase et verte à des buissons bas, presque bleus. De manière significative, le cairn était en demi-cercle, arrondi du côté nord, abrupt du côté sud. Il avait été construit pour indiquer la frontière sud de la plaque.

Les marécages à proprement parler commençaient peu après. Jarrow relâcha les rênes et laissa son Non-Cheval libre d'aller à son gré entre les laîches spongieuses et les flaques d'eau de la couleur du thé, tandis que les autres le suivaient en file indienne.

Au milieu de la plaque, du moins selon l'estimation de Jarrow, ils trouvèrent un îlot un peu plus sec, un peu plus élevé, et ils y installèrent leur campement. Jarrow monta à nouveau la garde tandis qu'Arthur et Fred enlevaient le harnachement des Non-Chevaux, les brossaient, les huilaient, et polissaient leurs yeux de rubis. Puis ils nettoyèrent leurs cimeterres chargés d'éclairs, les aiguisèrent, et enfin graissèrent leurs bottes et leurs haubers. Tout cela les mena au crépuscule.

Le soleil avait plongé derrière l'horizon. Enfoncés dans les marécages, ils ne virent bouger qu'une seule des plaques autour d'eux. Vers l'est, où il n'y avait rien à voir auparavant, une imposante montagne était apparue, dont la silhouette noire se découpait sur le ciel étoilé.

– Nous partirons vers la Citadelle demain matin, dit Jarrow.

Il avait profité des derniers rayons du soleil pour consulter son Éphéméride, préférant ne pas utiliser de lumière après la tombée de la nuit.

– J'aimerais autant repartir dès maintenant, et si nous avions eu des plaques différentes, nous aurions pu. Mais il y a un col à passer, une forêt à traverser, ainsi que l'Ouvrage Défensif Aquatique Oriental.

– L'Ouvrage Défensif quoi ? demanda Arthur.

– C'est une partie fixe de la Citadelle. Un lac asséché qu'on ne peut remplir qu'en ouvrant les vannes qui retiennent des sources souterraines sous la colline de la Citadelle. Il devrait encore être à sec, mais...

La voix de Jarrow s'éteignit. Ils étaient assis tous les trois dans l'obscurité seulement trouée d'étoiles et écoutaient les bruits du marécage. Leurs Non-Chevaux se tenaient tranquillement non loin d'eux, se parlant de temps en temps dans leur langage doux et aride que seul le plus ancien des sergents d'escadron pouvait peut-être comprendre.

– Il devrait être à sec, monsieur, mais ce n'est pas sûr? demanda Fred après quelques instants, prenant son courage à deux mains.

– Non, il a peut-être été rempli, dit Jarrow. Bien que la stratégie tectonique se soit révélée aussi magistrale que d'habitude, il y a tant de nouveaux Moins-que-Rien que certains vont forcément se retrouver près de la Citadelle, et les différents groupes se sont massés dans la plaine au pied de la colline… c'est vraiment ennuyeux. Mais ce n'est pas un siège, en aucune façon.

– Qu'est-ce que la Citadelle, au juste, monsieur? demanda Arthur.

– C'est une imposante forteresse, Vert. Quatre cercles concentriques de bastions, de demi-lunes, de courtines, tous construits de façon à se soutenir les uns les autres avec des canons et des mousquets, et des rampes d'approche couvertes par des lance-flammes. Puis, à l'intérieur du troisième cercle, se trouve la Citadelle Intérieure, le Fort de l'Étoile bâti sur une colline de roche dure. Elle possède des remparts en terre de vingt mètres d'épaisseur, contigus à des murs de douze mètres de haut, ainsi que seize canons royaux, trente-deux canons courts et soixante-douze petits canons que les artilleurs appellent des fauconneaux. Bien qu'il y ait eu une terrible pénurie de poudre depuis que Sombre Mardi a été déposé par ce nouveau Lord Arthur…

Jarrow se tut alors qu'Arthur se mettait soudain à gémir de douleur et à se tenir la tête entre les mains. Il avait l'impression qu'un missile avait frappé le centre de son cerveau, faisant exploser un immense réservoir de souvenirs. Des images, des sons, des odeurs et des pensées se propagèrent dans tout son crâne, si nombreux qu'il se sentit soudain désorienté et nauséeux. Chaque souvenir important, depuis le jour où il avait perdu son éléphant jaune jusqu'à l'arrivée des trois Employés des Salles de Bains, se déversa soudain dans un méli-mélo de réminiscence instantanée.

La douleur disparut presque immédiatement et les souvenirs se retirèrent au plus profond de son cerveau, se distinguant alors les uns des autres, sans pour autant se remettre en ordre. Néanmoins, il savait maintenant qui il était et ce qui s'était passé, et qu'il courait un grand danger à cause du sieur Jeudi.

— Tout va bien, soldat de cavalerie ? demanda Jarrow.

— Oui, monsieur, murmura Arthur.

— La douleur de la mémoire, dit Fred. Une fois, je me suis donné un coup de poing sur la bouche tellement j'avais mal. Mes lèvres étaient tout enflées. Tu t'es souvenu de quelque chose d'utile, Ray ?

— Peut-être, dit Arthur avec prudence.

Il se trouvait dans une position délicate. Il aurait voulu tout raconter à Fred, mais il risquait de mettre son ami en danger.

— Il faut que je repense à certaines choses de toute façon.

— Reposez-vous, tous les deux, dit Jarrow.

Il se leva, desserra son cimeterre dans son fourreau et se mit à arpenter tranquillement leur petit îlot.

— Je vais monter la garde.

— N'avez-vous pas besoin de vous reposer, monsieur ? demanda Fred.

— Je dois réfléchir à de nombreux problèmes. Et je n'ai pas encore besoin de repos. Il faut plus de sommeil aux enfants du Joueur de Flûte qu'aux recrues autochtones, qui elles-mêmes ont plus besoin de dormir que les soldats réguliers comme moi-même, conçus spécialement pour le métier des armes par l'Architecte. Mais même moi, je dois dormir plus que nos camarades aux yeux rouges ici présents, qui ne se reposent que dans leur écurie et jamais plus d'une fois par semaine. Je vous réveillerai avant l'aube, ou avant s'il y a un problème.

Il n'y eut pas d'alerte dans la nuit, mais Arthur se réveilla à de nombreuses reprises, dérangé soit par un bruit, soit par l'inconfort de dormir par terre avec une selle pour tout oreiller et une couverture de feutre rêche en guise d'édredon.

Il fut réveillé pour de bon par Jarrow avant le lever du jour, lorsque les étoiles les plus hautes commençaient à pâlir. Comme ils ne prenaient pas de petit déjeuner et qu'ils étaient dispensés de rasage sur le terrain, le trio monta rapidement en selle et reprit son chemin, les deux garçons s'efforçant de supporter en silence les douleurs dues à leur chevauchée de la veille et à leur nuit à même le sol.

Arthur n'accorda guère d'attention à ces maux ni aux marécages qu'ils traversaient. Son esprit était entièrement occupé à penser à ce qu'il allait faire, et à ce que le sieur Jeudi risquait de lui infliger. Le Curateur savait forcément qui il était, car le lieutenant Crosshaw ou le sergent Helve devaient lui avoir mentionné sa présence. À moins que le sieur Jeudi ait été au courant depuis le début et ait recruté Arthur délibérément, plutôt qu'à cause d'un accident bureaucratique.

Mais pourquoi le sieur Jeudi convoquerait-il tous les enfants du Joueur de Flûte de l'Armée dans la Citadelle s'il voulait seulement Arthur ? Il devait y avoir une autre raison. Une autre question s'imposait à lui : qu'allait-il faire si l'opportunité de trouver le Testament ou celle de s'emparer de la Clef Quatrième se présentait ? Devrait-il la prendre au risque de s'exposer au châtiment ? Ou devrait-il agir comme un bon soldat, suivre les ordres et ne donner au sieur Jeudi aucune raison d'ignorer le Règlement de l'Armée et lui faire subir quelque chose d'horrible ? S'il se contentait d'être un bon soldat, il pouvait se retrouver à effectuer ses cent ans de service et à ne jamais rentrer chez lui…

« Chez lui. L'Écorché. Lilas. La… »

– La lettre ! s'écria Arthur en se frappant la tête.

Il venait de se souvenir de la lettre de Samedi Suprême qui avait menacé sa famille. Sous l'identité de Ray, ayant perdu la mémoire, il avait cru à un canular. Mais, maintenant qu'il se rappelait tout, ses pires craintes au sujet de l'Écorché lui revenaient.

– Nous devons avancer sans bruit à partir de maintenant, ordonna Jarrow, en faisant faire un demi-tour à sa monture pour s'adresser à Arthur et Fred. Le col devrait être dégagé, mais ce n'est pas certain. Restez près de moi et préparez vos épées. Nous chargerons si la route est bloquée.

Arthur suivait le lieutenant de si près qu'il touchait presque ses genoux, et Fred faisait de même de l'autre côté. S'ils devaient charger, ce serait en un groupe compact de Non-Chevaux, une masse qui transpercerait tout rang de Moins-que-Rien.

Alors qu'ils avançaient, Arthur regarda autour de lui pour la première fois depuis les dix dernières minutes. Ils quittaient le marécage, se dirigeant vers l'ouest, et la plaque devant eux était dominée par deux collines rocheuses séparées par une gorge peu profonde, presque deux fois moins élevée. La route qu'ils avaient empruntée menait à la gorge.

– On ne peut pas la contourner ? demanda-t-il.

Il ne voyait rien de redoutable ni au nord ni au sud.

– Il y a des flaques de boue au nord aujourd'hui, dit Jarrow en tapotant son Éphéméride, et des chardons au sud. Ça ralentirait les Non-Chevaux. Ce chemin est assez raide, mais il est large et en bon état. Derrière le col, il y a une prairie et un village bucolique. Ensuite, on trouve la plaque fixe la plus à l'est, l'Ouvrage Défensif Aquatique Oriental. Si on ne se fait pas attaquer, nous devrions arriver à la Citadelle en fin d'après-midi.

Ils ne se firent pas attaquer et, bien avant de l'avoir vu, ils surent que l'Ouvrage Défensif Aquatique Oriental n'était pas asséché. Il avait été inondé et l'eau débordait sur la plaque adjacente, s'écoulant dans la rue principale du village, un dédale charmant mais inhabité d'allées étroites et d'adorables maisons qui entouraient une grande place bordée de plusieurs pubs, d'une forge, de quatre ou cinq petites boutiques et d'un stand de tir à l'arc.

— Y a-t-il déjà eu des habitants ici? demanda Arthur alors que les Non-Chevaux avançaient dans la rue principale, de l'eau jusqu'au boulet, les naseaux en l'air pour montrer leur mécontentement.

— Pas de façon permanente, répondit Jarrow. (Il parlait rapidement et ses yeux ne s'arrêtaient jamais, surveillant les alentours.) Autrefois, lorsque cette plaque s'approchait de la Citadelle, du Donjon Blanc, du Fort Transformation ou de l'un des autres lieux fixes, les tavernes étaient ouvertes et on organisait une foire pour la journée. Nous devrions apercevoir la Citadelle dans une minute, lorsque nous aurons dépassé ces bâtiments.

La route commençait à s'élever après le village, puis s'aplanissait à nouveau. Elle était bordée, par intervalles, de bosquets de cyprès, mais au-delà la vue était dégagée. Lorsqu'ils atteignirent la plaine, Jarrow s'arrêta et regarda au loin, mettant sa main en visière.

Arthur et Fred, eux, ouvrirent de grands yeux, la bouche assez béante pour gober tous les insectes qui auraient pu passer par là.

Il y avait un grand lac de plus d'un kilomètre de large en face d'eux, débordant au nord et au sud sur les autres plaques et s'étendant à perte de vue. À l'est, l'eau léchait le bord de la plaque du village, marqué par une ligne de grands pins, dont la plupart étaient dépourvus de branches côté ouest.

Sur le lac se dressait une énorme forteresse en forme de pièce montée, qui s'étendait sur plusieurs kilomètres. Le contour anguleux des bastions – qui aux yeux d'Arthur ressemblaient à des tourelles larges et triangulaires – formait la base du gâteau. Cent cinquante mètres plus loin, à l'intérieur, et quinze mètres plus haut se trouvait un second rempart, et encore cent cinquante mètres plus loin et quinze mètres plus hauts un troisième. Venait ensuite une colline de pierre blanche et austère sur laquelle trônait un fort en étoile, dont chacune des six pointes formait un bastion qui contenait une douzaine de canons et quelque deux cents défenseurs. En plein milieu du fort se dressait un ancien donjon, une tour de pierre carrée de quarante-cinq mètres de haut.

Un immense nuage de fumée verte planait au-dessus de la ligne défensive extérieure la plus au sud.

– De la fumée de feu toxique, dit Jarrow d'un air sombre. Il a dû y avoir une attaque ce matin. Pourtant, je n'ai entendu aucun canon… nous devons vraiment être à court de poudre de Rien. Il faut retourner au village – nous allons devoir construire un radeau.

– Ne pouvons-nous pas communiquer avec la Citadelle ? suggéra Arthur. Monsieur ?

– Je n'ai pas de figurines de communication. Personne n'a pu m'en donner. Si nous signalions notre présence avec de la fumée ou un miroir, les nouveaux Moins-que-Rien pourraient nous repérer et envoyer un groupe d'attaque. Ils doivent avoir établi leur force dans les plaines à l'ouest. Je n'ai jamais vu un nuage de feu toxique aussi gros que celui-là.

Construire un radeau ne fut pas aussi difficile qu'Arthur l'aurait cru. Ils prirent simplement une dizaine de tonneaux dans le pub le plus proche, trois de ses portes et de la corde, des cordages, de la poix et des clous chez le forgeron, ainsi que quelques outils. Aux ordres de Jarrow, ils fixèrent les tonneaux les uns aux autres, y clouèrent les portes et couvrirent de poix les endroits susceptibles de prendre l'eau.

Ils fabriquèrent le radeau au bord du lac, le plus près possible de la limite de la plaque du village. Arthur avait une conscience aiguë de cette proximité, mais il se força à ne pas regarder constamment la position du soleil, et il ne demanda pas au lieutenant où la plaque se déplacerait au crépuscule.

Mais il devint de plus en plus nerveux à mesure que l'après-midi avançait. Il ne restait qu'une demi-heure environ avant le coucher du soleil lorsqu'ils terminèrent et apportèrent la touche finale : trois rames fabriquées avec des planches arrachées aux bancs du pub.

Leur embarcation avait fière allure, mais elle ne semblait pas assez grande pour trois Non-Chevaux, un Autochtone et deux enfants du Joueur de Flûte.

— Prenez les harnachements sur les montures et montez sur le radeau, dit Jarrow en regardant lui aussi le soleil qui se couchait. Nous allons les brosser et les huiler rapidement avant de les laisser partir.

— Où vont-ils aller, monsieur ? demanda Fred.

Il s'était beaucoup attaché à son Non-Cheval qui, à en croire ce qui était gravé sur ses sabots en acier, s'appelait Viskeu.

— Ils sauront rejoindre des forces amies, dit Jarrow.

Il enleva les sacoches de sa monture et les laissa tomber sur le radeau, qui était maintenant à moitié dans l'eau.

— Dépêchez-vous ! Nous devons être loin de la plaque lorsque le village bougera !

Il ne restait du soleil qu'un mince croissant à peine visible à l'horizon, entre le Fort de l'Étoile et le Bastion Intérieur, lorsque le dernier Non-Cheval s'éloigna avec un hennisse-ment d'adieu. Arthur et Fred jetèrent en toute hâte leurs brosses et leurs chiffons sur l'embarcation qu'ils commen-cèrent à pousser.

— Poussez avec le dos ! les pressa Jarrow en jetant un autre coup d'œil au soleil.

Mais le radeau, bien qu'aux deux tiers dans l'eau et dont les tonneaux flottaient déjà, était embourbé.

Arthur et Fred se baissèrent plus encore pour le soule-ver, et cette fois Jarrow se joignit à eux. Le radeau glissa sur quelques centimètres et stoppa à nouveau.

— C'est quoi ce bruit ? souffla Arthur, entre deux efforts.

Il entendait un sifflement aigu, comme celui d'une fraise de dentiste ultrasonique.

— La plaque bouge ! hurla Jarrow. À l'eau, vite !

Il attrapa Arthur et Fred et les éloigna du radeau. En quelques pas à peine les enfants eurent de l'eau jusqu'à la poitrine, mais Jarrow continua de les tirer vers l'avant, même si les deux garçons avaient la tête en arrière et suffo-quaient, remuant les pieds pour toucher le fond tandis que leur lourd haubert de la Horde et leur équipement mena-çaient de les attirer au fond de l'eau.

Chapitre 21

Juste au moment où Arthur et Fred pensaient qu'ils allaient se noyer, ce qui n'était pas mieux que de mourir démembrés pendant le changement de plaques, le sifflement aigu se tut ; Jarrow s'arrêta et se retourna, mais il ne se dirigea pas immédiatement vers le rivage.

— Au secours, s'étrangla Arthur.

— Je n'ai pas pied, haleta Fred.

Jarrow continuait pourtant de regarder le rivage derrière eux. Puis il sortit lentement Arthur et Fred de l'eau et les posa à côté du radeau. Après une minute de toux et de halètements frénétiques, les deux garçons retrouvèrent suffisamment leurs esprits pour remarquer que le radeau était intact – et que le charmant village n'avait pas bougé.

Jarrow se tenait près d'eux et feuilletait son Éphéméride, les pages très près de son visage pour qu'il puisse lire malgré le crépuscule.

— La plaque n'a pas bougé, dit Arthur.

– Non, confirma Jarrow en secouant la tête. Mais elle aurait dû. C'est très grave. Seule la stratégie tectonique a empêché les nouveaux Moins-que-Rien de rassembler contre nous une force écrasante pour une bataille décisive… Nous ferions mieux d'aller à la Citadelle immédiatement!

Il se jeta contre le radeau avec une ardeur ravivée, faiblement aidé par Fred et Arthur. Cette fois, leur bateau de fortune glissa sur le lac où il flotta presque aussi bien qu'un véritable navire, un navire constamment affligé de quinze degrés de gîte à tribord.

Même si la traversée faisait à peine plus d'un kilomètre, Arthur et Fred étaient épuisés avant même d'arriver à mi-distance. Jarrow maintenait un rythme exténuant et refusait de les laisser se reposer.

– Monsieur, si nous pouvions prendre quelques minutes…, tenta Arthur.

– Pagayez! cria Jarrow. Vous êtes des soldats de l'Architecte. Pagayez!

Arthur s'exécuta. Il avait si mal aux bras et aux épaules qu'il dut se mordre les lèvres pour ne pas gémir. Cependant, il continua de ramer; Fred aussi, mais Arthur le remarqua à peine. Son monde se réduisait à la douleur, la pagaie et l'eau qu'il devait fendre avant de la repousser.

La lune commençait son ascension vacillante lorsqu'ils atteignirent l'un des bastions extérieurs qui s'avançaient dans le lac. De petites vagues léchaient le mur de pierre qui faisait face au quai en terre. La lune se reflétait sur leurs casques et leurs hauberts, ce qui attira l'attention des sentinelles.

– Qui va là?

Ce cri voyagea sur l'eau, accompagné de l'éclat d'un cordeau: quelqu'un chargeait un mousquet ou un petit canon.

— Le lieutenant Jarrow de la Horde, avec deux soldats de cavalerie! cria Jarrow. Nous demandons la permission d'accoster.

— Arrêtez de ramer et attendez les ordres!

Jarrow s'immobilisa. Arthur eut du mal à s'arrêter, ses muscles s'étant habitués à ce rythme répétitif. Lorsqu'il réussit finalement à lever la rame et à la poser sur le radeau, il lui fallut plusieurs secondes pour desserrer les mains.

— Avancez jusqu'à la barrière.

— Recommencez à pagayer! ordonna Jarrow.

Arthur et Fred reprirent mécaniquement leur rame et la plongèrent dans l'eau. Le radeau, après avoir été arrêté, fut très difficile à faire avancer. Heureusement, il n'était pas très loin de la barrière, une grille en fer ancienne qui se trouvait à près de trente mètres, le long du mur du bastion.

La herse fut soulevée juste assez pour laisser entrer le radeau et ses occupants dans une pièce d'eau, à l'intérieur du bastion. Dès qu'ils furent passés, la grille retomba violemment avec un bruit d'éclaboussures.

Il y avait juste assez de place pour pagayer jusqu'à un emplacement entre deux petits bateaux amarrés à un quai en bois peu élevé.

Un comité d'accueil était aligné sur le quai: un lieutenant, un caporal et deux douzaines d'Autochtones dans l'uniforme écarlate du Régiment, armés de mousquets à la poudre de Rien équipés de baïonnettes. Jarrow monta sur le quai et, après avoir salué et présenté les armes, s'entretint rapidement avec l'autre lieutenant. Las, Arthur et Fred rassemblèrent les harnachements des Non-Chevaux.

— Or! Vert! Laissez ça! ordonna Jarrow. Nous devons nous présenter aux quartiers généraux du maréchal Midi. Vous êtes les deux derniers enfants du Joueur de Flûte à arriver.

217

Arthur et Fred échangèrent un regard et laissèrent tomber avec joie les selles, les sacoches et le reste de l'équipement. Puis ils s'aidèrent mutuellement à monter sur le quai, se rappelant de saluer l'autre lieutenant.

— Vaudrait mieux les mettre en uniforme avant qu'ils aillent voir le maréchal, dit l'autre officier, à moins qu'ils ne soient des soldats de cavalerie permanents.

— Pas encore, dit Jarrow en donnant une grande claque dans leurs dos endoloris. (Ils faillirent s'effondrer sous le coup de la douleur.) Mais ils en ont l'étoffe. Allons-y. Soldats de cavalerie, garde-à-vous ! À gauche, marche rapide.

De toute évidence, Jarrow connaissait bien la Citadelle. Depuis la salle de la barrière, il les conduisit à une rampe qui menait au sommet du bastion. Ils marchèrent sur toute sa longueur, passant devant des canons et des sentinelles aux yeux baissés. Ils traversèrent ensuite un corps de garde où Jarrow et l'officier en faction échangèrent quelques formalités, continuèrent sur une autre rampe puis dans un passage couvert bordé de petits canons pivotants, montèrent dans un autre corps de garde, descendirent un escalier en spirale, traversèrent un espace vide entre la troisième et la deuxième ligne défensive, entrèrent dans un nouveau bastion et enfin se retrouvèrent dans une Réserve d'Intendance, tellement semblable à celle du Fort Transformation que les deux enfants, épuisés, se demandèrent s'ils en étaient jamais partis.

En quinze minutes, leurs hauberts et leurs casques de la Horde furent remplacés par une tunique écarlate bien plus légère et confortable, un pantalon noir et une toque, l'uniforme du Régiment. On leur donna une ceinture blanche garnie de poches qui leur était familière, un étui à baïonnette, une baïonnette, mais pas de mousquet.

— Nous n'avons de la poudre que pour les tireurs d'élite, dit l'Intendant Adjoint, un Autochtone grisonnant qui avait eu les joues transpercées par une balle recouverte de Rien ; sa blessure ne guérirait sûrement jamais complètement.

Lorsqu'il parlait, de l'air passait dans les trous, rendant ses propos difficiles à comprendre.

Jarrow ne se changea pas, sans doute parce qu'il était un officier permanent de la Horde, mais il prit le temps de nettoyer rapidement son armure et ses bottes, et gagna l'approbation de l'Intendant Adjoint pour s'être chargé lui-même de cette tâche. Puis il attendit patiemment que Fred et Arthur soient prêts. Alors qu'ils commençaient à examiner leur baïonnette, il les fit mettre au garde-à-vous et ils sortirent.

Cette fois, ils laissèrent les bastions extérieurs derrière eux, traversant l'espace vide menant à la deuxième ligne et zigzaguant sur plusieurs rampes, passant devant de nombreux corps de garde et gravissant quatre volées d'escaliers. Tout au bout de la deuxième ligne de défense, ils traversèrent une étendue de terre battue encore plus large, et un mélange complexe de rampes, d'escaliers et de corps de garde, avant de sortir du bastion de troisième ligne pour déboucher dans un escalier étroit qui s'enroulait le long de la colline de pierre blanche.

— Où allons-nous, monsieur ? demanda Fred.

— Les quartiers généraux du maréchal Midi se trouvent dans le Fort de l'Étoile. Montez-moi ces marches, maintenant !

La colline n'était pas aussi haute qu'Arthur l'avait cru en l'apercevant sur le lac. Elle ne devait pas faire plus de cent mètres. Il se sentait tellement mieux après avoir laissé son haubert, son casque et son cimeterre chargé d'éclairs qu'il prenait presque du plaisir à gravir les marches, même s'il savait qu'il aurait mal ensuite. Son passage dans l'Armée de l'Architecte lui avait révélé l'existence de muscles dont il ne soupçonnait pas l'existence ; malheureusement, cette découverte était toujours douloureuse.

Les bastions du Fort de l'Étoile étaient des versions plus petites que ceux des lignes défensives du bas. En haut de l'escalier, Jarrow appela et n'avança pas avant d'avoir obtenu la réponse de la sentinelle. Puis, illuminés par le clair de lune verdâtre, ils marchèrent sur la terre désolée, traversèrent un fossé sur une passerelle et entrèrent par une porte dans la façade du bastion.

— Tu crois que tu pourrais retrouver ton chemin là-dedans, demanda Fred un peu plus tard, alors qu'ils attendaient que Jarrow finisse de parler avec un autre lieutenant, dans un autre corps de garde; celui-ci était plus agréable, avec ses murs lambrissés de bois plutôt qu'en pierre brute, et un tapis bleu et rouge au sol.

— Non, répondit Arthur.

Lui aussi avait eu cette pensée, sans doute parce que, contrairement à Fred, il pourrait bien avoir besoin de quitter la Citadelle.

— Vous allez dans la salle de réception du maréchal Midi, leur dit Jarrow en se tournant vers eux. Apparemment, de nombreux enfants du Joueur de Flûte attendent déjà là-bas et le maréchal va bientôt s'adresser à vous. Rappelez-vous de rester au garde-à-vous en toutes circonstances, à moins qu'on ne vous ordonne le contraire, et ne parlez pas sans qu'on vous y ait invités. Est-ce clair?

— Oui, monsieur! crièrent Fred et Arthur.

Jarrow grimaça.

— Vous n'avez pas besoin de hurler ici. Gardez ça pour le terrain de parade. Vous vous êtes bien débrouillés, Vert, et vous aussi, Or. Bonne chance pour l'avenir. J'espère que nous servirons à nouveau ensemble.

Il leur serra la main et partit. Arthur et Fred se tournèrent nerveusement vers l'autre porte. Un caporal leur sourit et l'ouvrit, leur faisant signe d'entrer.

Anxieux, Arthur avait mal au ventre. Il ne se doutait pas que tout cela était un prélude à la révélation de son identité par le sieur Jeudi, ni que celui-ci allait lui faire quelque chose d'horrible. L'avenir, quel qu'il soit, le rendait nerveux, car il lui était inconnu, tant comme soldat que comme Héritier Légitime.

Ils entrèrent au pas à une cadence parfaite. La pièce était grande, mais pas aussi luxueuse que la salle à la table ronde de l'antichambre de Lundi. Celle-ci était bien plus spartiate : parquet poli, un bureau aux pieds grêles dans un coin, un grand tableau sur pied, sur lequel étaient punaisées plusieurs cartes, de nombreuses armes fixées aux murs et une tête de monstre empaillée – sans doute un poisson, car on aurait dit un piranha de dix mètres de long. Vingt enfants du Joueur de Flûte formaient deux rangées de dix, au repos. La plupart portaient des uniformes, à part quatre Légionnaires en armure, trois Artilleurs en manteau gris et deux Frontaliers en vert. Ils tournèrent tous la tête pour regarder Fred et Arthur entrer dans la pièce et s'avancer pour rentrer dans le rang à gauche de la parade.

– Attends, murmura Arthur alors qu'ils approchaient du rang. Fred et Arthur, halte ! Tour à gauche !

Ils exécutèrent parfaitement leurs mouvements. Les autres enfants du Joueur de Flûte regardèrent à nouveau devant eux, tous, sauf un des Frontaliers qui recula et se glissa sur le côté. Puis il s'approcha d'Arthur et se mit au garde-à-vous.

– Psst ! Arthur !

Il jeta un coup d'œil discret. Le Frontalier, pas moins qu'un caporal, était Suzy !

La tête d'Arthur fit une rotation de cinq centimètres sous le coup de la surprise avant de revenir à sa place. Même ainsi, ses yeux faillirent sortir de leurs orbites à cause de l'effort qu'il dut faire pour regarder son amie. Il se sentit vraiment rassuré par sa présence, pourtant son angoisse monta d'un cran : en règle générale, avec Suzy, les problèmes sérieux et les difficultés ne tardaient pas.

– Suzy ! Ils t'ont laissée t'engager finalement ? murmura-t-il du bout des lèvres. Et tu as déjà été nommée caporal ?

– Pas exactement, dit-elle. C'est un peu compliqué, mais en gros j'ai débarqué ici et ils ont eu un peu de mal à décider quoi faire de moi. Pendant les premières heures, ils voulaient me fusiller pour espionnage. Mais il se trouve que j'étais vraiment dans l'Armée auparavant. J'ai fait mon service il y a quatre cents ans, je suis dans la Réserve depuis ! Je ne me souviens pas bien, pourtant certains détails sont revenus. Je leur ai raconté que je m'étais fait laver entre les oreilles et que j'étais un peu désorientée et, à ce moment-là, l'ordre de rassembler tous les enfants du Joueur de Flûte, sans exception, est tombé. Alors le commandant qui s'occupait de moi a dit « Bon débarras ! » et m'a envoyé ici. Le plus important, Arthur, c'est que j'ai…

– Garde à vous !

Une Autochtone sergent-major du Régiment à l'allure impeccable, aux manches écarlates ornées de couronnes de lauriers et d'épées entrecroisées venait d'entrer dans la pièce. Elle s'avança vers les enfants, raide comme un piquet, les bottes claquant sur le sol parfaitement en rythme, une canne en ivoire à pommeau d'argent sous le bras.

– Refermez ce trou, soldat ! aboya-t-elle en désignant la place que Suzy venait de quitter.

Elle s'arrêta devant les deux rangs, fit un demi-tour et salua l'Autochtone qui était entré à sa suite.

Il était considérablement moins élégant que la SMR et portait ce qui semblait exactement le même genre d'uniforme de soldat qu'Arthur avec, en plus, des épaulettes noires ornées d'un cercle formé de six minuscules épées dorées. Arthur trouva cela étrange car, d'après *Le Compagnon de la recrue*, un maréchal ne devait en avoir que cinq. La seule autre différence avec l'uniforme de soldat était que l'Autochtone portait un béret noir avec un insigne représentant une épée dorée plutôt qu'une toque. L'insigne paraissait trop grand pour le béret, peut-être parce qu'il figurait une main très ancienne et la moitié d'une épée avec un serpent lové autour de la poignée.

Il avait de petits yeux très enfoncés et, pour un Autochtone de cette importance, il n'était pas particulièrement beau. Il n'était pas très grand non plus, un mètre quatre-vingts environ, et ses épaules devaient être deux fois moins larges que celles du sergent Helve. Somme toute, il n'avait rien d'impressionnant physiquement. Mais quelque chose dans ses yeux sombres, dans sa bouche mince et dans son menton levé inspira immédiatement de la peur à Arthur.

— Faites-les rompre, ordonna-t-il à la SMR.

— Rompez! répéta-t-elle à volume plusieurs fois supérieur à celui de l'autre Autochtone.

Les enfants du Joueur de Flûte s'exécutèrent, tous en même temps, même Suzy.

— Je suis le sieur Jeudi, dit l'Autochtone.

Un léger tressaillement traversa les rangs à ces mots, mais rien de plus.

Arthur fixait le vide droit devant lui, n'osant pas même bouger un œil. Son corps avait beau être immobile, son esprit allait toutefois à cent à l'heure, essayant de deviner ce qui allait se passer et ce qu'il pouvait faire.

— Je vais vous expliquer mon plan, continua-t-il. Ensuite, je demanderai des volontaires.

Il faisait les cent pas tout en parlant, mais s'arrêta soudain et regarda par la fenêtre à l'autre bout de la pièce.

— Le maréchal Midi aurait dû vous l'expliquer, mais il a

été empêché. Il nous rejoindra peut-être plus tard. Sergent-major, le panneau des cartes !

La SMR traversa la pièce et prit le tableau noir qu'elle apporta devant les enfants. Puis elle le contourna pour venir se mettre à côté de Suzy, pour pouvoir regarder la présentation.

Le sieur Jeudi se dirigea vers Arthur et prit sa baïonnette dans l'étui de sa ceinture. Arthur demeura immobile et ne lui accorda pas un regard, même lorsqu'il entendit le glissement de la lame de trente centimètres.

« Il ne va sûrement pas me poignarder devant tout le monde, pensa-t-il désespérément. Dame Prima a dit qu'il obéirait à ses propres règles. Il ne va pas me poignarder… »

— Je vous emprunte ceci un petit moment, soldat, pour me servir de baguette.

Il se tourna vers la carte et brandit la baïonnette. Une ligne jaune luisante apparut, puis une autre. Le sieur Jeudi esquissa rapidement un carré.

— Voici le Grand Labyrinthe, dit-il. Il fit une croix dans le coin en bas à droite. Et voici la Citadelle.

Puis il dessina un petit cercle en plein milieu du carré.

— Et voici le centre absolu du Labyrinthe, un point que l'on appelle le 500/500. Qui peut me dire comment faire pour qu'une force de la Citadelle atteigne ce point ce soir à minuit, sachant que les plaques ont cessé de se déplacer ? Il se trouve à cinq cents kilomètres d'ici et quelque deux cent cinquante mille nouveaux Moins-que-Rien nous barrent le passage.

Il se tourna vers les enfants.

— Personne ? Et vous, soldat ? Vert, c'est ça ?

— Oui, monsieur, croassa Arthur.

Il ne savait pas s'il devait jouer l'idiot ou donner une réponse honnête, car il avait immédiatement pensé à un moyen de se rendre là-bas.

– Je suppose… que le seul moyen serait d'emprunter l'escalier Imprévisible.

– Et quelle conclusion peut-on tirer?

– Que très peu de… euh… d'Autochtones connaissent l'existence de l'escalier Imprévisible, et que moins encore savent s'en servir, dit Arthur, avec un mauvais pressentiment. Je ne sais pas combien de soldats une personne capable de l'utiliser pourrait emmener avec elle.

– Très bien. Je vous nomme second lieutenant Vert. Dans le Régiment, à moins que vous ayez une préférence pour la Horde.

– Non, monsieur, dit Arthur.

« À quoi joue-t-il? se demanda-t-il. Il prépare quelque chose. »

– La question qui s'impose est la suivante: pourquoi faudrait-il envoyer une force de la Citadelle au point 500/500? continua le sieur Jeudi en tapotant la carte avec la baïonnette. La réponse est simple. Parce qu'en définitive je dois obéir à mes supérieurs politiques dans le Palais et, lors de cette année de campagne, j'ai été obligé de laisser entrer un nombre très important de Moins-que-Rien dans le Grand Labyrinthe, des Moins-que-Rien qui, à mon insu, sont devenus des nouveaux Moins-que-Rien, presque des Autochtones. Ils sont entraînés, disciplinés et bien équipés, et sont dirigés par quelqu'un de puissant et de très intelligent, quelqu'un qui a sans doute reçu l'aide de traîtres parmi mon personnel, quelqu'un qui a découvert certains secrets du Grand Labyrinthe et qui, avec l'aide des renégats, a réussi à installer une grande pointe de Rien stabilisé en plein sur la position maîtresse 500/500!

Sur ces mots, le sieur Jeudi planta la baïonnette dans le panneau, fendant et déchirant le bois avec une incroyable férocité. Lorsqu'il l'eut réduit en pièces, il empala les restes sur la baïonnette qu'il abandonna, oscillant encore, dans le tableau cassé.

Il prit une profonde inspiration avant de se tourner face à l'assemblée.

— Je trouve cela contrariant, comme vous pouvez le voir. Cette pointe a, par la sorcellerie, gelé une plaque du point 500/500. C'est la position maîtresse du Labyrinthe et, si elle ne peut pas bouger, aucune plaque ne le peut. En conséquence, je mènerai une force au point 500/500 *via* l'escalier Imprévisible. Comme il rejette tout simplement la majorité des Autochtones, je dois emmener des enfants du Joueur de Flûte, qui sont toujours acceptés, et il me faut douze volontaires. Nous emprunterons l'escalier, détruirons la pointe et reviendrons par le même moyen. Sergent-major!

La SMR s'avança, inspira et beugla:

— Tous ceux qui veulent se porter volontaires pour un assaut spécial *via* l'escalier Imprévisible, faites un pas en avant!

Chapitre 22

Arthur était un pur produit de l'école de recrues. Alors même que son esprit essayait de le forcer à réfléchir, ses jambes réagirent comme une grenouille galvanisée à cet ordre. Il fit un pas en avant, Fred aussi et, après une petite hésitation, Suzy les suivit. Du coin de l'œil, Arthur vit qu'au moins dix autres enfants s'étaient avancés. Mais cela signifiait que la moitié du groupe ne s'était pas portée volontaire.

— Renvoyez les autres, ordonna le sieur Jeudi. Hors de ma vue! Si certains d'entre eux ont un grade, enlevez-le-leur! Et trouvez quelques étoiles pour M. Vert.

Alors que la SMR hurlait les ordres aux enfants non volontaires, un Curateur s'approcha de l'étroite fenêtre et regarda dehors. Arthur ne voyait pas ce qu'il observait mais, puisque la fenêtre était orientée à l'ouest et que la pièce était en hauteur, il y avait de grandes chances pour que ce soit une immense armée de nouveaux Moins-que-Rien, préparant une nouvelle attaque des Bastions Extérieurs.

Arthur aussi allait probablement en voir beaucoup très bientôt. Mais il s'en inquiétait moins que du sieur Jeudi.

Quiconque était capable de se mettre dans une telle rage, juste en évoquant une contrariété, représentait un danger. Même pour quelqu'un qui ne serait pas l'Héritier Légitime, déterminé à le démettre de son rang et à lui prendre sa Clef.

« Aucun signe de la Clef, de toute façon, pensa Arthur, ni du Testament, d'ailleurs. À mon avis, la Clef est probablement une arme. Le Testament peut être n'importe où, même à l'extérieur de cette région du Palais. »

– Les étoiles de M. Vert, monsieur, dit la SMR, interrompant les pensées d'Arthur.

Elle tendit au sieur Jeudi une petite boîte en velours.

– Quatre pas en avant, s'il vous plaît, second lieutenant Vert, dit celui-ci.

Arthur avança et s'arrêta. Le sieur Jeudi s'approcha de lui, ouvrit la boîte et en sortit deux insignes en or en forme de diamant. Il les appuya sur les épaulettes d'Arthur, qui devinrent immédiatement noires et s'ornèrent de boutons dorés, les « étoiles » se cousant toutes seules près de ses épaules.

– Félicitations, dit le sieur Jeudi. Vous serez mon commandant en second lors de cette attaque. Maintenant, mettez-vous à ma gauche, deux pas derrière moi. Vous ne pouvez plus rentrer dans le rang désormais.

Arthur le contourna et se mit au garde-à-vous derrière lui. Suzy baissa lentement une paupière dans un clin d'œil, peut-être. Fred fixait un point au-dessus de la tête d'Arthur et les autres enfants le regardaient en face, apparemment sans le voir.

Maintenant qu'il pouvait les observer, Arthur se rendit compte que plusieurs étaient caporaux et qu'il y avait même deux sergents. Ils ne seraient pas ravis d'apprendre qu'il n'était qu'une recrue partiellement formée, avec une seule bataille à son palmarès, et ce, après seulement six semaines de formation.

– Mon plan est très simple, dit le sieur Jeudi. Nous sortirons le plus près possible de la pointe. Il me faudra plusieurs minutes pour la détruire, et il ne faudra pas m'interrompre. Vous retiendrez les ennemis qui voudraient intervenir. Lorsqu'elle sera détruite, nous reviendrons à la Citadelle *via* l'escalier Imprévisible. Comme nous bénéficierons de l'effet de surprise, nous avons de grandes chances de succès. Des questions?

L'un des sergents, un garçon à l'air sérieux, aux cheveux filasse et avec ce qui ressemblait à une moustache peinte en jaune, se mit au garde-à-vous et leva la main.

– Pourrons-nous choisir nous-mêmes nos armes, monsieur?

– L'armurerie centrale est à votre disposition, répondit le sieur Jeudi. Poudre de Rien incluse. Je vous demanderai toutefois de ne pas trop vous charger. Je ne peux pas emmener une dizaine de soldats et un canon dans l'escalier Imprévisible.

Il sourit pour montrer que ce n'était qu'une plaisanterie et il y eut une vague de rires serviles. Arthur sourit aussi, avec un peu de retard, mais son sourire s'effaça lorsque Suzy se mit au garde-à-vous et leva la main.

« Non, Suzy! pensa Arthur. Ne lui demande rien qui pourrait le rendre furieux! »

– Monsieur, cette pointe. Elle est faite avec du Rien? Une grande quantité de Rien?

– Oui, dit le sieur Jeudi. Je pense vous l'avoir déjà dit.

« Ne dis rien de plus! »

Comme Arthur se tenait derrière le sieur Jeudi, il fit un petit geste signifiant « bouche cousue » en passant sa main sur sa bouche, puis fit semblant de se gratter le nez lorsqu'il aperçut les yeux de la SMR tournés vers lui.

Avec sagesse, et sans doute pour la première fois depuis qu'il la connaissait, Suzy tint sa langue.

— D'autres questions? demanda le sieur Jeudi, la voix emplie d'une menace à peine contenue.

Il ne voulait pas d'autres questions. Il voulait une obéissance immédiate et irréfléchie.

Arthur frissonna. Il n'aimerait pas être à la place de celui qui lui apportait les mauvaises nouvelles, ni aucune nouvelle d'ailleurs, car il devait être impossible de prévoir la réaction du Curateur.

Il n'y eut pas d'autres questions.

— Sergent-major McLameth, continuez! Second lieutenant Vert, suivez-moi!

Arthur regarda Suzy. Elle leva les yeux au ciel à plusieurs reprises, mais il n'avait aucune idée de ce que cela signifiait. Fred, quant à lui, lui sourit quand la SMR regarda ailleurs, le sourire d'une personne contente du succès d'un ami.

« J'espère que Fred ne se fera pas tuer, pensa Arthur en suivant le sieur Jeudi. Il ne sait pas vraiment dans quoi il s'est embarqué, avec ce rêve de devenir général. Lors de cette unique bataille, nous étions protégés du pire et c'était quand même affreux… »

— Le bureau du maréchal Midi, dit le sieur Jeudi en ouvrant une porte donnant sur une pièce plus petite.

Le bureau, étonnamment exigu, ne faisait que dix mètres de long et quinze de large. Aux yeux d'Arthur, cette pièce ressemblait plus à une armurerie qu'à un bureau, car chaque mur était chargé d'armes, de peintures et de gravures de scènes martiales, de batailles et d'escarmouches avec des Moins-que-Rien. Sur toutes, on voyait un Autochtone roux et débonnaire qu'Arthur supposa être le Midi de Jeudi.

Un grand bureau en acajou sur trois pieds trônait au milieu de la pièce avec, au centre, seulement une baguette de maréchal incrustée d'ivoire.

— Nous devons discuter de certains problèmes, second

lieutenant Vert. Ou devrais-je dire second lieutenant Arthur Penhaligon ?

– C'est mon véritable nom, monsieur, dit Arthur.

Il se mit au garde-à-vous, mais ses yeux passèrent le mur en revue. Si le sieur Jeudi l'attaquait, il bondirait dans cette direction, attraperait cette épée…

– Je n'avais pas prévu de vous incorporer, dit le sieur Jeudi. À vrai dire, je n'étais même pas au courant, jusqu'à ce que cet officier recruteur fasse son rapport à sa chaîne de commandement. Il aurait dû venir me voir immédiatement, bien sûr. Il est le soldat Crosshaw, désormais.

« Après l'épisode de la démolition du panneau, je comprends pourquoi il n'en a rien fait. Je parie que personne ne vient vous voir directement s'il peut l'éviter. »

– Dès lors que vous étiez incorporé, devenu l'un de mes soldats, j'ai été limité dans les actions que j'aurais pu entreprendre contre vous. (Le sieur Jeudi se mit à faire les cent pas, sans cesser de regarder Arthur.) Mais il m'est alors apparu que vous étiez tout aussi limité dans ce que vous pourriez faire pour libérer le Testament et réclamer la Clef Quatrième. Vous voyez, Arthur, nous nous trouvons dans une curieuse position.

« Je suis un soldat. Même si je commande la Glorieuse Armée du Palais, je ne suis pas le commandant en chef suprême. C'était autrefois l'Architecte et, à sa disparition je me suis laissé convaincre qu'il revenait au seigneur Dimanche d'assumer cette fonction, avec Samedi Suprême comme adjoint. Samedi m'a transmis les ordres de Dimanche m'enjoignant de m'emparer d'un fragment du Testament, de le cacher, et de garder la Clef. Comme toujours, j'ai obéi. Jusqu'à ce que le seigneur Dimanche ou son adjoint m'en donnent d'autres, je suivrai ces instructions.

Il se tut et prit une hache mécanique sur le mur. Arthur

se raidit, prêt à attraper une arme pour se défendre, mais le sieur Jeudi ne fit pas mine d'attaquer. Il se mit à tordre en avant et en arrière le manche de la hache, pourtant en acier à gravité condensée. Le mécanisme de la hache grinça en signe de protestation, dès que les dents et l'engrenage à l'intérieur du manche furent tordus, et le volant au bout s'arrêta dès qu'il commença à brûler. Une fumée s'éleva autour des bras du sieur Jeudi.

— J'ai suivi ces ordres pendant ces derniers dix mille ans, dit-il les dents serrées. Même si le Testament ne cesse jamais d'essayer de s'échapper, de se plaindre et de comploter, et je ne peux jamais… jamais me reposer!

La hache se cassa en deux et des ressorts rebondirent dans toute la pièce. Arthur se baissa instinctivement, mais se remit immédiatement au garde-à-vous.

— Je ne peux jamais me reposer, sinon le Testament pourrait s'enfuir. Cela me rend un peu irritable. Mais je dois obéir aux ordres. Alors vous comprenez, lieutenant, je ne vais pas libérer le Testament et je ne vais pas vous donner la Clef, à moins qu'on ne me l'ordonne expressément. Ce qui, bien que je communique peu avec le Haut-Palais, me semble extrêmement peu probable.

Il se frotta les mains pour enlever le résidu de métal en poudre, avança vers Arthur et se pencha sur lui.

— Vous avez peut-être un plan, Arthur, pour tenter de libérer le Testament vous-même. Mais ici, vous n'êtes pas Arthur Penhaligon, maître du Bas-Palais, des Confins Extrêmes et de l'Océan Frontalier. Vous êtes officier commissionné de mon armée et je vous ordonne de ne rien faire pour libérer le Testament. Vous comprenez?

— Oui, monsieur, dit Arthur.

— Désobéir aux ordres en service actif est considéré comme un acte de mutinerie, puni de mort. Vous comprenez ça?

– Oui, monsieur!

– Dans ce cas, le problème est réglé, du moins pour le reste de votre service.

La bouche du sieur Jeudi se tordit d'un côté, dans ce qu'il imaginait sans doute être un sourire.

– Il peut se passer bien des choses en quatre-vingt-dix-neuf ans, monsieur… Vert.

– Oui, monsieur! cria Arthur en pensant: « Surtout dans les prochaines vingt-quatre heures. Vous allez me faire tuer lors de cette mission suicide. »

– Vous feriez bien de rejoindre la section d'assaut et de vous préparer. Nous entrerons dans l'escalier Imprévisible dans dix-huit minutes. Rompez!

Arthur salua et fit demi-tour. Mais, alors qu'il pivotait sur ses talons, il entendit une voix lointaine qui s'adressait directement à son esprit, une voix très faible, mais distincte: il en reconnut le ton. Toutes les Clauses du Testament possédaient une certaine franchise monomaniaque, même dans leurs discours mentaux.

Arthur, je suis là, attachée à la Clef. Je peux me libérer si l'attention et le pouvoir du sieur Jeudi sont suffisamment détournés.

Arthur ne laissa pas paraître qu'on lui avait parlé. Il continua de marcher, son esprit jonglant entre des plans, des peurs et des idées parmi lesquels il faisait le tri.

S'il avait entendu la conversation et parlé à son esprit, le Testament devait se trouver dans la pièce avec le sieur Jeudi. Il avait dit qu'il était attaché à la Clef, de ce fait également présente. Mais le Curateur n'arborait aucune arme visible. Il portait un uniforme de soldat, mais sans sac à cartouches ni étui à baïonnette pour ranger quoi que ce soit.

« Mais il y a cet insigne, pensa Arthur, un insigne étrange et trop gros sur son béret. Une épée avec un serpent lové autour de sa poignée… »

Chapitre 23

Un sergent attendait Arthur. Il lui parut étrange d'être salué plutôt que réprimandé, mais c'était un changement agréable. Il se dit qu'il s'habituerait vite à être officier. Le sergent le conduisit dans un escalier sinueux débouchant sur une armurerie vaste et sonore, installée dans une caverne creusée dans la pierre sous le Fort de l'Étoile. Il y avait un nombre incroyable de râteliers d'armes et d'armures, en huit rangées qui s'étendaient sur cent mètres au moins. Les douze enfants du Joueur de Flûte faisaient un véritable tintamarre en regroupant leur équipement, sous la surveillance résignée et suspicieuse de trois Autochtones Sergents Armuriers grisonnants. L'un des Sergents, en apercevant Arthur et ses nouveaux insignes indiquant son rang, s'écria :

– Garde à vous !

Les enfants se mirent au garde-à-vous, mais pas très rapidement, et sans grande élégance. L'un d'entre eux était tout avachi. Arthur l'ignora.

– Repos! s'écria-t-il. Continuez. Caporal Bleue!

Suzy apparut de derrière un râtelier de mousquetons aux barillets en forme de cloche. Elle portait une épée attachée à une large ceinture, non conforme au règlement. Sur ses autres ceintures, au-dessus, elle avait quatre petits pistolets à la poudre de Rien dans leurs étuis.

Arthur lui fit signe d'aller derrière un autre râtelier où il la rejoignit. Ils étaient séparés des autres par une ligne de boucliers de deux mètres cinquante de haut, aussi appelés pavois.

– Arthur! J'ai la poche! murmura Suzy en tapotant sa tunique.

– La poche? Ma poche de chemise? demanda Arthur, interloqué, alors qu'il s'apprêtait à lui parler du sieur Jeudi. Tu veux dire celle qui a servi à créer l'Écorché?

– À ton avis! Je ne parle pas de n'importe quelle poche. Est-ce que tu la veux maintenant? J'imagine que tu pourras la mettre dans cette pointe, si elle est faite de Rien.

– Oui, dit-il rapidement en tendant la main. Mais comment l'as-tu récupérée? Est-ce que Lilas... est-ce que ma famille va bien?

– Je ne sais pas, dit Suzy en fouillant dans sa tunique d'où elle sortit une boîte en plastique transparent qui contenait le tissu. Lilas a trouvé la poche, mais elle ne pouvait pas retourner au Palais. Elle m'a téléphoné de chez toi et je suis passée par les Sept Cadrans. Mais le temps que j'arrive, cette mycose cervicale avait pris le dessus sur elle. Je n'avais pas de temps à perdre, alors je suis repartie par la Porte Principale. Sauf que j'ai été stoppée par le Midi de Samedi Suprême, qui m'aurait arraché les tripes si le Lieutenant Gardien, bénis soient ses cheveux blancs, n'avait pas déboulé...

– Tu me raconteras toute l'histoire plus tard, l'interrompit Arthur.

Il voulait vraiment en connaître les moindres détails, mais il devait se concentrer sur les problèmes les plus immédiats.

– Nous n'avons que quelques minutes, le sieur Jeudi sait qui je suis. Il m'a ordonné de ne pas libérer le Testament qui se trouve à mon avis dans l'insigne qu'il porte sur son béret : le serpent, et la Clef est l'épée.

Suzy se gratta la tête.

– C'est un véritable casse-tête ! Je pensais qu'il serait du genre à te couper la tête sans plus de façon.

– Il applique les ordres et le règlement. Mais, si je fais preuve de la moindre insubordination, je pense qu'il me tuera. D'ailleurs, je crois qu'il a prévu que je meure pendant cette attaque sur la pointe.

– C'est bien possible, acquiesça Suzy, pas très encourageante.

Arthur regarda autour de lui pour s'assurer qu'il n'y avait personne à portée de voix.

– Le Testament m'a parlé, dans ma tête. Il a dit qu'il pourrait se libérer si le sieur Jeudi était suffisamment distrait. Une fois libre, il pourrait m'aider à récupérer la Clef, je pense. Mais… je dois l'admettre, même si je réussis à prendre la Clef et que le Testament m'aide, je me sens un peu… nerveux… à l'idée d'affronter le sieur Jeudi.

– Je vois ce que tu veux dire, dit Suzy.

– En plus, comme il m'a ordonné de ne pas tenter de libérer le Testament, je ne peux même pas essayer de le distraire.

– Pourquoi pas ? demanda Suzy. Désobéis, c'est tout. Je fais ça tout le temps avec la vieille Prima.

– Je ne pense pas pouvoir, expliqua Arthur. Je ressens une sorte de pression dans la tête quand j'y pense, et j'ai même du mal à seulement imaginer aller contre un ordre direct du sieur Jeudi. Je pense que ça a commencé à l'école des recrues et que ça s'est encore aggravé depuis que j'ai été promu. C'est sans doute la raison pour laquelle le sieur Jeudi m'a nommé officier.

– Je vais le distraire, dit Suzy, le regard pensif. J'ai tellement l'habitude de désobéir que je crois pouvoir y arriver.

– Ce n'est pas aussi simple! Nous devons attendre qu'il ait détruit la pointe en Rien. Sinon, nous n'aurons aucune chance contre les nouveaux Moins-que-Rien… quoique maintenant que j'y pense…

– Quoi? demanda Suzy en prenant une lance électrique et en faisant semblant de la jeter pour évaluer son poids.

Arthur se baissa vivement alors qu'elle la faisait tourner autour d'elle, mais continua de parler :

– Je me demande si quelqu'un a essayé de parler aux nouveaux Moins-que-Rien et à leur commandant. Je sais qu'ils sont nos ennemis, mais ils ne ressemblent pas aux autres, qui veulent seulement détruire et tuer. Qui sait ce que ceux-là veulent vraiment? Peut-être pourrais-je négocier avec eux.

– Négocier avec des Moins-que-Rien? On ne peut pas négocier avec eux…

– Cinq minutes! cria le sergent qui avait conduit Arthur jusqu'à l'armurerie. Cinq minutes!

– Cinq minutes! répéta Arthur. Je ferais mieux de me préparer.

Il courut jusqu'à un râtelier d'armures de la Légion et, après un moment d'hésitation, sortit une cuirasse en bronze de centurion subalterne plutôt que l'armure segmentée de Légionnaire ordinaire. Il l'enfila et mit la boîte de plastique avec la poche ensorcelée dans le fourreau censé contenir un poignard de dernier recours, sous l'aisselle de sa cuirasse.

– Tu peux m'attraper une épée, Suzy? De taille moyenne.

– Oui, monsieur ! dit-elle en le saluant.

– Tu n'es pas obligée de…, commença Arthur, mais il se tut en voyant ses yeux.

Elle regardait par-dessus son épaule.

Au même moment, quelqu'un s'écria :

– Garde-à-vous !

Arthur se retourna. Les liens de sa cuirasse, qui n'étaient pas attachés, claquèrent. Le sieur Jeudi venait d'entrer dans l'armurerie. Il portait toujours son uniforme écarlate, mais avait mis un casque de la Légion en fer à la place de son béret. Il tenait une très longue et large épée qui, Arthur le sut immédiatement, était la Clef Quatrième. Il sentait son pouvoir dans ses os, comme une douleur diffuse qui allait de ses doigts à sa colonne vertébrale et à ses jambes.

L'épée avait un manche et une poignée très larges, si bien qu'elle pouvait être prise avec les deux mains… ou une seule si son utilisateur était très fort. Un serpent en métal décorait le manche de cuivre. En somme, cette épée était la jumelle, bien plus grande, de celle qui se trouvait sur l'insigne du sieur Jeudi.

– Monsieur Vert ! aboya le sieur Jeudi. Formez les rangs et vérifiez l'équipement des troupes !

– Oui, monsieur !

Arthur attacha en toute hâte les lanières de sa cuirasse sous ses bras, attacha l'épée que Suzy lui avait donnée et planta sur sa tête un casque d'officier couronné d'une crête en crin écarlate. Ensuite, pendant quelques secondes, il ne sut plus quoi faire. Puis il se rappela ce que les officiers faisaient toujours : « Demande à un sergent de s'en occuper. » Il regarda autour de lui et repéra le sergent le plus proche parmi les enfants du Joueur du Flûte, une Frontalière avec trois chevrons noirs sur le bras. Arthur s'approcha rapidement d'elle.

– Comment vous appelez-vous, sergent ?

– Mercure, répondit-elle, monsieur.

– Vous serez le… l'adjudant… le peu importe quoi de la troupe, sergent.

Arthur se sentait un peu nerveux, à parler ainsi à un sergent, après toutes ces semaines passées à l'école des recrues où il n'avait fait que recevoir des ordres.

– Faites-les former les rangs et nous vérifierons ensemble leur équipement.

– Très bien, monsieur, dit-elle.

Elle ressemblait beaucoup à Suzy, remarqua Arthur. Elle avait le même type de visage étroit, mais avec des cheveux noirs très courts et des yeux marron.

– Je suggère que nous appelions cette unité un groupe d'attaque, monsieur.

– Bien… continuez, sergent, dit Arthur.

C'était ce que disaient les officiers lorsqu'ils ne savaient pas quoi faire.

– Grouuuupe d'attaque! hurla-t-elle. Formez les rangs! Un seul!

Les enfants se mirent rapidement en place, automatiquement par ordre de taille et glissant sur le côté pour obtenir la bonne distance de séparation, qui se mesurait en tendant un poing serré contre l'épaule du soldat à sa droite. Ils formaient un drôle de groupe. Ils avaient presque tous combiné différents éléments d'armures, d'armes et d'équipements choisis parmi ceux du Régiment, de la Légion, de la Horde ou des Frontaliers. Arthur se rendit compte que tous, à part lui, avaient au moins deux armes, souvent même trois ou quatre. Il s'aperçut également qu'aucun Artilleur ne s'était porté volontaire, ce qui expliquait peut-être en partie pourquoi cette unité s'appelait la Compagnie d'Artillerie *Modérément* Honorable.

– Groupe d'attaque prêt pour l'inspection, monsieur!

Arthur échangea un salut avec Mercure, puis longea le rang, inspectant chaque soldat. S'il avait eu plus confiance en lui, il aurait fait des commentaires sur leurs armes et leur équipement, mais il se contenta de leur demander leur nom. Il ne se sentait pas dans la peau d'un véritable officier mais, même en tant que soldat, il voulait savoir qui ils étaient. Après la bataille de Fort Transformation, il savait que certains d'entre eux ne reviendraient probablement pas. Il voulait connaître le nom de ses camarades et il essaya de mémoriser également leur visage, pour qu'il puisse se souvenir de quelque chose s'il survivait à la bataille et pas eux.

Il répéta les noms dans sa tête dès qu'il les entendait. Il avait toujours eu une excellente mémoire, particulièrement pour les mots et la musique.

Les douze enfants du Joueur de Flûte, mis à part Suzy, Fred et lui, s'appelaient Mercure, Pot de Colle, Poil Jaune, Auvent, Jazebeth, Demicoupé, Zibeline, Bienvieux et Hermine. Ils ne lui dirent pas leur prénom. Il y avait cinq filles et quatre garçons, et ils semblaient avoir entre neuf et treize ans.

Au bout de la ligne, Arthur fit demi-tour et s'avança vers le sieur Jeudi, qui attendait patiemment. Ils échangèrent à nouveau un salut alors qu'Arthur déclarait le groupe d'attaque prêt au départ. Le sieur Jeudi hocha la tête puis avança pour s'adresser directement aux soldats :

— Je pénétrerai le premier dans l'escalier Imprévisible. Vous fermerez la marche, monsieur Vert. Le soldat derrière moi tiendra l'arrière de ma ceinture, le suivant tiendra la sienne et ainsi de suite. Si quelqu'un lâche, il ou elle tombera de l'escalier Imprévisible, à l'endroit où il se trouvera à cet instant précis, et tous ceux derrière lui tomberont aussi. Il est donc essentiel que tout le monde reste bien accroché.

L'escalier Imprévisible est… imprévisible… alors même si nous n'allons effectuer qu'une courte distance dans le

Palais, il est possible que nous arrivions sur un palier de l'escalier, n'importe où et n'importe quand. Si cela se produit, ne lâchez pas! Nous allons embarquer immédiatement. Personne ne doit lâcher avant que j'en aie donné l'ordre. Est-ce clair?

– Oui, monsieur! cria le groupe d'attaque.

Chapitre 24

Le sieur Jeudi ne perdit pas de temps. À peine avait-il fini de parler qu'il se dirigea à l'extrémité droite de la ligne d'enfants du Joueur de Flûte et prit sa place.

– Groupe d'attaque! ordonna-t-il. Un tour à droite! Attrapez la ceinture du soldat devant vous!

Arthur se hâta de rejoindre la fin de la file alors que tout le monde tournait à droite. Il eut tout juste le temps d'agripper la ceinture de Fred avant que le sieur Jeudi ne commence à dessiner une série de marches avec son épée dont la pointe traçait des lignes luisantes dans l'air.

– Inutile de rester au pas! cria le sieur Jeudi en levant une botte et en la posant sur la première de ces marches luisantes et sans substance qu'il venait de dessiner, dans un geste très étrange. Cela vous aidera peut-être de fermer les yeux – mais vous ne devez pas lâcher!

Même si Arthur avait déjà emprunté l'escalier Imprévisible, il n'avait jamais vu personne disparaître à l'intérieur. Lors de son précédent passage, il avait employé toute sa concentration à imaginer un escalier où il n'y en avait pas, une volée de marches en marbre blanc brillant s'étendant à l'infini.

C'était différent à présent. Le sieur Jeudi gravit les premières marches et soudain sa tête disparut comme si on l'avait effacée, puis ses épaules et, très rapidement, son corps entier. L'enfant qui le suivait eut le souffle coupé en voyant son propre bras disparaître. Elle ferma les yeux et fut entraînée vers l'avant, apparemment vers la désintégration.

Il était difficile de passer en dernier, même si la file avançait très vite. Arthur remarqua qu'aucun enfant ne résistait, même si la plupart tournait la tête au dernier moment comme pour éviter que leur visage ne soit blessé. Et ils fermaient les yeux.

Arthur, lui, les garda ouverts. Il ne voulait pas laisser passer les ruses que le sieur Jeudi pourrait tenter dans l'escalier.

Il aurait dû se sentir soulagé d'être entouré de lumière blanche, d'avoir des marches en marbre sous les pieds, et une file de soldats devant lui. Mais il n'en était rien.

La première fois qu'il l'avait gravi, l'escalier n'était pas en spirale. Maintenant, il était étroitement enroulé sur lui-même.

Arthur se rendit compte qu'il s'était arrêté une seconde lorsqu'il avait été tiré en avant. Pendant un instant horrible, il crut qu'il allait lâcher la ceinture de Fred. Mais ses doigts étaient coincés à l'intérieur, il les serra plus fermement encore, et ne regarda que les marches alors qu'il avançait en titubant.

– Accroche-toi! s'exclama Fred, aussi doucement que possible tout en restant énergique. Monsieur!

Arthur s'accrocha et se concentra sur les marches. Pendant les vingt ou trente premières, il continua à attendre que le sieur Jeudi tente quelque chose, mais il se rappela à quel point il lui avait été difficile de guider Suzy dans l'escalier.

Le Curateur ne pourrait rien faire sans risquer de tomber, lui aussi, et dans l'escalier Imprévisible, celui qui chutait risquait d'atterrir quelque part où il n'avait pas la moindre envie de se trouver.

Cette pensée conduisit Arthur à s'inquiéter de ce qui se passerait lorsqu'il déboucherait de l'escalier. Même si le sieur Jeudi n'avait besoin que de cinq à six minutes pour détruire la pointe de Rien, nombre de choses pouvaient se produire dans cet intervalle. Lors de la bataille à Fort Transformation, de nombreux Autochtones et nouveaux Moins-que-Rien avaient été tués ou blessés dans les trente premières secondes, sans parler des cinq minutes suivantes.

Il pouvait aussi arriver quelque chose au sieur Jeudi. S'il ne parvenait pas à les ramener dans l'escalier Imprévisible, ils seraient pris au piège et feraient des cibles idéales pour les nouveaux Moins-que-Rien.

« À moins que je puisse conduire tout le monde dans l'escalier Imprévisible », pensa-t-il.

Il se demanda si le fait d'emprunter l'escalier allait augmenter la contamination de son sang et de ses os. La bague crocodile était dans sa poche, mais il ne servait à rien d'y penser. Arthur savait qu'il devrait tout tenter pour survivre.

Quelque chose attira son attention et il leva les yeux. L'escalier se déroulait à l'infini, disparaissant dans une brume de vive lumière blanche. Mais le sieur Jeudi n'était plus là, ni les deux enfants du Joueur de Flûte derrière lui. Le troisième disparut lui aussi entre deux marches.

– Nous sortons! dit Arthur. Accrochez-vous!

Il se sentit un peu idiot car presque tout le monde avait disparu lorsqu'il prononça ces mots, si bien qu'il n'y eut que Fred pour l'entendre, et il savait qu'Arthur avait été le seul à ne pas bien s'agripper.

Puis Fred disparut à son tour et cette fois Arthur ferma

instinctivement les yeux. Lorsqu'il se força à les rouvrir, seulement une microseconde plus tard, il vit la file d'enfants devant lui, avec le sieur Jeudi à sa tête. À quelques mètres seulement du Curateur se trouvait un énorme cône d'obscurité totale qui tournait rapidement, parfois traversé d'éclairs de lumière blanche aveuglante.

C'était la pointe, et non seulement elle tournait, mais en plus elle était bien plus grosse qu'Arthur ne l'avait imaginée. La partie qu'il voyait faisait environ dix mètres de haut et six de large, mais on aurait dit qu'elle était à moitié enfouie dans le sol, la pointe s'étant depuis longtemps enfoncée dans la terre et dans le matériau, quelle qu'en soit la nature, qui se trouvait sous la couche organique de la plaque 500/500.

– Lâchez! rugit le sieur Jeudi. Prenez une position défensive.

Arthur lâcha Fred et regarda tout autour de lui. Ils se trouvaient sur une rampe en terre renforcée de bois, construite pour mettre la pointe en place. Elle faisait trois mètres de large et environ vingt de long. Le groupe d'attaque se tenait tout en haut, juste à côté de la pointe.

L'autre bout de la rampe donnait sur une route poussiéreuse et visiblement très fréquentée, que bordaient des rochers blancs jusqu'à la limite de la plaque, à huit cents mètres de là. D'un côté de la route, il y avait des rangées et des rangées de tentes coniques jaune vif, des centaines de tentes, chacune de quelque six mètres de diamètre, en carrés de douze mètres sur douze.

Il y avait aussi un terrain de parade, un carré de terre nue de soixante mètres de côté. Une unité de mille nouveaux Moins-que-Rien était alignée et se faisait inspecter par un nouveau Moins-que-Rien très grand et très imposant; à moins que ce ne fût un Autochtone, car il avait une apparence humaine et portait une capote jaune pâle avec de nombreux boutons et galons d'or, ainsi qu'un chapeau de style napoléonien posé sur le côté de ce qui, d'après ce qu'en vit Arthur à cette distance, était soit un visage avec un masque de métal, soit une horrible prothèse. Ce commandant était suivi d'une dizaine d'officiers, ou de Moins-que-Rien supérieurs et, en une seule seconde, le temps qu'il lui fallut pour regarder le terrain de parade, Arthur sut qu'il s'agissait du mystérieux chef des nouveaux Moins-que-Rien.

Il n'eut pas le temps de réfléchir plus avant à la question. Le sergent Mercure hurla et les enfants du Joueur de Flûte formèrent une ligne au sommet de la rampe, préparant leurs pistolets à la poudre de Rien, leurs mousquetons, leurs lances électriques et, dans le cas de Mercure, un arc en fibre de muscle.

– Très bien, euh, sergent, dit Arthur.

Il devait se forcer pour empêcher sa voix de trembler. Le gémissement de la pointe tournante était très perturbant, évoquant les plaintes incroyablement aiguës d'un enfant. Les nouveaux Moins-que-Rien sur le terrain de parade avaient remarqué les intrus. Le grand commandant se retourna pour les regarder et, bien qu'il ne semblât pas dire quoi que ce soit, il y eut un soudain débordement d'activité parmi les officiers derrière lui, qui se mirent à hurler des ordres.

– Il leur faudra cinq minutes pour monter jusque-là, dit Mercure après un coup d'œil expert. Avec toutes ces tentes dans le passage…

Elle se tut lorsque de grosses timbales se mirent à battre, au même rythme que lors de la bataille du Fort Transformation. Au son des tambours, de nouveaux Moins-que-Rien sortirent de chaque tente ou presque, comme dix mille abeilles émergeant soudain d'un carré de rayons de miel à l'air inoffensif.

Arthur regarda le sieur Jeudi. Il se tenait à côté de la pointe, l'épée levée au-dessus de la tête. Il poussa soudain un cri de guerre qui s'éleva par-dessus le bruit de la pointe et provoqua une vibration puissante dans la colonne vertébrale d'Arthur. Le sieur Jeudi frappa le Rien tourbillonnant, découpant un énorme morceau qui fendit l'air en tournant dans le sens des aiguilles d'une montre et s'écrasa sur une tente conique qui fut immédiatement détruite, et dont il ne resta plus que des cordes détendues pendant dans un trou.

Mais la pointe ne s'arrêta pas de tourner et il n'y eut aucun trou, car le Rien qui la formait l'avait rempli immédiatement.

Le sieur Jeudi fronça les sourcils et la coupa à nouveau, avec le même résultat.

— Ils arrivent, dit Mercure. Voulez-vous donner l'ordre d'ouvrir le feu, monsieur ?

Arthur mit une seconde à comprendre qu'elle s'adressait à lui. Il observait la foule de nouveaux Moins-que-Rien qui se mettaient en rang à force d'ordres ou de flatteries et qui se précipitaient vers le bas de la rampe pour attaquer. Il y en avait aussi beaucoup, moins organisés, sur les côtés de la rampe, que certains tentaient d'escalader, avec réussite, bien qu'il y ait dix mètres jusqu'au sommet.

Tous les nouveaux Moins-que-Rien étaient en uniforme, armés des lances à éclairs crépitantes qu'Arthur avait déjà vues. Ils étaient de toute évidence bien coordonnés. Même s'ils possédaient une plus grande variété d'attributs physiques que les Autochtones, avec des membres supplémentaires et des traits déformés, ils ne ressemblaient en rien à la cohue de Moins-que-Rien à moitié fous auxquels ils étaient censés ressembler.

— Oui, je vais donner l'ordre, dit Arthur, aussi calme que possible. D'abord les mousquetons et ensuite les lances électriques. Mercure, couvrez le côté gauche et tirez sur ceux qui escaladent. Suzy, tu prends le côté droit et tu fais pareil avec tes pistolets. Fred, tu rechargeras pour Suzy.

Arthur dégaina son épée et s'avança au milieu de la ligne, ne jetant qu'un rapide coup d'œil au sieur Jeudi. Cela lui suffit, cependant, pour voir que le Curateur ne progressait pas vraiment dans sa lutte contre la pointe ; il préparait pourtant ses coups de façon à ce que les morceaux de Rien atterrissent sur le camp, plutôt que sur les enfants, qui auraient été décimés.

– Attendez l'ordre ! s'écria Arthur alors que les enfants levaient leurs mousquetons et brandissaient leurs lances.

En formation de dix rangs de douze, les nouveaux Moins-que-Rien avaient presque atteint le bas de la rampe. Arthur les regarda avancer lourdement et sut qu'il leur serait impossible de les arrêter, de les retenir ou même de survivre. Ils auraient assez de temps pour à peu près deux salves des cinq mousquetons, le jet de trois lances électriques et ce serait tout. Ils seraient submergés.

« Submergés, pensa Arthur. Une autre façon de dire que nous serons tous tués. À moins que le sieur Jeudi ne puisse faire quelque chose avec la Clef. Ou nous pourrions tenter de reprendre l'escalier… sauf que nous n'avons pas le temps. Nous n'y arriverions jamais. Ils chargeraient et nous serions abattus… du moins les derniers à coup sûr… c'est-à-dire moi. Peut-être est-ce ce que le sieur Jeudi avait prévu depuis le début. »

Le tempo des tambours changea soudain, se faisant plus rapide. Les nouveaux Moins-que-Rien se mirent à hurler et à charger. Les pistolets de Suzy détonaient et l'arc de Mercure vibrait sans relâche quand Arthur compta jusqu'à trois et hurla : « Feu ! » Les mousquetons détonèrent, et la fumée de la poudre de Rien s'éleva en volutes. Arthur cria : « Lancez ! »

et les lances électriques jaillirent. Arthur cria : « Halte! » et vint se joindre aux autres au milieu du rang, afin de les aider à résister au choc initial, même pour quelques secondes seulement, et ensuite…

Un son étrange et surnaturel s'éleva dans l'air. Une seule note voilée mais aiguë qui tenait un peu de la flûte et un peu du chant des baleines, tout en étant complètement inconnue et différente.

La note arrêta tout. Les enfants du Joueur de Flûte s'immobilisèrent, littéralement figés en pleine action, tous sauf Arthur. Il regardait Bienvieux avec son épée à moitié sortie de son fourreau et la main de Jazebeth arrêtée alors que ses doigts allaient enlever le cran de sûreté de son mousqueton ; Suzy s'était transformée en statue au bord de la rampe, avec un petit pistolet dans chaque main, pointés vers le bas du côté droit de la rampe ; en face d'elle, Mercure, qui avait abandonné son arc en faveur d'un poignard à lame triangulaire, était tout aussi immobile.

Les nouveaux Moins-que-Rien n'étaient pas figés, mais ils avaient stoppé leur charge et leur ascension. Ceux qui se trouvaient de chaque côté de la force d'attaque faisaient demi-tour et s'en allaient, et les autres s'écartaient sur le côté pour créer un passage dégagé au milieu.

Le grand commandant remontait ce passage. Il tenait un simple pipeau de bois contre ses lèvres invisibles derrière un masque en acier terni, et jouait cette note incroyablement pure, incroyablement longue.

Arthur entendit bouger derrière lui et se retourna. Le sieur Jeudi se tenait là, le visage rouge et tordu de rage.

– Traîtres! hurla-t-il. Je n'avais demandé que cinq minutes!

Avant qu'Arthur puisse faire quoi que ce soit, l'épée du sieur Jeudi avait fendu l'air et coupé d'un seul coup la tête du soldat Bienvieux, figé à côté d'Arthur. Puis le Curateur fit rouler ses poignets et, sans s'arrêter, leva à nouveau son épée, cette fois en direction du caporal Jazebeth.

Sans réfléchir, Arthur para le coup avec sa propre épée. Mais on aurait dit que l'arme en acier à gravité condensée n'était qu'un frêle roseau. Celle du sieur Jeudi la coupa en deux, et le choc l'arracha des mains d'Arthur. Le coup du sieur Jeudi en fut à peine ralenti et l'épée s'enfonça avec un bruit horrible dans le cou de Jazebeth.

Arthur bondit en arrière, s'effondrant à moitié, lorsque le sieur Jeudi s'en prit à lui, changeant la direction de son épée en plein vol. Mais l'Autochtone n'alla pas jusqu'au bout de son mouvement : il fit un bond sur la droite et commença à dessiner des marches avec la lame, puis à pénétrer dans l'escalier Imprévisible.

Arthur se releva d'un bond, se contorsionnant si violemment que ses abdominaux le brûlèrent. Il jeta un rapide coup d'œil autour de lui. Le commandant des Moins-que-Rien n'était qu'à six mètres de lui et remontait lentement la rampe entre ses soldats, jouant toujours de ce pipeau surnaturel.

Le sieur Jeudi avait déjà un pied sur la première marche luisante et il tournait le dos à Arthur.

Arthur grimaça et tâtonna sous les aisselles de sa cuirasse à la recherche de son poignard. Mais ses doigts se refermèrent sur une petite boîte de plastique. Il l'avait sortie et la tenait à la main lorsqu'il se souvint de ce que c'était.

« Je vais mourir, pensa-t-il. Mais je peux sauver ma famille. »

Il lança la boîte sur la pointe et se jeta sur le sieur Jeudi juste au moment où il disparaissait dans l'escalier Imprévisible.

Chapitre 25

Arthur enroula ses jambes autour de la taille du sieur Jeudi et ses bras autour de son cou pendant que celui-ci gravissait la première marche du marbre trompeur de l'escalier Imprévisible.

– Ne tentez rien! l'avertit Arthur. Si vous faites autre chose que simplement monter l'escalier, je nous ferai tomber tous les deux!

Le sieur Jeudi grogna quelque chose, un son si inarticulé et pétri de rage qu'il aurait pu venir d'une bête. Mais il continua d'avancer, portant le poids d'Arthur comme si le garçon était un simple sac à dos.

Après une vingtaine de pas, le Curateur reprit la parole :

– Vous mourrez pour ça. Une mutinerie est une mutinerie, peu importe qui la commet. Vous avez scellé votre propre fin, lieutenant.

Arthur ne répondit pas. Il concentrait toute son attention sur les mouvements du sieur Jeudi, et non sur ses paroles. Le Curateur avait son épée à la main, et il aurait facilement pu la retourner et la planter dans Arthur sans préavis. Il savait qu'il devait être prêt à projeter tout son poids sur un côté, même s'il finissait en poids mort. Au moins Jeudi tomberait de l'escalier, de préférence dans un endroit horrible qu'il lui serait très difficile de quitter.

Justice sera faite, dit une voix dans la tête d'Arthur, la voix calme et télépathique de la Quatrième Clause du Testament emprisonnée. *J'ai failli l'avoir là-bas. Vous devez encore le mettre en colère.*

« Le mettre en colère ? lui répondit Arthur en pensée. Vous êtes aussi folle que lui ? Je ne veux pas qu'il se remette en colère. Je ne sais déjà pas comment je vais pouvoir m'en sortir ! »

C'est la seule forme de distraction qui fonctionnera sur le sieur Jeudi, répondit le Testament. *Déconcentrez-le, et je me libérerai et vous donnerai la Clef Quatrième, Lord Arthur. Ensuite, nous pourrons le remettre à la justice.*

« Je ne le mettrai pas en colère ici », dit Arthur dans sa tête.

Il réfléchit à l'endroit le moins dangereux pour énerver Jeudi. Puis il parla à haute voix :

— Il doit bien y avoir une grande pièce de réunion à la Citadelle. Pour les maréchaux et tout le monde, pour suivre tout ce qui se passe. Particulièrement avec cette histoire de siège.

— C'est ma salle des commandes, rugit Jeudi. Il n'y a pas de siège. Ce n'est qu'un simple contretemps.

— Alors, je veux sortir dans cette pièce, dit Arthur. Emmenez-moi là-bas. Ou nous tomberons tous les deux.

— Ma vengeance… n'en sera que plus… douce, après toutes vos insultes, tonna le sieur Jeudi. (Arthur l'entendait grincer des dents entre chaque mot.) Elle est simplement retardée.

Arthur ouvrit la bouche pour lui répondre, mais il n'en

eut pas l'occasion car, sans qu'il s'y attende, ils quittèrent l'escalier Imprévisible et entrèrent à nouveau dans le Palais. Immédiatement, le sieur Jeudi donna un coup de poing osseux qui s'écrasa sur Arthur et le fit tomber à terre. Hébété, il se releva. Avant qu'il puisse faire quoi que ce soit, le sieur Jeudi hurlait déjà des ordres et de nombreux Autochtones se précipitaient pour les suivre.

– Arrêtez ce traître! Tout est révélé! L'ennemi est mené par le Joueur de Flûte, et tous ses enfants doivent être exécutés avant qu'ils ne puissent mener un quelconque acte de trahison. Maréchal Aube, veillez-y immédiatement!

Arthur sentit qu'on tirait ses bras derrière son dos. Il s'efforça de relever le menton, y parvenant finalement avec l'aide involontaire de quelqu'un qui repoussa sa tête en arrière pour qu'on puisse lui passer un bras autour du cou.

Il se trouvait dans une grande pièce couverte d'un dôme pleine d'officiers. Les trois qui se tenaient aux côtés du sieur Jeudi étaient les plus grands et les plus beaux, sans doute les maréchaux Aube, Midi et Crépuscule. Tous exhibaient des yeux au beurre noir, et Midi avait également un bandage autour de la main droite, ce qui suggérait qu'ils s'étaient récemment battus ou qu'ils ne voyaient pas toujours les choses de la même manière que Jeudi. Arthur pensait que la deuxième option était la plus vraisemblable.

– Nous ne sommes pas des traîtres! croassa Arthur alors qu'on le tirait en arrière vers une porte. Le sieur Jeudi a tué deux de ses propres soldats! Il n'est pas digne de commander! Je suis moi aussi officier de la Glorieuse Armée de l'Architecte et j'exige d'être...

Il n'alla pas plus loin, car le sieur Jeudi traversa la pièce d'un seul bond et le frappa à l'estomac. Arthur n'avait jamais eu aussi mal de sa vie, même lorsqu'il s'était cassé la jambe. Il ne pouvait plus respirer et, pendant plusieurs secondes, il pensa qu'il ne respirerait plus jamais. C'était encore plus effrayant que les crises d'asthme, car il avait l'impression que sa poitrine était vraiment cassée, pas seulement comprimée.

Mais, après ou douze horribles secondes, il reprit son souffle, tandis que l'attention du sieur Jeudi était détournée par le maréchal Aube. Vêtue de l'uniforme vert des Frontaliers, elle se démarquait dans cette pièce dominée par les uniformes écarlates, et aussi parce que, contrairement aux autres, elle marchait droit sur le sieur Jeudi plutôt que de s'écarter de lui.

— Le lieutenant a raison : il a lancé une accusation sérieuse et doit être entendu.

Les yeux de Jeudi se rétrécirent jusqu'à n'être plus que deux fentes et il se glissa comme un serpent sur le sol vers le maréchal.

— Doit être entendu ? J'ai donné des ordres, je me trompe, maréchal Aube ? Je veux que ces enfants du Joueur de Flûte soient tués.

— Les règles disent…

Le sieur Jeudi la gifla. Sa tête partit en arrière, mais elle n'essaya pas de se défendre, se contentant de cracher une dent. Puis elle reprit :

— Les règles disent qu'une commission d'enquête…

La deuxième gifle la mit à genoux. Mais elle se releva et, cette fois, les deux autres maréchaux s'avancèrent pour se tenir à ses côtés.

— Monsieur, ce n'est ni le bon moment ni la façon correcte…, commença le maréchal Midi.

— Les ordres ! hurla le sieur Jeudi en se tournant vers Arthur qu'il pointa du doigt. J'ordonne à mes soldats de tuer tous les enfants du Joueur de Flûte, en commençant par celui-là ! Personne ici ne connaît-il son devoir ?

— Que personne ne bouge! aboya le maréchal Crépuscule, d'une voix glaciale et pénétrante. Cet ordre n'est pas légal. Nous sommes des soldats, pas des bourreaux.

— Vous n'êtes rien! hurla le sieur Jeudi. Je vous rétrograde au rang de rien. J'exécuterai moi-même mes ordres.

Il tourna sur lui-même, brandit son épée qu'il pointa juste à la hauteur du cœur d'Arthur et courut droit sur le garçon.

Arthur essaya de se jeter à terre, mais il était attaché trop solidement. Il ne pouvait pas éviter le coup.

Pourtant, l'épée n'atteignit pas sa cible. Le sieur Jeudi n'avait fait qu'un seul pas lorsque le serpent lové autour du manche se déroula soudain et se dressa. Il était entièrement fait de mots, et l'une des lignes qui s'étendaient sur son dos se mit soudain à luire d'une lumière argentée. Les lettres grossirent sur toute la largeur du reptile, dessinant une seule phrase: «Que la volonté du Testament soit faite!»

Les crochets du serpent commencèrent à briller dans la lumière argentée et il mordit avant que le sieur Jeudi ne puisse faire un autre pas, sa mâchoire supérieure se refermant brutalement sur le dos de sa main. Celle-ci se contracta, levant l'épée de telle sorte que la lame s'abattit bien au-dessus de la tête d'Arthur, tranchant l'oreille de l'Autochtone qui le tenait avant de s'enfoncer dans le mur lambrissé.

Arthur entendit hurler l'Autochtone derrière lui et sentit qu'il le lâchait. Le sieur Jeudi essayait d'arracher de sa main le serpent qui était la Quatrième Clause du Testament. Les maréchaux avaient dégainé leur épée. Tous les autres Autochtones reculaient contre les murs, certains sortant leurs armes, mais la plupart se contentant d'observer la scène avec crainte et stupéfaction.

255

Arthur savait ce qu'il fallait faire. Il se tourna, leva la main et, utilisant chaque once de sa force, retira l'épée du bois. Elle tomba par terre car elle était trop lourde pour lui. Il s'agenouilla alors à côté d'elle et en agrippa le manche.

Puis il s'exprima aussi distinctement que possible.

– Moi, Arthur, proclamé Héritier Légitime, rappelle légitimement cette Clef et, avec elle…

Le sieur Jeudi poussa un hurlement de rage, arracha le serpent de sa main et le jeta à travers la pièce. Puis il prit une épée des mains inertes d'un commandant et, sans cesser de rugir comme une bête, courut droit sur Arthur.

Son chemin et son attaque furent bloqués par les maréchaux. Ils n'étaient pas trop de trois, leurs lames s'entrechoquant et esquivant pour retenir le monstre rapace qu'était devenu le sieur Jeudi.

Arthur parlait de plus en plus vite, les yeux fixés sur l'interaction des épées rapides comme l'éclair.

– Avec elle le commandement de la Glorieuse Armée de l'Architecte et le Contrôle du Grand Labyrinthe. Mon sang en est garant. C'est la vérité, envers et contre tous !

Quelque chose toucha sa jambe et Arthur poussa un cri, gâchant un peu le silence momentané qui s'était abattu lorsqu'il avait fini de rappeler la Clef. Il baissa les yeux et vit le serpent qui s'enroulait autour de sa jambe.

Les maréchaux se servirent de la déconcentration passagère du sieur Jeudi pour l'acculer dans un coin, mais il n'était ni vaincu ni désarmé. Les maréchaux ne pouvaient pas faire plus que le bloquer là et se protéger de ses attaques éclair. Il n'avait peut-être plus la Clef Quatrième, mais il était toujours extrêmement dangereux.

– Pointez la Clef sur lui et ordonnez-lui de se mettre au garde-à-vous, siffla le Testament.

Le serpent s'était enroulé presque entièrement autour du bras d'Arthur et se dressait pour que sa tête en forme de diamant soit proche de son oreille, ce qui était très perturbant.

– Je ne veux pas utiliser la Clef, murmura Arthur.

– Quoi ? siffla le Testament. Je sais que vous êtes l'Héritier Légitime. Je le sens !

– Je le suis. Mais… écoutez, nous en parlerons plus tard.

– Alors comme ça, vous avez ma Clef, s'écria le sieur Jeudi.

Il baissa son épée, mais les maréchaux ne poussèrent pas leur attaque à fond.

– Cependant, il en faut plus pour commander mon Armée, surtout lorsque l'ennemi est à nos portes. Je suppose que l'ennemi est toujours à nos portes ?

– Oui, monsieur, répondit un colonel avec hésitation. Mais nous sommes certains que, lorsque les plaques se déplaceront à nouveau, l'ennemi perdra courage…

– Les plaques ne bougeront pas, l'interrompit le sieur Jeudi. Pour cause de trahison, j'ai échoué. La pointe n'a pas été détruite.

Ses paroles furent accueillies par des halètements, des gémissements réprimés et même un ou deux véritables cris de désespoir. Plusieurs officiers détournèrent le regard ; très peu regardèrent Arthur. Leur conduite indiquait que la situation était très grave et, maintenant qu'Arthur pensait à tendre l'oreille, il entendait le bruit lointain de la bataille, bien qu'il n'y ait pas de détonations de canon. Ceci pouvait être un bon comme un mauvais signe, selon que ce soit dû à une pénurie de poudre de Rien ou au manque de gravité de l'attaque.

– Je suis Lord Arthur, Héritier Légitime de l'Architecte, annonça Arthur. Je me charge du commandement. Maréchaux Aube, Midi et Crépuscule, je veux que vous désarmiez et arrêtiez l'Autochtone autrefois connu sous le nom du sieur Jeudi.

– Je commande l'Armée par ordre du seigneur Dimanche, communiqué par écrit par Samedi Suprême, contre le sieur Jeudi. J'ai peut-être fait preuve de trop de hâte en exigeant l'exécution des enfants du Joueur de Flûte, mais nous sommes en guerre. Vous savez sans doute que je suis le seul capable de nous mener à la victoire. Arrêtez cet Arthur, et en temps voulu nous pourrons examiner ses réclamations et entreprendre une véritable commission d'enquête.

– Utilisez la Clef, siffla le Testament.

– Le Testament de l'Architecte m'a choisi, dit Arthur désespérément en levant le bras pour montrer le serpent. Voici la Quatrième Clause de son Testament.

Il sentait que l'inclination des Autochtones de la pièce était en train de changer. Ils retomberaient facilement dans leur schéma familier d'obéissance au sieur Jeudi.

– Quel Testament? demanda le sieur Jeudi.

Il fit un pas en avant et les trois maréchaux reculèrent, armes baissées.

Ce n'est qu'un serpent ensorcelé, venu du Haut-Palais, un ornement de la Clef. Colonel Repton, vous êtes juste à côté. Arrêtez le lieutenant Vert, car tel est son véritable nom. Vous voyez bien qu'il ne peut pas utiliser la Clef, non?

– Utilisez la Clef! siffla à nouveau le Testament, sa douce voix reptilienne teintée de désespoir.

Chapitre 26

– Je suis l'Héritier Légitime, vous savez, dit Arthur avec une lassitude résignée.

Il brandit la Clef Quatrième. Elle rétrécit, se transformant en un mince bâton de maréchal en ivoire, orné de minuscules feuilles de laurier dorées.

Le bâton se mit à luire d'une lumière verte évoquant la lune du Grand Labyrinthe. Arthur le dirigea droit sur le sieur Jeudi et ses yeux désormais teintés d'une étrange couleur jaune.

– Garde à vous !

Tout le monde dans la pièce se mit au garde-à-vous, à l'exception d'Arthur et du sieur Jeudi. Les yeux de ce dernier devinrent plus jaunes encore, et une veine gonfla et se mit à battre sur son front alors qu'il tentait de résister au pouvoir de la Clef. Puis, tout doucement, ses bottes se mirent à glisser sur le sol, se réunissant avec un fort claquement des talons. Ses mains vinrent se placer le long de ses flancs et son épée se poser contre son épaule.

— Vous êtes dépouillé de votre rang et de vos privilèges, dit Arthur.

Sa voix résonna puissamment, plus profonde, plus forte et bien plus effrayante que celle d'un simple garçon.

Les épaulettes du sieur Jeudi se détachèrent et ses galons tombèrent à terre. Son épée se brisa en trois morceaux et le manche se réduisit à une poudre rouillée entre ses mains.

Arthur baissa la Clef Quatrième.

— Maréchal Aube, prenez qui vous voulez avec vous et allez enfermer le sieur Jeudi dans un endroit sûr. Assurez-vous qu'il ne puisse pas s'échapper, mais également qu'il soit protégé de tout intrus. Quelqu'un a décidé de tuer tous les anciens Curateurs.

— Oui, monsieur, s'écria Aube.

Elle retira sa ceinture et s'en servit pour lier les mains du sieur Jeudi. Il ne résista pas, mais lança un regard furieux à Arthur, ses yeux enfoncés le dévisageant avec une haine non dissimulée. Aube fit signe à deux colonels de l'aider et ils conduisirent ensemble Jeudi hors de la pièce.

— Bon débarras, dit le Testament. Maintenant, Lord Arthur, la situation est grave. Je crois que la première étape serait de juger le sieur Jeudi dans une cour correctement constituée, pour qu'il puisse répondre de ses nombreux crimes…

— Maréchal Midi, dit Arthur, fermant la bouche du serpent avec deux doigts. Quelqu'un a-t-il essayé de négocier avec ces nouveaux Moins-que-Rien ?

Le maréchal regarda le serpent frustré lové sur le bras d'Arthur, puis le garçon.

— Non, monsieur. Il a toujours été impossible de négocier avec les Moins-que-Rien.

— Mon frère est soldat, dit Arthur. Officier. Il m'a dit un jour que l'armée mène toujours la guerre en cours de la même façon que la précédente, sans jamais se préoccuper de ce qui se passe vraiment.

– Oui, monsieur, répondit Midi, cependant perplexe.

– Ce que je veux dire, c'est que nous ne sommes pas attaqués par les Moins-que-Rien d'autrefois. Ce sont des nouveaux Moins-que-Rien. Tout est différent chez eux. Et ils sont dirigés par le Joueur de Flûte. Du moins, je pense que c'est lui. Le sieur Jeudi pensait la même chose et il n'aurait eu aucune raison de mentir à ce propos. Ce qui nous amène à nous demander ce que veulent vraiment le Joueur de Flûte et ses Moins-que-Rien.

– Nous détruire, monsieur.

– Ça, c'est que ce que les Moins-que-Rien veulent d'ordinaire, continua Arthur avec lassitude. Mais, comme je l'ai dit, tout est différent chez ceux-là. Sinon, nous ne serions même pas dans cette situation. D'ailleurs, quelle est la situation?

– Sérieuse. Il faudrait observer le champ de bataille mais, pour l'essentiel, la force ennemie autour de la Citadelle ne cesse d'être renforcée. Il y a eu un assaut, il y a une demi-heure, qui a failli remporter le Bastion Extérieur sud-est. Nos réserves de feu toxique sont faibles, celles de poudre de Rien encore plus, et notre garnison n'est pas au mieux. Les nouveaux Moins-que-Rien reçoivent toujours des renforts, pas nous. Nous avons une force de dix-sept mille deux cent quatre-vingt-six soldats au moins dans la Citadelle, et environ soixante-deux mille sont répartis entre le Donjon Blanc, le Fort Transformation, l'Arsenal du Canon et la Prison de l'Orteil de Fer. Mais, avec l'immobilisation des plaques, nous ne pouvons pas recevoir de renforts à pied car nous sommes trop éloignés d'eux. D'ailleurs, ils seront eux aussi assaillis, étant donné le nombre d'ennemis que comporte le Labyrinthe. La force adverse, ici, compte quelque soixante-quinze mille soldats et des dizaines de milliers supplémentaires sont en route. Sans la stratégie tectonique, nous ne pouvons pas empêcher leur arrivée.

– Lord Arthur, interrompit le serpent, qu'il avait relâché. Si la Citadelle risque de tomber, alors nous devons partir, en prenant soin d'emmener notre prisonnier pour qu'il réponde de ses actes devant la justice…

– Taisez-vous! ordonna Arthur. Qu'est-ce que vous avez toutes, vous les Clauses du Testament? Vous ne voyez que l'arbre qui cache la forêt. D'ailleurs, si je voulais partir – ce qui n'est pas le cas – je suis sûr qu'il n'y a aucune autre issue que l'escalier Imprévisible, que je ne prendrai pas car je ne veux pas utiliser la Clef! Est-ce clair?

– Oui, monsieur, marmonna le serpent.

– Ça me rappelle, commença Arthur en fouillant dans sa poche d'où il sortit la bague crocodile.

Il la glissa à son doigt, mais n'osa pas la regarder immédiatement, et accueillit avec reconnaissance l'intervention du maréchal Crépuscule :

– Pardonnez-moi, monsieur, dit Crépuscule.

Son uniforme était gris foncé avec des épaulettes et des galons noirs. Comme tous les Crépuscules, il possédait la réserve et le calme intérieur caractéristiques des fins de soirée.

– Il y a une issue. Un ascenseur dans le bureau du sieur Jeudi monte dans le Moyen-Palais et descend dans le Bas-Palais.

– Un ascenseur? demanda Arthur. Avons-nous aussi une connexion téléphonique avec le reste du Palais?

– Oui, monsieur. Désirez-vous passer un appel?

Arthur tapota la Clef sur sa cuisse, grimaçant en se rendant compte que cela lui faisait mal. Le bâton en ivoire était beaucoup plus lourd qu'il n'y paraissait et les feuilles dorées étaient pointues.

Son esprit travaillait à vive allure alors qu'il se demandait ce qu'il fallait faire. En plus de la question capitale de la défense de la Citadelle, une peur tenace quant à la sécurité de Suzy, de Fred et des autres membres du groupe d'attaque ne le quittait pas. Ils avaient été figés, ou bien transformés en statue, ce qui suggérait que le Joueur de Flûte ne voulait pas les tuer. Après tout, c'était lui qui les avait emmenés dans le Palais, au départ. Mais Arthur ne pouvait pas être sûr qu'ils s'en sortiraient.

Le plus curieux était la révélation que le Joueur de Flûte était le leader des nouveaux Moins-que-Rien. Pour autant qu'il s'en souvienne, le Joueur de Flûte était l'un des trois enfants de l'Ancien et de l'Architecte, mis au monde par une mère porteuse mortelle. Mais il n'en savait guère plus.

« Pourquoi mènerait-il une armée de quasi-Autochtones contre le Palais? Son frère aîné est le seigneur Dimanche, non? »

– OK, dit-il finalement.

Il se tut alors que tout le monde dans la pièce le regardait, le visage plein d'attente.

– Quelle est la capacité de cet ascenseur? Il n'est pas aussi ridiculement petit que celui de Fort Transformation, j'imagine?

– Il est de dimensions variables, je crois, dit Crépuscule. Peut-être de la taille de cette pièce au maximum.

- Combien de temps faudrait-il pour faire venir quelqu'un du Bas-Palais?

– Cela dépend des opérateurs d'ascenseur et des autorités locales. Des minutes, des heures, des jours… je ne saurais le dire.

– Bien, dit Arthur, les dents serrées. J'espère qu'il ne faudra que quelques minutes. Je veux essayer de négocier avec les nouveaux Moins-que-Rien. L'une des choses que mon frère soldat m'a dites, c'est qu'il est toujours préférable de négocier depuis une position de force. Alors je vais appeler le Bas-Palais, les Confins Extrêmes et l'Océan Frontalier pour qu'ils envoient par ascenseur autant de Commissionnaires, de Visiteurs de Minuit et de marins que possible, ainsi que les Aubes, Midis et Crépuscules de Lundi, Mardi et Mercredi, et autant de poudre de Rien que possible.

– Des civils, dit Midi d'un ton méprisant. Quoique la poudre de Rien serait utile.

– Ils ont tous l'habitude de combattre des Moins-que-Rien de toutes sortes, lui rappela Arthur. D'ailleurs, je parie que la plupart d'entre eux ont fait leur temps dans l'armée et font partie de la Réserve.

– Les réservistes ne valent guère mieux que les civils, dit Midi en reniflant. Les réintégrer à nos forces n'est jamais aisé. D'ailleurs, je ne crois pas que vous ayez le pouvoir d'appeler la Réserve. C'est une fonction qui appartient au Haut-Palais, monsieur.

– Je pense que, vu les circonstances, nous accueillerons tous les renforts possibles avec gratitude, dit Crépuscule en jetant un regard insistant à Midi, qui détourna les yeux. Et Lord Arthur ne convoque pas la Réserve. Il appelle seulement... des volontaires.

– Que vous feriez mieux d'accueillir comme il se doit, ajouta Arthur, que le manque de sens pratique des Autochtones rendait parfois furieux. Où est le téléphone ?

Un capitaine se précipita à travers la pièce, tenant à la main une petite valise en osier qui semblait plutôt contenir un pique-nique. Il l'ouvrit d'une chiquenaude, révélant un combiné téléphonique sur un support. Arthur prit le combiné, et le capitaine se mit à tourner une petite manivelle sur le côté de la valise.

264

— Puis-je vous aider ? demanda une voix grésillante qui semblait très distante.

— Passez-moi dame Prima, ordonna Arthur.

— Elle ne prend pas d'appels. On a déjà demandé à lui parler il y a peu de temps.

— C'est Lord Arthur à l'appareil, l'Héritier Légitime de l'Architecte. Et c'est urgent, s'il vous plaît.

— Pardon ?

— J'ai dit, c'est Lord Arthur…

— Non, pas cette partie-là, qu'avez-vous dit à la fin ?

— S'il vous plaît, répéta Arthur. Écoutez, c'est vraiment urgent.

— J'établis immédiatement la communication, monsieur, dit la voix.

À l'arrière, Arthur l'entendit ajouter :

— Il a dit « s'il vous plaît », et il a un rang bien plus élevé que tous ces snobs vulgaires.

Il y eut un grésillement plus fort encore, puis une voix qu'Arthur reconnut comme celle de Renifleur s'éleva :

— Antichambre de Lundi. Puis-je vous aider ?

— Renifleur, c'est Arthur. Passez-moi dame Prima, s'il vous plaît, immédiatement.

— Très bien, monsieur.

— Lord Arthur ?

Le serpent sur l'épaule d'Arthur sursauta en entendant la voix de dame Prima résonner dans la pièce. Arthur se demanda une fois encore pourquoi tous les Autochtones supérieurs faisaient ça au téléphone. C'était sans doute simplement pour paraître importants.

— Oui. Je n'ai pas beaucoup de temps, alors écoutez attentivement. Je veux que tous les Sergents Commissionnaires, les Commissionnaires de Métal, les Visiteurs de Minuit, les anciens Contremaîtres des Confins Extrêmes, les marins

265

réguliers et tous nos Autochtones supérieurs disponibles se rendent immédiatement dans la Citadelle du Grand Labyrinthe, avec autant d'armes et de poudre de Rien que possible, et ce le plus rapidement possible. Oh, et le Dr Scamandros et quiconque pourrait se révéler utile dans la bataille, vous y compris. Un ascenseur attendra dans le Bas-Palais. Des questions ?

— Oui, Lord Arthur. J'ai de nombreuses questions, dit dame Prima d'une voix grincheuse. Que se passe-t-il ? Comptez-vous combattre le sieur Jeudi ? Ce ne serait pas une idée raisonnable. Même avec toutes nos forces, nous ne serions pas à la hauteur de l'Armée…

— J'ai la Clef et la Quatrième Clause est libre, l'interrompit Arthur. Le sieur Jeudi a été arrêté…

— Et sera jugé ! s'écria le serpent.

— Et nous allons être attaqués par une énorme armée de nouveaux Moins-que-Rien dirigée par le Joueur de Flûte. Alors dépêchez-vous, d'accord ?

— Bien, dit dame Prima, d'un ton changé. Comme vous voudrez, Lord Arthur. Je ne sais pas combien de temps il nous faudra, mais nous ferons de notre mieux.

— Voilà qui est fait, dit Arthur. Allons jeter un coup d'œil au champ de bataille et, pendant ce temps, que quelqu'un aille nous chercher un drapeau blanc, et une branche d'olivier. Vous, par exemple, maréchal Midi. Allons-y, maréchal Crépuscule.

Alors qu'ils se dirigeaient vers la porte, Arthur jeta subrepticement un coup d'œil à la bague crocodile. Il n'avait pas besoin de la regarder de près pour savoir que l'or avait dépassé la quatrième ligne et n'était plus qu'aux deux tiers de la cinquième.

Chapitre 27

Tout en haut des fortifications du Fort de l'Étoile, il était plus facile de réaliser dans quelle confusion se trouvait la Citadelle et tous ceux qui s'abritaient derrière ses murs. Il y avait une étendue de terre noircie et retournée d'environ trois cents mètres derrière les bastions occidentaux. Ensuite, de nombreuses tranchées diagonales creusées selon un motif complexe couraient sur des kilomètres à l'ouest, au nord et au sud. Ces tranchées étaient remplies de nouveaux Moins-que-Rien et de leur équipement de siège, dont des échelles pour gravir les fortifications, des fascines pour remplir les tranchées, des béliers et plusieurs boucliers géants qui évoquaient des toits portables servant à se protéger des flèches et des tirs.

— Alors c'est à ça que ressemblent soixante-quinze mille nouveaux Moins-que-Rien, dit Arthur.

Il voulait avoir l'air nonchalant, mais les ennemis étaient très nombreux, et leur position semblait très organisée, des tranchées de façon à ce que chaque unité soit formée à l'intérieur des ouvrages de terre, chacune arborant sa propre bannière colorée, déployée par la brise et illuminée par le soleil de l'après-midi.

– Plutôt quatre-vingt-dix mille, dit Crépuscule en étudiant un morceau de parchemin. Les Frontaliers nous informent qu'une autre colonne vient d'arriver. Là-bas, vous pouvez voir la poussière qu'elle soulève au loin.

Arthur regarda l'endroit que lui désignait le maréchal.

– À quelle distance se trouvent-ils?

– À six kilomètres, des plaques fixes. En temps normal, ils seraient déplacés très loin d'ici au coucher du soleil.

Arthur ne dit rien, mais tout le monde leva les yeux sur le soleil qui descendait, regrettant en silence que la mission de destruction de la pointe ait échoué.

– Ils se préparent pour un autre assaut, dit un colonel à côté de Crépuscule.

– C'est inhabituel, dit ce dernier. Leur dernière attaque vient juste d'échouer. Normalement, ils attendent un jour ou deux pour refaire vraiment leur force. Je me demande pourquoi ils se dépêchent maintenant.

– Ils ont failli prendre le coin sud-ouest du Bastion, répondit le colonel. Peut-être pensent-ils qu'une attaque rapide leur permettra de terminer cette tâche.

– Je ferais bien d'aller veiller à ce que la défense soit en place, monsieur, dit Crépuscule. Si je peux me permettre, je crois qu'il serait sage que Midi fasse de même. C'est un combattant extraordinaire et il sait toujours remonter le moral des troupes.

– Nous allons tous y aller, dit Arthur.

Il s'humecta les lèvres, soudain devenues sèches.

« C'est juste le vent », se dit-il.

– Je sortirai avec le drapeau blanc, dit-il. Je ne pense pas que le Joueur de Flûte sera là… quoique, je suppose qu'il peut, lui aussi, emprunter l'escalier Imprévisible… alors peut-être que, si…

Arthur se tut un instant, plongé dans ses pensées.

– Je vais demander à ce qu'il vienne. S'il n'est pas là et qu'ils sont disposés à parler, cela nous fera gagner un peu de temps. Sinon, j'essaierai de faire traîner les choses autant que possible, pour donner à dame Prima le temps d'arriver avec les renforts.

« Je n'ai plus qu'à prier qu'elle ne soit pas aussi lente et bureaucratique que d'ordinaire. » Il espéra que ce doute ne se lisait pas sur son visage.

– Ils pourraient simplement essayer de vous tuer, dit le maréchal Crépuscule. La Clef vous protégera dans une certaine mesure, mais nous ne connaissons pas la puissance de leur sorcellerie à base de Rien et de leurs pouvoirs. Quant au Joueur de Flûte… je ne sais pas grand-chose sur lui mais, à en croire la rumeur, c'est un sorcier extrêmement puissant et singulier.

– Quand avez-vous entendu parler de lui pour la dernière fois ? demanda Arthur.

– Nous ne prêtons pas beaucoup d'attention à ce qui se passe en dehors du Palais ou des Royaumes Secondaires. Mais, bien sûr, les nouvelles recrues véhiculent des rumeurs, et des lettres arrivent de chez elles. Maintenant que j'y pense, je crois n'avoir pas entendu parler des aventures du Joueur de Flûte depuis plusieurs centaines d'années.

– Et, maintenant, il est revenu, apparemment du Rien, avec une armée de nouveaux Moins-que-Rien.

– Avec votre permission, je choisirai et commanderai moi-même votre escorte, dit Crépuscule.

Arthur secoua la tête et désigna un point vers le bas.

– J'irai seul, jusqu'au milieu de cette zone brûlée par le feu toxique, entre ces deux bastions. Vous pourrez me couvrir de là. S'ils s'approchent de moi en trop grand nombre, je reculerai. Mais j'espère qu'en voyant le drapeau blanc, ils se contenteront d'envoyer un messager. Ils sont très militaires… je pense qu'ils feront ce qu'il faut.

— Ce sont de bons soldats, dit lentement Crépuscule, comme s'il avait du mal à l'admettre à voix haute. Peut-être enverront-ils un héraut? Dans le cas contraire… nous avons une troupe de la Horde ici, monsieur. Alors, toujours avec votre permission, je les tiendrai prêts à proximité de la porte de sortie sud-ouest, au cas où nous aurions besoin d'aller vous porter secours.

— Bien sûr. Mais personne ne devra rien tenter avant que j'aie donné un signal clair ou que je sois littéralement emmené de force ou attaqué. Je ne veux pas que les choses dégénèrent parce que quelqu'un aura tiré sur le messager ou je ne sais quoi.

Il hésita, puis reprit la parole :

— Vous devriez également assigner des soldats à la surveillance des enfants du Joueur de Flûte. Celui-ci pourrait les forcer à agir. Je veux qu'aucun d'entre eux ne soit blessé ou enfermé. On devra leur permettre d'accomplir leur devoir. Veillez juste à ce qu'ils soient surveillés et, s'ils se conduisent bizarrement, ils seront contenus. Mais pas blessés, compris ?

— Oui, monsieur. Voici le maréchal Midi, avec le drapeau blanc.

Midi grimpa bruyamment sur les remparts, l'air maussade, tenant un bâton autour duquel était enroulé le drapeau.

— Merci, maréchal, dit Arthur qui se sentait un peu coupable d'avoir assigné un officier d'un rang si élevé à cette tâche.

L'Autochtone l'avait irrité, mais Arthur se sentait mal de s'être conduit ainsi. Sa mère et son père auraient été horrifiés de cet abus de pouvoir. S'il n'y prenait pas garde, non seulement il se transformerait en Autochtone mais, en plus, en un individu du genre du sieur Jeudi.

– J'aurais dû envoyer un officier subalterne. Je vous présente mes excuses.

– Oui, monsieur, dit sèchement Midi. Avez-vous d'autres ordres, monsieur?

– Je veux que vous vous chargiez personnellement de la défense des Bastions Extérieurs. Je vais essayer de nous faire gagner du temps en parlant avec l'ennemi, mais ça ne marchera peut-être pas, et les nouveaux Moins-que-Rien préparent apparemment une nouvelle attaque.

Midi regarda par-dessus les créneaux.

– D'ici une heure, je dirais. Au coucher du soleil.

– Je suppose que je devrais mettre quelque chose d'un peu plus impressionnant, dit Arthur en baissant les yeux sur sa cuirasse poussiéreuse et l'uniforme déchiré et débraillé qu'il portait en dessous.

– Vous détenez la Clef et la Quatrième Clause du Testament se tient sur votre bras, dit le Testament. Vous n'avez pas besoin d'ornement pour proclamer votre autorité. Maintenant, Lord Arthur, je pense que vous pourriez trouver dix minutes pour juger le sieur Jeudi devant une cour…

– Je vous en prie, arrêtez avec votre procès et le sieur Jeudi! s'exclama Arthur. J'ai suffisamment de sujets d'inquiétude!

– Avec mon expérience, si justice doit être faite, ce doit être rapidement et aux yeux de tous, protesta le Testament.

Arthur ne l'écoutait plus. L'un des officiers à ses côtés avait, pour passer le temps, ramassé une balle de plomb ou une petite pierre et l'avait lancée par-dessus le mur. Quelque chose dans ce geste l'amena à se demander s'il avait jeté la poche de l'Écorché suffisamment loin pour qu'elle atterrisse sur le Rien. Dans le cas contraire, ce qui ne lui semblait à présent que trop vraisemblable, il devrait essayer de la reprendre au Joueur de Flûte pour la détruire.

— Le sieur Jeudi aura un procès, dit-il, essayant de retrouver sa concentration. Il a assassiné Bienvieux et Jazebeth. Mais, pour l'instant, nous n'avons pas le temps. Descendons aux Bastions Extérieurs. Maréchal Midi, si vous voulez bien nous montrer le chemin ?

Comme lorsqu'il était arrivé dans la citadelle, Arthur fut conduit à travers un ahurissant dédale de tunnels, de portails, de sentiers et de corps de garde. Cette fois, pourtant, c'était différent. Il était constamment salué et son bras commença à se fatiguer d'avoir à lever son bâton en guise de réponse. Les maréchaux parlaient aux soldats, les encourageaient, les appelant par leur nom, les félicitaient pour leurs exploits depuis le début du siège. Mais Arthur en était incapable. Chaque fois qu'il s'apprêtait à dire quelque chose pour leur remonter le moral, il trouvait les mots qui lui venaient à l'esprit trop hypocrites. Alors il resta silencieux, marchant au milieu du groupe de maréchaux et d'officiers, et pourtant étrangement seul, même s'ils étaient serrés les uns contre les autres.

Il se sentit encore plus seul lorsque la petite porte s'ouvrit et qu'un sergent lui tendit le bâton avec le drapeau blanc maintenant déployé. Il était immense, de la taille du drap d'un lit de deux personnes, mais Arthur se rendit compte qu'il pouvait le porter comme une lance, en équilibre contre son épaule.

— Bonne chance, monsieur, dit le sergent en l'aidant à passer de l'embrasure de la porte au terrain désolé en contrebas.

— Bonne chance, monsieur, répétèrent le maréchal Crépuscule et la dizaine d'officiers qui semblaient n'avoir rien d'autre à faire que de suivre partout les officiers supérieurs.

Arthur s'avança et leva le drapeau. La porte se referma sur lui. Il fit encore quelques pas et regarda en arrière. Les fortifications du Bastion s'élevaient à douze mètres de haut, et des soldats l'observaient depuis les embrasures.

Arthur se retourna pour observer les lignes ennemies et se dirigea vers elles, sur la terre désolée, asséchée par le feu toxique, qui s'étendait du Bastion aux tranchées de l'ennemi.

— J'espère que ça va marcher, siffla le Testament. C'est assez imprudent de votre part, Lord Arthur. À croire que les trois premières clauses de moi-même ne vous ont pas aussi bien conseillé qu'elles l'auraient dû. Je suppose qu'elles sont déséquilibrées, à trois au lieu de sept. Avec moi, nous serons quatre, et la balance sera plus équilibrée.

— Je veux que vous restiez tranquille si nous obtenons une rencontre avec les nouveaux Moins-que-Rien, dit Arthur. Je ne veux aucune interruption. Et n'attaquez personne non plus. La dernière chose dont nous ayons besoin est d'un messager empoisonné.

— Je peux choisir d'être venimeux ou pas. Selon les circonstances. Je peux même choisir mon venin.

— Eh bien ! ne mordez personne avec du venin, à moins que je vous le demande, dit Arthur avec fermeté.

Il leva les yeux sur son drapeau et vit qu'il était complètement déployé. Midi n'avait pas trouvé de branche d'olivier mais, d'après lui, le drapeau blanc symbolisait sans ambiguïté une demande de trêve et de négociation.

Il avait craint que la zone dévastée par le feu toxique ne soit couverte de cadavres de Moins-que-Rien, mais il n'y avait ni corps ni taches de sang. Seulement, recouvrant la terre, une fine couche de cendres grises qui s'élevaient sous les pas d'Arthur alors qu'il se dirigeait vers les tranchées.

Lorsqu'il estima se trouver à mi-chemin, il découvrit une zone de terre meuble, sans doute le point d'impact d'un boulet de canon tiré lors des premières heures du siège, et y planta le bâton. Puis il se plaça sous le drapeau et attendit.

Il voyait très distinctement la première ligne des tranchées et les têtes des nouveaux Moins-que-Rien qui l'observaient très attentivement. À sa connaissance, ils n'utilisaient ni mousquetons ni armes à longue portée, pourtant il se sentait tendu, comme s'il s'attendait à ce qu'une balle ou une flèche tombe soudain du ciel.

Rien ne se produisit pendant un temps considérable. Le soleil plongea plus bas dans le ciel. Arthur commença même à s'ennuyer, ce qui le surprit. Les nouveaux Moins-que-Rien continuaient à se déplacer dans les tranchées, portant des échelles et toutes sortes d'équipements, et à pousser de gros engins de siège un peu plus loin. Mais ils ne sortirent pas de leurs tranchées ni ne s'avancèrent.

Arthur faillit ne pas remarquer qu'il se passait quelque chose. Le motif des mouvements des Moins-que-Rien changea, et toutes les manipulations de gros engins cessèrent. Le calme s'installa.

Une grande silhouette sortit de la tranchée la plus proche et s'avança vers Arthur. Une silhouette de la taille d'un Autochtone, vêtue d'une volumineuse capote jaune qui cachait son corps, d'un chapeau de style napoléonien et d'un masque d'acier. Il n'avait pas d'armes visibles, mais la capote pouvait tout dissimiler et, bien sûr, il avait sans doute sa flûte.

Il s'approcha à deux mètres d'Arthur et s'arrêta. Puis il esquissa un salut rudimentaire. Sans y penser, Arthur lui répondit aussitôt avec un salut au garde-à-vous instinctif et élégant.

— Vous êtes courtois, dit le Joueur de Flûte.

Il avait une petite voix assez étrange, qui donna à Arthur l'impression d'être dans un rêve; il ne comprenait pas vraiment ce qui se passait, mais il ressentait un besoin irrésistible de tomber d'accord avec lui. Il secoua la tête pour éclaircir ses idées et agrippa plus fermement la Clef Quatrième.

— Je vois que vous êtes protégé, dit le Joueur de Flûte. (Sa voix était la même, mais elle eut un effet différent.) Je suppose qu'on pouvait s'y attendre.

— Que faites-vous là? demanda Arthur d'un ton bourru. (Sa voix évoquait le croassement d'un corbeau, comparée aux inflexions mélodieuses du Joueur de Flûte.) Je veux dire, pourquoi attaquez-vous l'Armée?

— D'abord, faisons les présentations. Quoiqu'on m'ait déjà dit qui vous prétendez être. Je m'appelle le Joueur de Flûte, et je suis le fils de l'Architecte et de l'Ancien. Je suis l'Héritier Légitime du Palais.

Chapitre 28

— Euh, fit Arthur. Euh, c'est un peu… délicat. Vous voyez, je suis Arthur Penhaligon et, bien que je ne l'aie pas désiré, je suis le maître du Bas-Palais et des Confins Extrêmes, Duc de l'Océan Frontalier et Commandant en Chef et Chef Suprême du Grand Labyrinthe, tout ça parce que votre maman… le Testament de l'Architecte m'a choisi comme son Héritier Légitime.

— Le Testament vous a choisi parce que je n'étais pas disponible à l'époque, dit le Joueur de Flûte. C'est regrettable, mais cela peut être facilement rectifié.

— Bien, répondit Arthur. Où étiez-vous?

— J'étais dans le Rien, expliqua-t-il d'une voix teintée d'amertume, où j'ai été jeté par mon renégat de frère, le seigneur Dimanche, il y a sept cents ans.

— Dans le Rien? Ne devriez-vous pas être…

— Dissous? Il ne me reste que très peu de chair sous ce masque et cette capote. Mais je suis le fils de l'Architecte. Alors même qu'il dévorait ma chair et mes os, je modelais le Rien. Je me suis construit un endroit pour moi, un petit monde où j'ai pu récupérer, et j'y suis resté allongé les cent premières années, à reprendre des forces. Durant le deuxième siècle, j'ai agrandi ce monde. J'ai créé des serviteurs pour s'occuper de moi et j'ai commencé à me refaire des relations dans le Palais. Lors du troisième siècle, j'ai entrepris de bâtir une armée, non pas avec des Moins-que-Rien stupides, mais avec mes nouveaux Autochtones, encore mieux que ceux que Mère a créés. Plus proches des mortels, plus intelligents et adaptables, plus conformes à la vision de mon père. Lors du quatrième, j'ai fabriqué la pointe et, lors du cinquième, j'ai commencé à déterminer comment retourner dans le Palais à travers le Grand Labyrinthe…

Il se tut et prit une inspiration.

— Mais nous ne sommes pas là pour parler de mon passé, mais de mon avenir. Jusqu'à peu, je ne voulais pas croire que des clauses du Testament de ma mère avaient été relâchées, Arthur, mais mes Rats ont confirmé la nouvelle. Cependant, je ne suis pas mécontent de vos progrès. Vous n'avez qu'à me donner les Clefs et je continuerai ma campagne contre mon traître de frère et son sous-fifre de Samedi. Vous pourrez retourner dans votre monde des Royaumes Secondaires et vivre la vie qui vous attendait autrefois, ce que, je crois, vous souhaitez également.

Arthur ouvrit la bouche et la referma. Il ne savait ni quoi dire ni quoi penser. On lui offrait un sursis aux terribles responsabilités qui lui avaient été imposées.

— Ce n'est pas aussi simple que ça, siffla une voix près de son coude.

— Et qu'avez-vous, je vous prie, à voir avec ça ? demanda le Joueur de Flûte en se penchant jusqu'à ce que son masque de métal soit à la hauteur de la tête du serpent, si près qu'il put voir les lignes de lettres tourbillonner, créant l'illusion d'une peau de serpent

– Je suis la Quatrième Clause du Testament de l'Architecte, comme vous le savez très bien, dit le serpent. Et Arthur est l'Héritier Légitime. Il ne peut tout simplement pas vous donner les Clefs parce que vous n'êtes pas l'Héritier.

– Je le suis par le sang et par l'héritage!

– Si c'était ce qui comptait, ce serait Dimanche, dit le Testament. C'est lui l'aîné.

– J'ai prouvé que j'étais son héritier, dit le Joueur de Flûte en ouvrant les bras pour englober toute l'armée de nouveaux Moins-que-Rien. Regardez ce que j'ai fait avec du Rien!

– Très impressionnant, mais ça ne change rien, dit le serpent. Arthur est l'Héritier Légitime. Maintenant qu'il détient la Clef Quatrième et qu'il est commandant en chef, vous vous rebellez non contre le traître Dimanche mais contre l'autorité légitime du Palais. Ce qui fait de vous un renégat. Quoique votre loyauté n'ait jamais été aussi claire qu'on aurait pu le souhaiter.

– Votre ton est bien trop familier, dit le Joueur de Flûte, qui ne semblait pas en colère mais plutôt stupéfait. Qui êtes-vous pour remettre ma loyauté en question?

– Vous êtes autant le fils de votre père que celui de votre mère, dit le serpent qui se déroula et s'étendit jusqu'à dépasser la tête d'Arthur. Vous n'avez jamais cherché à libérer vous-même le Testament jusqu'à ce que vous vous disputiez récemment avec votre frère, récemment, en temps du Palais. Ai-je tort de penser que Dimanche vous a jeté dans le Rien parce que vous aviez essayé une fois encore de libérer l'Ancien contre sa volonté?

– Ceci est sans aucun rapport. Arthur, soit vous me onnez les Clefs, en commençant par la Quatrième que vous tenez à la main, soit je vous les prendrai, à vous ou à quiconque les détient.

— Et que ferez-vous quand… *si* vous les obtenez? demanda Arthur.

— Je dirigerai le Palais.

— Je veux dire, est-ce que vous remettrez les choses à leur place et veillerez à ce que le Palais se contente d'observer et d'enregistrer ce qui se passe dans les Royaumes Secondaires, sans interférer?

— Ce n'est pas interférer que de s'occuper de quelque chose qui va mal, dit le Joueur de Flûte. Ma mère se trompait sur ce sujet ; pour l'essentiel, elle ne voulait pas que quiconque se mêle de ce qu'elle avait créé, mais elle « interférait » avec les Royaumes quand l'envie lui en prenait. Et je ferai de même.

Arthur secoua la tête.

— Vous vous moquez de ceux qui vivent là-bas, n'est-ce pas? De tous les mortels. Nous ne sommes que le produit fini de la grande expérimentation de l'Architecte.

— Non, dit le Joueur de Flûte. C'est vrai de mon frère Dimanche, pas de moi. J'aime mes mortels, les enfants que j'ai emmenés dans le Palais pour le rendre plus intéressant, et les Rats qui me servent d'espions. J'ai essayé de faire que mes nouveaux Autochtones leur ressemblent le plus possible. J'ai peut-être trop bien réussi, car ils préféreraient construire et cultiver, même s'ils font d'excellents soldats et me servent très bien. Maintenant, nous avons assez parlé. Quelle est votre décision, Arthur? Je dois vous prévenir que, si vous déclinez mon offre généreuse, j'attaquerai dès que vous et moi aurons quitté ce champ de cendres.

— Qu'est-il arrivé aux enfants qui étaient avec moi lorsque nous avons attaqué la pointe? demanda Arthur.

— Deux ont été assassinés par le sieur Jeudi, malgré mes efforts pour les sauver. Les autres me servent désormais, comme il est juste et approprié.

– De leur propre gré ?

– Ils existent pour me servir. C'est leur raison d'être.

Arthur regarda le bâton dans sa main. Il ressentait le pouvoir de la Clef Quatrième comme une vibration sourde et continue, une chaleur délicieuse sur sa peau.

« Je me demande si je ne deviens pas dépendant aux Clefs, pensa-t-il. Je me demande si je ne suis pas en train de faire une très grosse erreur, qui aurait des conséquences indescriptibles sur toutes les personnes vivant ici au Palais et sur les milliards d'humains et d'extraterrestres et Dieu sait qui encore… »

– Je serais heureux d'œuvrer à vos côtés contre le seigneur Dimanche, dit lentement Arthur. Et je suis sûr que nous pourrions donner à votre armée une part du Grand Labyrinthe à cultiver. Il y a même des villages déjà construits dans lesquels ils pourraient s'installer. Mais je ne peux pas vous donner les Clefs. Que cela vous plaise ou non, je suis l'Héritier Légitime et je crois qu'il faut que je continue à remettre les choses en place, pour que l'univers puisse suivre son cours… sans que des personnes comme vous… jouent avec nos vies.

– Dans ce cas, je jouerai à vos funérailles, Arthur. Vous ne méritez pas moins, malgré votre manque de sagesse. Elles ne devraient pas tarder, je le crains, car la Citadelle ne tiendra pas longtemps contre les forces que je…

Arthur ne fut jamais complètement sûr de ce qui s'était passé ensuite. Soit le Testament cracha du poison dans l'ouverture de la bouche du masque du Joueur de Flûte, soit il lui mordit la bouche si rapidement que son passage ressembla à un jet de venin.

Quoi qu'il en soit, le Joueur de Flûte recula en titubant et poussa un cri de douleur et de colère qui brûla les oreilles d'Arthur, même après qu'il les eut couvertes de ses mains. Le garçon fit demi-tour et se rua vers le Bastion. Derrière lui, les grandes timbales de l'ennemi se mirent à produire

un signal d'alerte *staccato*, et des dizaines de milliers de nouveaux Moins-que-Rien hurlèrent leur rage devant la
déloyauté de l'ennemi, un bruit aussi puissant que celui de
l'éclair, et bien plus effrayant.

Arthur se précipita jusqu'à la porte ouverte et entra. Dès
qu'il fut à l'intérieur, elle fut fermée avec six énormes ver-
rous et puis, lorsqu'il s'avança dans le passage, bloquée avec
une grosse pierre.

— Je vous avais dit de ne rien faire ! hurla Arthur au Testament, qui s'était lové autour de son avant-bras, la tête
basse. C'était déshonorant et stupide. Les nouveaux Moins-
que-Rien vont être fous de rage.

— Vous m'avez dit de ne mordre personne avec du poison,
dit le Testament. J'ai obéi. C'était de l'acide. Malheureusement, le Joueur de Flûte ne sera immobilisé qu'un jour ou
deux, au mieux, si je l'ai envoyé dans sa bouche, s'il a encore
une bouche.

Un bruit de pas et le cliquetis des armures annoncèrent
l'arrivée du maréchal Crépuscule et de son entourage.

— Que s'est-il passé, Sir Arthur ? demanda-t-il. Nous ne
voyions pas distinctement, mais l'attaque a commencé !

— Le Testament a craché de l'acide sur le Joueur de
Flûte, dit Arthur avec amertume, pour une raison hon-
teuse que lui seul connaît.

— Le Joueur de Flûte a trahi l'Héritier Légitime, expliqua le serpent. Et c'est un ennemi très puissant qui maintenant ne pourra pas entrer en campagne avant quelques
jours. D'ailleurs, les pourparlers étaient terminés.

— Descendez de mon bras, ordonna froidement Arthur,
et disparaissez.

— Comme vous voudrez, dit le serpent qui descendit du
bras d'Arthur en ondulant et se fraya un chemin sinueux
par terre jusqu'à un trou entre deux pierres.

– A-t-on reçu de l'aide du Bas-Palais? demanda Arthur alors qu'on le faisait sortir des lignes défensives extérieures.

Malgré les nombreux murs de pierre épais qui le séparaient maintenant de l'ennemi, il entendait les cris et les tambours.

– Pas encore, monsieur, répondit le maréchal Crépuscule. D'où souhaitez-vous diriger la bataille, Sir Arthur? Je vous suggère le Fort de l'Étoile.

– Non. Quelque part sur la deuxième ligne de Bastions, où je serai plus proche de l'action.

– Le Bastion occidental central est le plus élevé de la deuxième ligne. D'ordinaire, il est trop bruyant et couvert de fumée, car deux canons royaux et quatre demi-canons y sont montés, mais sans poudre de Rien…

– Oui, je sais, dit Arthur. Est-ce que le téléphone fonctionnera là-bas?

– Je crois qu'il fonctionne partout dans le Labyrinthe, répondit Crépuscule alors qu'ils débouchaient à l'air libre sur une haute passerelle reliant deux bastions. À condition qu'il soit remonté exactement à la bonne vitesse. Heureusement, le capitaine Drury est un expert.

– Je vais rappeler dame Prima et lui dire de se dépê…

Ses paroles se perdirent dans un bruit d'explosion et une déflagration titanesques. Un grondement sous leurs pieds secoua la passerelle et plusieurs officiers perdirent l'équilibre.

– Qu'est-ce que c'était? demanda Arthur.

– Une mine, répondit Crépuscule d'un air sombre.

Il regarda derrière lui vers la ligne de Bastions Extérieurs. On ne voyait plus le Bastion occidental, caché sous un panache de poussière et de fumée qui s'élevait à plusieurs centaines de mètres et s'étendait aussi horizontalement.

– Ils doivent avoir creusé un tunnel ces derniers jours… et eux ne manquent pas de poudre de Rien.

Derrière le nuage noir géant, le bruit des tambours augmenta de tempo et de volume.

– Ils nous attaquent par la brèche! dit Crépuscule. Nous devons nous dépêcher!

Il ouvrit la marche en courant, Arthur sur les talons. Le nuage de fumée et de poussière les rattrapa facilement, les enveloppant de sa masse suffocante alors qu'on les laissait entrer dans la deuxième ligne de défense.

Derrière eux, les Bastions de la première ligne qui avaient tenu bon jetèrent leurs passerelles à terre, fermèrent toutes leurs issues et se préparèrent à subir l'assaut de soixante-quinze mille nouveaux Moins-que-Rien.

Chapitre 29

— Ça ne répond pas, monsieur, dit l'opérateur. Nous ne pouvons contacter personne dans l'antichambre du Bas-Palais.

Arthur rendit le téléphone au capitaine Drury et secoua la tête.

— Ça ne répond pas! Je ne comprends pas ce qui se passe. Il devrait y avoir quelqu'un. Et nous devrions déjà avoir reçu de l'aide!

Le maréchal Crépuscule ne dit rien. Ils se trouvaient maintenant sur la troisième ligne du Bastion occidental central. Des bastions isolés tenaient toujours sur les première et deuxième lignes, qui avaient néanmoins été percées à plusieurs endroits, en l'espace de seulement une heure.

— Est-ce que les choses vont empirer lorsqu'il fera nuit? demanda Arthur en jetant un coup d'œil au soleil couchant. Ou bien s'améliorer?

– J'ai bien peur que cela ne fasse aucune différence, dit Crépuscule. La lune brillera et il y a assez de feux pour éclairer leur chemin.

De nombreux feux brûlaient en effet au-dessous d'eux. Les nouveaux Moins-que-Rien avaient amené une nouvelle arme portable, un tube qui projetait une sorte de feu toxique très concentré en un jet compact. Ils avaient utilisé cette « lance incandescente » – ainsi qu'on l'avait rapidement surnommée – pour brûler les épais murs de pierre ainsi que les portails. Jusqu'à maintenant, la troisième ligne avait été préservée seulement parce que les ennemis semblaient avoir utilisé toutes leurs réserves, ces tubes ne pouvant servir qu'une seule fois.

– Est-ce que le messager est revenu du Fort de l'Étoile ? demanda Arthur.

– Non, monsieur, répondit l'un des officiers subalternes.

Il avait la tête bandée, résultat de la dernière tentative d'escalade par les Moins-que-Rien du Bastion central. Leurs échelles avaient paru trop courtes jusqu'au dernier moment, lorsqu'ils s'étaient jetés contre le mur et avaient activé un mécanisme qui agrandissait chaque extrémité de plusieurs mètres. Arthur lui-même s'était battu pour repousser cette attaque, lors de ces horribles et intenses minutes où les nouveaux Moins-que-Rien avaient semblé déferler sur les murs comme une vague.

Les soldats d'Arthur avaient repoussé l'assaut, mais les nouveaux Moins-que-Rien se massaient à nouveau au pied des murs. Ils étaient des milliers, remplissant tout l'espace entre les lignes de défense, désormais à l'abri car les assiégés se trouvaient maintenant à court de feu toxique, et même de projectiles.

– Ils reforment les rangs ! avertit Crépuscule. Tenez-vous prêts !

Son ordre se répercuta tout autour des murs du Bastion et jusqu'aux bastions adjacents, répété par les officiers et les ONC.

— Vous feriez mieux d'aller au Fort de l'Étoile, maintenant, monsieur, conseilla Crépuscule. (Il parlait très calmement, presque à l'oreille d'Arthur.) Je ne pense pas que nous les repousserons cette fois-ci.

— Je n'irai nulle part, dit Arthur en regardant la bague crocodile à son doigt.

Il pensa à sa maison et aux membres de sa famille. Ils lui semblaient si absents à cet instant, si éloignés. Il avait même du mal à se remémorer leurs voix et leurs visages.

— J'utiliserai la Clef contre eux. Nous vaincrons.

Il leva le bâton qui capta la dernière lueur du soleil et se transforma, non en la lourde épée du sieur Jeudi, mais en une rapière, fine et pointue comme une aiguille, qui renvoya la lumière du soleil en un arc lumineux qui fit briller distinctement tous les Bastions et fendait la fumée et la poussière.

— L'Armée et Sir Arthur ! hurla Crépuscule.

Une fois encore, ce cri se répercuta sur les Bastions, mais plus fort à présent, et plus sincère.

— Sir Arthur ! Sir Arthur !

Les Autochtones au pied des murs répondirent avec leurs tambours et leurs hurlements. Rang après rang, ils se mirent à marcher vers les Bastions, tous chargés d'échelles, de grappins et de tubes de feu fumants en guise de projectiles.

— Sir Arthur !

Ce n'était pas un cri de guerre. Le Capitaine Drury lui tirait le coude. Mais il ne tenait pas le téléphone. Il désignait l'horizon, à l'ouest, où le disque du soleil avait finalement disparu, bien qu'un peu de sa lumière s'attardât encore dans le ciel.

– Monsieur, regardez !

Arthur cligna plusieurs fois des yeux. À travers les colonnes de fumée, dans le crépuscule obscur, il ne distingua pas tout de suite ce que montrait Drury. Et puis il vit : l'horizon avait changé, il y avait une chaîne de montagnes immédiatement à l'ouest, à près de cinq kilomètres.

Des acclamations s'élevèrent parmi les « Sir Arthur ! », les acclamations déchaînées d'un espoir inattendu.

– La pointe, dit le maréchal Crépuscule, le sieur Jeudi a menti : il l'a détruite.

– Non, dit Arthur. Je pense que peut-être… j'ai jeté une poche ensorcelée dessus.

– Une quoi ?

– Peu importe, dit Arthur.

Pendant un instant, il savoura ce sentiment d'intense soulagement. La poche était détruite et l'Écorché, avec elle. Sa famille était en sécurité. Mais ce soulagement fut de courte durée. Arthur regarda par l'embrasure et, bien qu'il n'eût guère nourri d'espoir, ne fut pas surpris de voir que les nouveaux Moins-que-Rien, qui avaient perdu une partie de leurs renforts lors du déplacement des plaques, restaient imperturbables.

« Je me demande ce que je peux faire avec la Clef, pensa Arthur en regardant le raz-de-marée de nouveaux Moins-que-Rien. Je suppose que je peux l'utiliser pour me rendre plus fort, plus rapide et plus robuste que n'importe quel Moins-que-Rien ou Autochtone. Mais ils sont si nombreux que, au final, ça ne fera aucune différence. Ils ne cessent d'arriver… on se croirait en pleine catastrophe naturelle. Il n'y a tout simplement rien à faire… et ces nouveaux Moins-que-Rien qui ne demandent qu'à devenir fermiers, c'est tellement insensé. »

Une main le tira soudain en arrière.

— Pardon, dit une voix familière.

Il vit ensuite un tonneau voler par-dessus les créneaux, avec deux cordeaux faisant des étincelles. Quatre secondes plus tard, il entendit une énorme explosion près de la base du mur.

— Une grenade, dit Face Brûlée, le Midi de Mercredi, avec un grand sourire. La plus grosse que nous ayons réussi à fabriquer. Et il y en a encore plein d'autres.

— Face Brûlée! s'exclama Arthur. Vous êtes venu.

— Oui, moi et quelques autres.

Arthur se redressa alors que d'autres explosions retentissaient derrière les murs. Le Bastion était soudain rempli d'Autochtones. Il y avait des marins en veste bleue, enflammant des cordeaux sur des tonneaux de poudre de Rien et les tirant avec de bas mortiers en bois installés à l'arrière. Il y avait des Sergents Commissionnaires et des Commissionnaires de Métal qui formaient des rangs aux côtés des soldats. Des Visiteurs de Minuit volaient au-dessus d'eux et faisaient pleuvoir de longues flèches de métal sur les nouveaux Moins-que-Rien.

Un groupe d'Artilleurs en manteau de peau de buffle passa devant eux à toute allure, transportant dans des brouettes de petits tonneaux de poudre et des piles de boîtes à mitraille. Ils se demandaient à quel point ils pourraient abaisser les canons, heureux de pouvoir à nouveau utiliser leurs armes.

— Dame Prima s'apprête à sortir, en bas, dit Face Brûlée. Elle va utiliser les Clefs, et elle emmène avec elle les Autochtones supérieurs de Lundi, l'Aube de Mercredi, ce vieux Scamandros et tous ceux qui ont déjà combattu un Moins-que-Rien, ou prétendent l'avoir fait, environ cinq mille en tout, mais d'autres sont en route.

Face Brûlée s'interrompit pour regarder sur le côté.

— À mon avis, ceux-là ne ressemblent pas vraiment à des Moins-que-Rien.

— Ce sont de nouveaux Moins-que-Rien, dit Arthur. Presque des Autochtones…

— Tu ne m'as pas l'air très heureux, Arthur. Je veux dire Lord Arthur.

— Appelez-moi Arthur, dit le garçon.

Il regarda l'épée dans sa main et elle se changea lentement en bâton, qu'il glissa dans sa ceinture. Puis il se leva et observa par l'embrasure.

Les nouveaux Moins-que-Rien reculaient en bon ordre. Bien que dame Prima n'ait pas encore attaqué, elle était sortie de la Porte, et ses troupes, nombreuses, se déployaient en éventail derrière elle.

Ce n'était pas la présence de ses soldats qui faisait reculer l'ennemi, c'était dame Prima elle-même. Mesurant plus de deux mètres, vêtue d'une capote dont la couleur et la coupe rappelaient étrangement celle du Joueur de Flûte, elle était enveloppée d'un halo ensorcelé d'étincelles bleues et vertes tourbillonnantes qui se projetaient sur les Moins-que-Rien, à vingt mètres en avant, à quelques secondes d'intervalle. Et cela seulement alors qu'elle ne faisait rien. Lorsqu'elle leva ses poings couverts des gantelets de la Clef Seconde et les frappa l'un contre l'autre, tout un groupe de cent Moins-que-Rien au moins s'éleva soudain dans les airs et alla s'écraser contre le mur arrière du Bastion de deuxième ligne, le plus proche.

Pour la première fois, Arthur vit ce que cela signifiait vraiment de se servir des Clefs. Il poussa un cri lorsque dame Prima sortit le trident de la Clef Troisième de sa ceinture et l'agita avec négligence: tout le fluide de plusieurs centaines d'ennemis quitta leur corps dans un jet épouvantable qui alla éclabousser un passage enflammé non loin de là et en éteignit presque les flammes.

– Laissez-les battre en retraite ! hurla Arthur. Laissez-les partir !

Personne ne l'entendit. Même pas Face Brûlée, à seulement quelques mètres de lui, occupé à hurler sur les Préposés aux mortiers, leur disant de tirer plus loin.

Arthur sortit le bâton de la Clef Quatrième de sa ceinture et le brandit.

– Amplifie ma voix, dit-il, et éclaire le champ de bataille.

Le bâton exécuta d'abord le deuxième ordre. Il se mit à luire et, en réponse, la lune qui venait de se lever brilla soudain plus fort, sa lumière verte devenant en quelques secondes suffisamment vive pour projeter des ombres.

– Laissez les nouveaux Moins-que-Rien retourner à leurs tranchées, dit Arthur, d'une voix normale.

Mais, dès qu'il prononça ces mots, ils devinrent bien plus forts, plus forts encore que les détonations des mortiers et des canons.

– Cessez le feu et laissez-les partir !

Sa voix était si puissante que la chaîne de montagnes qui était arrivée au coucher du soleil en renvoya l'écho.

– Partir... partir... partir...

La lueur de la lune s'atténua et un calme soudain s'installa.

– Ils s'en vont, dit le maréchal Crépuscule d'une voix soulagée. Je me demande s'ils reviendront.

– Tout dépend du Joueur de Flûte, dit Arthur, sa voix rendue lourde et lente par un épuisement extrême. Cependant, avec dame Prima et moi ici, les quatre Clefs, et les troupes supplémentaires... Je pense qu'il fera la paix, ou bien qu'il retournera d'où il est venu pour se préparer à une nouvelle attaque.

– Mais avec les plaques qui se sont remises en marche...

– Il a un Éphéméride, dit Arthur. Je l'ai vu dépasser de la poche de sa capote. Et nous ne sommes pas en état de les poursuivre, n'est-ce pas ?

Comme pour illustrer ses paroles, Arthur se laissa glisser à terre, le dos contre les remparts. De nombreux soldats suivirent son exemple, mais le maréchal Crépuscule resta debout et Face Brûlée s'occupa à ordonner aux Préposés aux mortiers d'écouvillonner et de nettoyer leurs massifs tonneaux de bois.

– Juste un moment de paix, murmura Arthur. Avant que dame Prima arrive. Juste un moment de paix, c'est tout ce que je demande…

Sa voix se tut et sa tête tomba en avant, alors que le sommeil s'emparait de lui.

À son doigt, la bague en forme de crocodile brillait au clair de lune.

Elle était désormais exactement pour moitié en or.

Chapitre 30

Lilas se réveilla prise de panique, en train de s'étouffer. Avant qu'elle ait pu découvrir où elle était et ce qui l'étouffait, un jet de fluide clair jaillit de son nez et tomba dans une bassine que quelqu'un tenait devant elle, et sur laquelle elle avait la tête penchée.

— Reste tranquille, dit une voix calme de femme. Ça va durer environ cinq minutes.

— Eerggh, ick, eurch, cracha Lilas alors que le liquide continuait de couler si rapidement qu'une partie descendait dans sa gorge.

C'était ce qui l'avait fait tousser.

— Les calmants viennent juste d'arrêter de faire effet. Ce fluide clair est un mélange contenant un agent que nous avons utilisé pour faire sortir un… eh bien, un corps fongueux étranger. Lorsque ce corps fongueux dénaturé sera sorti, tu iras bien.

— Oh ! chest trop horrigle, haleta Lilas.

Elle se sentait faible, bizarre, tout à fait désorientée et ses sinus lui faisaient vraiment mal. Elle était au lit, cela ne faisait pas de doute, mais le plafond était vert, très bas et un peu avachi, et il y avait partout des murs en plastique transparent.

Elle tourna la tête et vit que c'était une infirmière qui tenait sa tête et la bassine, une infirmière en combinaison protectrice, dont le visage était dissimulé derrière une double visière.

— Tu es dans une antenne chirurgicale, installée sur le stade de ce qui est ton collège, je crois, expliqua l'infirmière. Tout va bien se passer.

— Chuis là puis quand?

— Depuis quand tu es là?

Lilas hocha la tête.

— Je crois que ça fait une semaine. Il s'est passé beaucoup de choses, mais tout s'arrange à présent. Au moins, ils ont attrapé les terroristes qui ont propagé cette maladie.

— Quoi?

— Enfin, pas vraiment attrapé, puisqu'ils ont tous été tués dans le raid sur leur quartier général.

Lilas secoua la tête, incrédule, jusqu'à ce que ce mouvement soit stoppé par une poigne ferme.

— Ne fais pas ça, s'il te plaît. Reste au-dessus du récipient.

« Une semaine, pensa-t-elle, ne pouvant y croire. J'ai été inconsciente pendant une semaine. Mais Suzy a dû apporter la poche à Arthur, sinon je ne serais pas là... »

— Où ont mes arents?

— Comment vont tes parents?

Lilas voulait dire « où sont mes parents? », mais elle hocha néanmoins doucement la tête, en s'assurant que ce mouvement ne perturbe pas l'écoulement du fluide.

— Il faudra que je vérifie. Il n'y a pas de visiteurs ici, bien entendu. Ils doivent être chez eux, j'imagine.

— Taient à l'hôpital du checteur Escht.

La main de l'infirmière qui tenait la bassine se mit à trembler.

— Ils étaient à l'hôpital du secteur Est ?

Lilas hocha doucement la tête.

— Je vais demander au docteur de venir t'ausculter, dit l'infirmière avec prudence. Je suis sûre qu'ils vont bien, mais il y a eu un… un certain nombre de morts là-bas. Après le crash de l'hélicoptère et la tentative d'évasion, l'Armée… la plupart des gens à l'intérieur… la plupart vont bien.

— Quel jour est ? demanda Lilas, deux larmes coulant de sa joue dans la bassine, inaperçues.

— Quel jour on est ? Vendredi, ma chérie. Vendredi matin. Oh ! le docteur arrive ; elle doit vouloir t'ausculter. Tu sais, c'est drôle parce qu'elle s'appelle Vendredi et ne travaille que le vendredi ! Dr Vendredi, tu imagines ? Nous l'appelons dame Vendredi dans les salles parce qu'elle est… si belle et si raffinée… oh ! mais reste tranquille !

À PROPOS DE L'AUTEUR

Garth Nix est né à Melbourne, en Australie, un samedi. Il a épousé Anna, la rédactrice de sa maison d'édition, un samedi également. Samedi est donc un jour bénéfique.

Pendant de nombreuses années, Garth a consacré ses dimanches après-midi à l'écriture. Le reste de la semaine, il était occupé à de multiples tâches alimentaires et il fut tour à tour vendeur, rédacteur, consultant et agent littéraire.

Mardi est également un excellent jour car ce fut un mardi qu'il reçut un télégramme (il y a fort longtemps!) lui annonçant la publication de sa première nouvelle, ou encore plus récemment, quand il apprit que son roman *Abhorsen* était premier dans la liste des best-sellers du *New York Times*.

Mercredi pourrait être un jour banal mais il lui rappelle l'époque du service militaire. C'était le mercredi soir qu'avaient lieu les exercices de nuit.

Jeudi est à marquer d'une pierre blanche, car son fils Thomas est né un jeudi après-midi.

D'ordinaire, vendredi a plutôt bonne presse car, pour la plupart des gens, c'est la fin de la semaine de travail. Mais pas pour Garth, qui a maintenant la chance de vivre de sa plume.

Quel que soit le jour de la semaine, il n'est pas rare de le croiser à Coogee Bay, près de Sydney où lui et sa famille sont installés.

Tome 1, LUNDI MYSTÉRIEUX

En ce premier jour dans son nouveau collège, les choses ne se présentent pas très bien pour Arthur Penhaligon : en plein cross, il est terrassé par une crise d'asthme. C'est alors que deux hommes à l'allure étrange surgissent pour lui remettre une clef en forme d'aiguille d'horloge qui lui permet de respirer. Mais cette clef qui maintient Arthur en vie intéresse d'effrayantes créatures venues d'un autre univers. Et une curieuse épidémie se répand sur la ville ! En désespoir de cause, Arthur pénètre dans une demeure qu'il est seul à voir et qui se révèle être le point de passage vers les Royaumes Secondaires. Là, il va se trouver des alliés et affronter de mystérieux personnages avant de conquérir la Clef Première. Devenu Héritier Légitime de la Grande Architecte et maître du Bas-Palais, il peut enfin regagner son monde... jusqu'au jour suivant !

Tome 2, SOMBRE MARDI

Après maître Lundi, Arthur affronte un nouvel ennemi, le redoutable Lord Mardi. Ce dernier revendique les biens et les pouvoirs du jeune garçon et menace de s'attaquer à la famille Penhaligon et au monde entier. Afin de déjouer ses plans, Arthur doit s'emparer de la Clef Seconde et libérer la deuxième clause du Testament. Cette quête entraîne le garçon au fond d'un gouffre transformé en camp de travail terrifiant puis dans les Confins Extrêmes. Au cours de ce périple, il se casse la jambe. Heureusement, il peut compter sur son amie Suzy Turquoise Bleue. Avec son aide, il retrouve la deuxième clause et reprend la Clef et le contrôle des Confins Extrêmes des mains de Mardi.

Tome 3, MERCREDI SOUS LES FLOTS

À peine revenu sur Terre après avoir conquis la Clef Seconde, Arthur est balayé par une vague monstrueuse qui le conduit dans les Royaumes Secondaires. Sauvé de la noyade par des pirates, Arthur doit non seulement récupérer la Clef Troisième, mais aussi retrouver son amie Lilas, elle aussi emportée par les flots. Il lui faut d'abord affronter un fantomatique écumeur des mers. Avec l'aide d'une bande de Rats Apprivoisés et de Suzy Turquoise Bleue, il surmonte les obstacles et entre en possession de la Clef Troisième. Devenu duc des Mers Frontalières, il pense enfin retourner chez lui. Mais, entretemps, un Moins-que-Rien appelé l'Écorché a revêtu son apparence et pris sa place au sein de la famille Penhaligon…

La suite des aventures d'Arthur Penhaligon,
dans le tome 5, VENDREDI MALÉFIQUE

Mise en pages: Didier Gatepaille

Loi n°49-956 du 16 juillet 1949
sur les publications destinées à la jeunesse
ISBN 978-2-07-061451-6
Numéro d'édition: 151681
Numéro d'impression: 88974
Dépôt légal: février 2008
Imprimé en France sur les presses
de la Société Nouvelle Firmin-Didot